AF397482

Saskia Louis lernte durch ihre älteren Brüder bereits früh, dass es sich gegen körperlich Stärkere meistens nur lohnt, mit Worten zu kämpfen. Auch wenn eine gut gesetzte Faust hier und da nicht zu unterschätzen ist … Seit der vierten Klasse nutzt sie jedoch ihre Bücher, um sich Freiräume zu schaffen, Tagträumen nachzuhängen und den Alltag einfach mal zu vergessen.

S A S K I A L O U I S

Mordsmäßig versaut

LOUISA MANUS
SECHSTER FALL

Überarbeitete Neuauflage Januar 2025

Copyright © 2025 dp Verlag, ein Imprint der
dp DIGITAL PUBLISHERS GmbH
Made in Stuttgart with ♥
Alle Rechte vorbehalten

Mordsmäßig versaut

ISBN 978-3-98998-916-0
E-Book-ISBN 978-3-96817-216-3
Hörbuch-ISBN: 978-3-96817-217-0

Covergestaltung: ARTC.ore Design/ Wildly & Slow Photography
Umschlaggestaltung: Christin Peulecke

Unter Verwendung von Abbildungen von
shutterstock.com: © Ian 2010, © domnitsky
Lektorat: Janina Klinck
Satz: dp DIGITAL PUBLISHERS GmbH
Druck und Bindung: Books on Demand GmbH, Norderstedt

Kapitel 1

„Du hast ihn umgebracht!", sagte ich schockiert und legte eine Hand auf meine Brust.

Erschrocken sah Jonas auf. „Es war ein Versehen. Ich hab ihn nicht gesehen."

„Das hilft ihm jetzt auch nicht mehr", stellte ich fest und fiel eilig auf die Knie, um zu sehen, ob ich noch etwas tun konnte. Die Gliedmaßen lagen merkwürdig von seinem Körper abgewinkelt und waren an mehreren Stellen gebrochen. Mein Mund wurde trocken, mein Herz schlug schneller und meine Augen brannten. „Er ... er war noch so jung", flüsterte ich und schüttelte den Kopf. „Er hatte noch sein ganzes Leben vor sich."

„Lou, gib dir keine Mühe", meinte Florian trocken und stellte sich neben seinen Bruder. „Ich glaub, du kannst ihn nicht retten. Er sieht wirklich ziemlich tot aus."

„Etwas kann nicht *ziemlich* tot aussehen", sagte ich und sah verärgert zu ihm hoch. „Entweder etwas ist tot – oder es lebt." Ich wusste das, ich hatte in meinem Leben schon drei Leichen gesehen und dort hatte nie zur Debatte gestanden, ob sie ihren letzten Tanz getanzt hatten oder nicht.

„Nee." Jonas schüttelte den Kopf und verschränkte die Arme hinter dem Rücken. „Flo hat recht. Wenn Joshi achtundvierzig Stunden gearbeitet hat, sieht er *etwas* tot aus. Wenn du uns so böse anguckst wie jetzt, sehen wir *fast* tot aus ... dieser Kaktus hier sieht *ziemlich tot* aus."

Mit den Füßen stupste er die Überreste der Sukkulente an, die soeben den Stachel abgegeben hatte. Ich schlug ihm gegen den Knöchel und betrachtete besorgt den Kaktus, dessen Wurzeln sich vom Körper getrennt hatten. Die Pflanze sah aus, als hätte sie einen schrecklichen Frisörbesuch hinter sich – und widerwillig musste ich Jonas recht geben. Sie war ziemlich tot.

„Ihr seid allesamt Pflanzenmörder. Eure ganze Familie!", stellte ich missbilligend fest, sammelte die Tonscherben des kleinen Blumentopfs ein, der ihn nicht hatte schützen können, und rappelte mich auf. Der beige Teppich war nun mit brauner Erde verschmiert. Das erhöhte sicherlich seinen Coolnessfaktor vor anderen Teppichen, weil es wirkte, als hätte er sich mit einer Erd-Gang angelegt, doch höchstwahrscheinlich würde er in den Müll wandern.

Rispo würde entzückt sein. Eine Pflanze und ein totes Gewebegemisch weniger in der Wohnung. Seit ich hier vor ein paar Monaten eingezogen war, hatte sich einiges geändert und Josh gab mir immer wieder subtil zu verstehen, dass ich zu viel Kram hatte und die Wohnung mehr einem Gewächshaus als einem wünschenswerten Lebensraum glich.

Da *mein* wünschenswerter Lebensraum allerdings ein Gewächshaus war, hatte ich Schwierigkeiten, seine Kritik nachzuvollziehen.

„Sorry", sagte Jonas schuldbewusst. „Ich bin in letzter Zeit so schnell gewachsen, ich habe mein Körpergefühl verloren."

„Du bist einundzwanzig und gehst einmal die Woche bouldern!", erinnerte ich ihn grimmig, lief in die Küche, in der sich das dreckige Geschirr vom eben beendeten Abendessen stapelte, und suchte nach einem Kehrblech, um dem Kaktus ein anständiges Begräbnis im Biomüll zu ermöglichen.

Er grinste. „Ach ja. Dann muss es ein anderer, nachvollziehbarer Grund sein. Aber tut mir wirklich leid. Der Kaktus war … ähm … sehr stachelig. Klasse Pflanze."

Seufzend winkte ich ab. „Schon okay. Halb so wild." Ich besaß eine Menge bewundernswerter Fähigkeiten. Zum Beispiel konnte ich in unter einer Minute ein annehmbares Blumengesteck basteln. Oder einen hübschen Dinosaurier zeichnen. Außerdem war ich dazu in der Lage, zwölf Kekse gleichzeitig in meinen Mund zu stopfen.

Doch lange auf einen der Rispo-Jungs wütend zu sein, hatte ich nie gemeistert. Josh war da vielleicht eine Ausnahme, aber mit ihm schlief ich auch und er wusste genau, welchen Knopf er drücken musste, damit ich in die Luft ging. Das war etwas anderes.

„Sagt mal, wo ist eigentlich Finn?", wollte ich wissen und gab Jonas das Kehrblech.

Ich hatte Josh dazu überredet, seine Brüder einmal im Monat zu uns einzuladen und sicherzustellen, dass sie etwas anderes als Pizza, Bier und Aspirin zu sich nahmen. Er hatte gemeint, wenn ich ihm unbedingt regelmäßig Kopfschmerzen bereiten wolle, könnte ich ihm genauso gut alle vier Wochen seine Waffe stehlen und einem Mörder nachstellen, so wie ich es sonst immer tat.

Das hatte ich als großzügige Zustimmung meines Vorschlags betrachtet.

„Er will dich nicht sehen", sagte Jonas lapidar, reichte Florian das Kehrblech weiter und wedelte zu den Pflanzenresten hinüber. „Er ist der Meinung, dass die Manu-Frauen die Ausgeburt der Hölle sind, die ihn von seinem rechten Pfad abbringen wollen."

„Rechten Pfad?", sagte ich ungläubig. „Finn saß schon öfter in einer Gewahrsamszelle als Buddha im Schneidersitz."

Abwehrend hob Jonas die Hände. „Es waren seine Worte. Ich bin natürlich der Meinung, dass die Manu-Frauen engelsgleiche Wesen sind, die unsere Welt mit Licht und Lachen erfüllen."

Ich schnaubte und presste die Lippen zusammen. Es war nicht fair, dass Finn seine Wut an mir ausließ! Ich war es nicht gewesen, die ihn drei Tage vor der Hochzeit hatte sitzen lassen. Diese Ehre gebührte meiner Schwester Emily, die etwas zu spät bemerkt hatte, dass eine ernste, erwachsene Beziehung keinen Spaß machte und Kompromisse nicht in ihren Lebensplan passten.

Und überhaupt: Es war vier Monate her! Ich hatte gehofft, dass er sich mittlerweile etwas beruhigt hatte.

„Geht es ihm denn sonst ... gut?", wollte ich zögerlich wissen, nahm dem verdatterten Flo den Handfeger aus der Hand und verfrachtete ihn zurück in Jonas' Arme.

Der seufzte schwer, sank jedoch auf die Knie, um den Dreck wegzumachen. „Flo, geht es Finn gut?", gab er die Frage an seinen Bruder weiter.

„Keine Ahnung. Woher soll ich das wissen?"

„Ja, *ich* weiß es sicherlich auch nicht", beschwerte sich Jonas.

„Aber ihr seht ihn doch andauernd", stellte ich verwirrt fest. Die fünf Rispo-Brüder mochten oft miteinander streiten, aber sie standen sich dennoch näher, als sie zugeben wollten. Sie hatten in jungen Jahren ihre Mutter verloren und das hatte sie eng zusammengeschweißt.

„Ja, klar", meinte Flo leichthin, „aber wir reden nicht über so einen Blödsinn, wie zum Beispiel, wie sich der andere fühlt oder ob er Probleme hat!"

Ich verdrehte die Augen. „Worüber redet ihr denn sonst?"

Flo runzelte die Stirn und kratzte sich an der Schläfe. „Keine Ahnung. Welches Tier im Zoo gerade was Witziges gemacht hat. Ab wann Kinder im Uterus etwas hören können. Wo man das beste Gras herbekommt. Normale Dinge eben."

Ja. Das klang logisch. „Ihr seid nutzlos", stellte ich das Offensichtliche fest, und beide Brüder nickten. So als würden sie nicht eine Sekunde an diesem Fakt zweifeln.

Ach, na gut. Ich würde Finn die Woche mal anrufen und selbst nachfragen. Ich mochte ihn. Ich wollte nicht, dass er mich nicht mehr ansehen konnte, weil er dachte, ich würde ihm ebenso das Herz brechen, wie Emily es getan hatte. Obwohl ich mir da nicht sicher sein konnte. Ihre Beziehung war immer etwas speziell gewesen.

Jonas kehrte pflichtbewusst die Überreste der Sukkulente auf und rieb dabei die Erde weiter in den Teppich.

Ich wollte ihn gerade darauf hinweisen, dass es das Ziel war, den Dreck zu entfernen, nicht, ihn zu verewigen, als eine laute Männerstimme die Stille durchbrach.

„Was zur Hölle soll das denn heißen?!" Das Geschrei drang so schrill durch die Schlafzimmertür, dass wir alle drei zusammenzuckten. „Ich bin hier, weil *du* es so wolltest – und jetzt bist du wütend, weil ich meine Füße nicht stillhalten, sondern Sachen in die eigene Hand nehmen will?"

„Du bist kein verdammter Polizist, Mo! Du hast nicht das Recht, *irgendetwas zu tun*!" Das war Josh. Sein Brüllen würde ich unter hunderten wiedererkennen. Größtenteils, weil ich so oft der Grund dafür war.

„Louisa ist auch keine Polizistin und mischt sich überall ein – sie hast du auch noch nicht verknackt", schrie Mo zurück. „Nur, weil ich keine Brüste habe und nicht mit dir ins Bett steige, habe ich nicht dieselben Rechte?"

Ich öffnete automatisch den Mund, um zurückzuschreien, dass Josh mich *sehr wohl* schon einmal verknackt hatte, doch ich kam nicht dazu.

„Es ist egal, was Lou getan hat!", fuhr Josh ihn an. „Es geht hier um *deine* Dummheiten, nicht ihre."

Moritz, der zweitälteste Rispo-Sohn, erwiderte etwas Hitziges, das ich nicht verstand, doch wahrscheinlich endete es nicht mit *verzwicktes Marschdocht*.

„Es muss ungewohnt sein, nicht diejenige zu sein, die Josh anschreit", überlegte Jonas leise und nickte mir zu.

Düster sah ich ihn an. „Josh schreit gar nicht so häufig", log ich. „Er hat einfach einen ... großen Drang, sich deutlich auszudrücken."

Die Tür vom Schlafzimmer flog auf und Mo stapfte daraus hervor, sein Kopf so rot wie eine schüchterne Tomate.

„Oh, zwick dich doch selbst, Mo!", drückte Josh sich deutlich aus und lief ihm ins Wohnzimmer nach – auch wenn er nicht *zwick* sagte. „Du warst im Amazonas unterwegs, hast mit Mädchen im Bikini geflirtet und Steine fotografiert, während ich die Drecksarbeit gemacht hab! Willst du mir dafür jetzt allen Ernstes Vorwürfe machen?"

Wütend fuhr Mo herum. „Menschen machen Fehler, Josh! Das ist alles, was ich sagen möchte."

„Ich nicht. Nicht *dabei*", erwiderte Rispo kalt, seine sonst hellbraunen Augen schwarz.

„Jaja", sagte Mo verächtlich und schlüpfte in seine Schuhe, die bei der Tür standen. „Du bist ein beschissener Heiliger ohne Fehler und dein Gehirn ist so groß wie eine verdammte Bowlingkugel, genauso wie dein Ego!" Er reckte den Mittelfinger in die Höhe. „Danke für nichts, Josh! Wenn ich mich das nächste Mal vernünftig mit jemandem unterhalten will, rede ich mit meinem Rasierer! Der hat genauso viele überzeugende Argumente." Im nächsten Moment riss er die Wohnungstür auf und verschwand im Flur.

Jonas und Florian sahen mich an, sahen einander an ... und stürzten ihm hinterher. Er war ihre Mitfahrgelegenheit. „Danke fürs Essen! War sehr harmonisch", rief Florian noch, dann fiel die Tür ins Schloss.

Langsam wandte ich mich zu Josh um. Seine schwarzen Haare standen zu allen Seiten ab, als wäre er etliche Male mit den Händen hindurchgefahren, und sein markanter Kiefer knackte. Sein Blick flackerte zu mir herüber und über seine Lippen drang ein einziges Wort: „Nein."

Unschuldig hob ich die Augenbrauen, bevor ich vorsichtig fragte: „Na ... habt ihr euch über die neue Sommerkollektion unterhalten?"

Rispo sah mich düster an, bevor er mir ruckartig den Rücken zuwandte und anfing, die restlichen Sachen vom Tisch zu räumen.

Okay. Das Gespräch hatte sich offensichtlich nicht um luftige Kleidchen und Heidi Klums Meinung dazu gedreht.

„Josh ...", fing ich an, doch er unterbrach mich, bevor ich zum zweiten Wort ansetzen konnte.

„Nein, Lou!"

Ich verdrehte die Augen. „Denkst du nicht, dass das Gespräch gerade etwas aus dem Ruder gelaufen ist? Wenn man bedenkt, dass Mo dich mit den freundlichen Worten ‚*Kann ich kurz mit dir reden, bitte? Ich habe tolle Neuigkeiten*' zu einem privaten Gespräch in unserem Schlafzimmer eingeladen hat?"

Wütend fuhr er zu mir herum. „Es war *deine* Idee, Lou. Deine blöde Idee, sie schon wieder einzuladen – und letztendlich bin ich es, der am Herd steht und mir Scheiße anhören muss!"

Abwehrend hob ich die Hände. „Wir beide wissen, dass niemand essen möchte, was ich koche – und von was für einer Scheiße redest du?"

Josh presste die Lippen aufeinander, schüttelte den Kopf und fing an, die Essensreste in eine Tupperdose zu kratzen.

Ich seufzte schwer. Mit Rispo über seine Gefühle zu reden, war wie eine offene Herz-OP an einer Wespe. Es benötigte eine Menge Fingerspitzengefühl, Geduld – und war eigentlich eine idiotische Idee. „Josh, du hast versprochen, dass du mir mehr über deine Gefühle erzählen willst", erinnerte ich ihn.

„Okay. Ich fühle mich … nicht danach, dir meine Gefühle mitzuteilen."

Düster sah ich ihn an. „Neuer Versuch."

„Na gut, ich will ehrlich sein", sagte er schroff. „Ich fühle mich sehr unzufrieden."

„Weil?"

„Ich unzufrieden bin."

„Warum?"

„Weil mir meine Zufriedenheit fehlt."

„Josh!" Ungeduldig nahm ich ihm die Dose aus der Hand, damit er nicht auf die Idee kam, herauszufinden, wie fest er sie gegen die Wand werfen musste, um ein hübsches Loch zu erzeugen.

„Schön, ich sag dir, wie ich mich fühle", meinte er ernst und beugte sich zu mir herunter. „Ich fühle mich von meiner Freundin im Stich gelassen, weil sie nicht akzeptieren kann, dass ich nicht über meine Gefühle reden will."

Ich hob eine Augenbraue. „Diese Freundin, von der du redest, hat mir gerade mitgeteilt, dass sie überlegt, ihren Beziehungsstatus auf Facebook in *kompliziert* zu ändern."

„Das ist kein Problem", meinte er. „Niemand benutzt heutzutage noch Facebook."

Ich schnaubte. „Sag mir nur, worüber ihr euch gestritten habt, dann halte ich die Klappe."

Rispo verengte die Augen und musterte mich nachdenklich. „Erinnere mich kurz: Warum liebe ich dich noch gleich?"

„Weil ich süß bin und niemand lateinische Pflanzennamen so sexy ausspricht wie ich."

„Ach ja, richtig", sagte er trocken, bevor er tief durchatmete und die Arme verschränkte. „Es ging um Mamas Fall. Er will ihn wieder aufnehmen. Er hat ihre Akte durchgearbeitet und ist der Meinung, dass die Polizisten damals schlampig recherchiert haben."

„Aber da stimmst du ihm doch zu", sagte ich verwirrt. Joshs Mutter war Journalistin gewesen, hatte sich zu tief in die Hintergründe eines Enthüllungsberichts verstrickt und war vor mehr als fünfzehn Jahren in einer dunklen Gasse erschossen worden.

„Natürlich stimme ich ihm zu", knurrte er. „Deswegen bin ich, sobald ich es zum Kommissar gebracht hatte, jeder einzelnen Spur selbst noch einmal nachgegangen. Ich habe jeden Zeugen noch einmal befragt, die Tatortbilder bis zum Erbrechen studiert und jede Aussage doppelt und dreifach überprüft. Doch es gab nichts zu finden! Alle Spuren sind seit Jahren kalt. Wenn der Mörder irgendeinen Hinweis hinterlassen hat, den die Polizei damals übersehen hat, dann hätte ich ihn gefunden."

Ich nickte, denn ich glaubte ihm. Rispo war unglaublich präzise und genau, wenn es um Mordfälle ging. Den Fall seiner Mutter würde er aus jeder möglichen Perspektive betrachtet haben.

„Hast du Mo das gesagt?"

„Natürlich habe ich das – und mein wundervoller Bruder hat bemerkt, dass jeder Mensch Fehler macht und ich von dieser Regel nicht ausgeschlossen bin.“

Ah. Der Groschen fiel. Mo hatte Joshs Fähigkeiten als Kommissar kritisiert und somit den Finger in die offene Wunde gedrückt. Die Wunde, die die Tatsache hinterlassen hatte, dass er den Mord, der ihm am meisten am Herzen lag, nicht hatte lösen können.

Mitfühlend sah ich ihn an, bevor ich die Tupperdose auf den Tisch stellte und sanft die Hände um sein Gesicht legte. „Mo hat es nicht so gemeint, Josh“, flüsterte ich. „Er hat lediglich eine Hoffnung ausgesprochen. Ich glaube nicht, dass er wirklich denkt, dass du was übersehen hast. Er ist frustriert und verletzt, weil er ebenso wenig wie du akzeptieren kann, dass der Mörder da draußen noch immer frei herumläuft.“

Josh kniff die Augen zusammen und nickte. „Ich verstehe es, okay? Mein Empathievermögen ist scheiße, aber so weit reicht es noch. Das Ding ist … es wird ihn nicht glücklich machen. Sich die Bilder immer wieder anzusehen, bis sie ihn in seinen Träumen verfolgen. Von einer Wand gegen die nächste zu rennen, während er nicht mehr herausfindet, als dass Menschen grausam sind. Mich hat es damals wahnsinnig gemacht“, murmelte er und öffnete die Augen, die mittlerweile wieder ihren warmen Hellbraunton angenommen hatten. „Der Fall hat mich so unglaublich lang verfolgt und mich so viel Geduld und Energie und Leid gekostet … ich will den Scheiß nicht noch mal durchmachen und Mo sollte es auch nicht müssen.“

Ich nickte und fuhr mit dem Daumen über seine Wange. „Auch wenn ich mir sicher bin, dass du diesen

Standpunkt mit deinem Gebrüll nicht effektiv verdeutlicht hast ... es wird ihm egal sein. Er muss selbst herausfinden, dass der Mord nicht lösbar ist, damit er es akzeptieren kann."

„Ja", sagte er düster. „Und genau das wird er tun."

Ich nickte. „Okay, ich ... ich verstehe nur nicht, warum dich das so aufgeregt?", fragte ich sanft und ließ meine Hände zu seinen Schultern sinken. „Soll er doch Zeugen befragen und seine Zeit verschwenden. Das ist doch nicht schlimm."

„Aber dabei wird es nicht bleiben", sagte er scharf. „Mo weiß nicht, wann er aufhören muss. Er wird sich Zugang zu Orten verschaffen, an denen er nichts verloren hat. Gesetze brechen, wie sie ihm in den Weg fallen. Mich wieder und wieder um Hilfe bitten, wenn er nicht weiterkommt ... Und seien wir ehrlich: Für dumme Kamikazeaktionen und illegale, hirnrissige Mörderjagden habe ich doch schon dich, nicht wahr?"

Ich lief rot an, räusperte mich und strich mir die Haare hinter die Ohren. „Ich habe seit Monaten keiner Leiche mehr nachgestellt."

Josh schnaubte. „Ja, aber wahrscheinlich hast du gerade allein mithilfe dieser Worte eine neue heraufbeschworen."

Das konnte ich leider nicht ausschließen, meine Erfahrungswerte unterstützten Joshs These.

Ich seufzte schwer und legte die Arme um ihn. „Danke, dass du deine Gedanken mit mir geteilt hast."

„Mhm."

Ich lächelte zu ihm auf. „War das so schwer? Oder soll ich dir das nächste Mal lieber eine Puppe besorgen, damit du an ihr zeigen kannst, wo es dir wehtut?"

Er schnaubte, doch seine Mundwinkel zuckten und seine Hände glitten in meinen Nacken. „Ich teile mir dich schon mit deinem verhaltensgestörten Kater, deiner wahnsinnigen Familie und einer Armee aus Pflanzen. Ich will keine Plastikfigur zu dieser Liste hinzufügen."

„Twinky hat schon zur Lösung von zwei Mordfällen beigetragen", sagte ich stolz. „Er ist nicht verhaltensgestört, er ist ein exzentrischer Meisterdetektiv."

„Er hat Blut getrunken, Lou. Wenn du mir erzählen willst, dass das normal ist, haben wir ganz andere Probleme."

Ich musste lachen. „Da mir im Angesicht von Blut schwindelig wird, hast du nichts von mir zu befürchten."

„Schön zu hören", stellte Rispo fest, bevor er mein Kinn mit dem Daumen anhob und mich küsste.

Ich stellte mich auf die Zehenspitzen, um ihn besser zu erreichen, und murmelte: „Weißt du, irgendwie macht es mich immer ein wenig an, wenn du deine Gefühle mit mir teilst."

Josh lachte leise und glitt mit den Händen in meine Haare. „Tatsächlich?"

„Ja. Denn es bedeutet, dass du mir vertraust."

„Mhm", machte er. „Das ist wohl wahr. Ich vertraue dir überall außer in der Küche."

Ich zog eine Grimasse. „Ich kann Nudeln kochen und die Mikrowelle bedienen."

„Und ich bin jedes Mal aufs Neue beeindruckt. Apropos Kochen: Hast du Samstagabend Zeit?", murmelte er, küsste meine Wange, meinen Hals …

„Ja", wisperte ich und schloss die Augen. „Wieso? Willst du, dass ich meine Kochkünste demonstriere?"

„Nein, ich will, dass du deine Esskünste demonstrierst", korrigierte er mich und wickelte eine Haarsträhne von mir um den Finger. „Ich dachte, wir könnten uns mal zur Abwechslung wieder einen Abend zu zweit machen. Ohne meine oder deine schwachsinnige Familie. Ich würde was kochen und habe bereits deinen Lieblingswein besorgt."

Ich wanderte mit den Händen zurück zu seinem Nacken und lächelte breit. „Sehr gerne. Gibt es was zu feiern?"

Josh hob die Schultern. „Ein Abend ohne Familie ist immer ein Grund zum Feiern."

Ich lachte und küsste ihn erneut, während Joshs Hände an fragwürdige Gegenden vordrangen.

Sobald er sich wieder von mir löste, räusperte ich mich. „Vielleicht sollten wir das Aufräumen einfach verschieben?", schlug ich vor, doch Josh war mir schon einen Schritt voraus und schob mich aus der offenen Küche.

„Brillanter Vorschlag", flüsterte er an meinen Lippen. „Vor allem, wenn man bedenkt, dass deine letzte Idee war, meine Brüder zum Essen einzuladen."

Ich grinste, zog ihn an seinem Hemdkragen zu mir herunter, um mit dem Küssen weiterzumachen ... und wurde von meinem Handyklingeln unterbrochen.

Ich hielt inne, wollte schon in meine Tasche greifen, als Josh meine Hand abfing. „Ignorier es."

„Es könnte wichtig sein ..."

„*Das* hier ist wichtig", murmelte er, küsste meinen Nacken, meine Schulter ... und ich vergaß, was ein Handy überhaupt war.

Wohlig seufzte ich auf, ließ die Mailbox drangehen ... und keine Sekunde später klingelte Joshs Handy.

Frustriert ließ ich von ihm ab und schob ihn weg. „Es ist anscheinend doch wichtig. Wir gehen besser ran."

Josh atmete tief ein und aus, als würde ich ihn zwingen, vor dem gesamten Präsidium zuzugeben, dass er ein bestimmtes Lied von Taylor Swift gern mochte, bevor er sein Handy aus der Tasche zog.

Er warf einen Blick auf das Display, bevor er das Telefon an mich weiterreichte. „Es ist Trudi. Wie auch immer sie sich in meine Telefonliste verirrt hat. Hatte ich dir nicht verboten, ihr meine Nummer zu geben?"

Ich zog eine Grimasse und nahm das Handy entgegen. Ja, hatte er. Doch ich war nicht besonders empfänglich für Verbote. Außerdem sagte er das so leicht. Sollte er doch mal versuchen, meiner ehemaligen, fast fünfundsiebzigjährigen Angestellten einen Wunsch abzuschlagen, während sie einen Teller warmer, duftender Chocolate-Chip-Cookies in den Händen trug. Das war eine Sache der körperlichen Unmöglichkeit.

„Hey, Trudi", hob ich ab. „Alles klar?"

„Louisa", zischte die alte Dame mit gedämpfter Stimme. „Gott sei Dank erreiche ich dich." Ihre Stimme war so aufgeregt, dass sie an die eines Eichhörnchens erinnerte, das zu viel Helium inhaliert hatte.

Alarmiert richtete ich mich auf. „Trudi? Was ist los?"

„Ich ... ich habe eine Leiche gefunden!", stieß sie aus und klang dabei genauso verängstigt wie stolz. „Ich weiß, normalerweise ist das deine Sache, aber ... ich habe es nicht absichtlich getan, also werde nicht eifersüchtig."

Schockiert klappte mein Mund auf, bevor ich fragte: „Was? Wo? Was ist passiert?"

Josh hob derweil besorgt die Augenbrauen.

Ich schluckte und formte das Wort „Leiche" mit den Lippen.

Sofort fiel die Sorge von seinem Gesicht und schnaubend schüttelte er den Kopf. „Manfred mag tot aussehen, aber er ist nur alt, Lou. Sag ihr das."

Manfred war Trudis „besonderer Freund", wie sie ihn nannte, und älter als die Wörter *knorke* und *fesch* zusammen.

„Es ist nicht Manni!", sagte Trudi sofort, sie schien Josh gehört zu haben. „Er steht neben mir und ist quietschfidel."

„Manni ist es nicht", gab ich an Rispo weiter.

Er seufzte schwer und rieb sich widerwillig über die Stirn. „Um wen geht es dann?"

Gute Frage. „Um wen geht es, Trudi?"

Kurze Stille entstand, bevor sie nachdenklich sagte: „Das weiß ich ehrlich gesagt nicht so genau ... Es ist zu neblig."

Ich runzelte die Stirn, sah aus dem Fenster in die sternenklare Nacht und wieder zu Josh. Zugegeben, Trudis Augen waren nicht mehr die besten, erst letztens hatte sie geglaubt, die Taube auf dem Dach ihres Nachbarn sei der Weihnachtsmann, aber dennoch ... Nebel hatte sie sich noch nie eingebildet. „Wo genau seid ihr, Trudi? Bei einem Trockeneisfachhandel?"

„Kokolores!", sagte Trudi aufgebracht. „Wir stehen vor der Dampfsauna, in der ich die Leiche gefunden habe!"

Ich blinzelte verwirrt. „Ihr steht ... was?"

„Vor der Dampfsauna, Lou! Meine Güte, du bist heute langsam."

„Ähm, okay, klar. Ihr steht vor einer Dampfsauna, wo auch sonst? Habt ihr dem Personal Bescheid gesagt? Die Polizei gerufen?"

Wieder entstand eine unangenehme Stille, bevor Trudi langsam sagte: „Nun, das beides ist etwas problematisch."

„Warum?", wollte ich wissen und tippte ungeduldig mit dem Fuß auf den Boden. „Trudi, was genau ist passiert? Fang bitte am Anfang an, okay?"

„Also, ich und Manni wollten ein paar gemeinsame Stunden verbringen und er kannte zufällig dieses bestimmte Altenheim, in dem die Bewohner eine Dampfsauna haben ..."

„Also seid ihr dort eingebrochen, um sie zu benutzen?", half ich ihr säuerlich auf die Sprünge.

„Nun, ja. Als wärst du so unschuldig", sagte sie pikiert. „Du bist schon öfter irgendwo eingebrochen als Kinder auf einem gefrorenen See."

Dass Leute mir das immer wieder zum Vorwurf machten! „Okay, Trudi. Was dann? In der Sauna habt ihr die Leiche entdeckt?"

„*Entdeckt* ist vielleicht nicht das richtige Wort", sagte sie und räusperte sich. „Wie gesagt, es ist sehr neblig. Es ist vielmehr so, dass ich deutlich etwas Lebloses gespürt habe."

„Etwas Lebloses?", hakte ich zweifelnd nach. „Und …
gespürt?" Unsicher kratzte ich mich im Nacken. Es war
bereits nach zehn und normalerweise befand sich
Trudi zu dieser Uhrzeit im Bett. Ihr Geist befand sich
also nicht auf seiner Höhe. Ich konnte nicht ausschließen, dass ihre Hand eingeschlafen war, sie im Nebel
nach den Sitzen getastet und eine Eisenstange für einen leblosen Körper gehalten hatte. Eigentlich war das
sogar recht wahrscheinlich. Je müder sie wurde, desto
fantasievoller wurde sie.

„Lou", sagte Josh trocken und schüttelte den Kopf.
„Leg einfach auf, okay?"

Ich seufzte. „Geht nach Hause, Trudi, ja?", sagte ich ins
Telefon. „Ihr seid offenbar erschöpft und …"

„Louisa Josephine Manu!", unterbrach sie mich laut.
„Ich weiß sehr wohl, wenn ich mich auf eine Leiche
setze, vielen Dank. Man hat schließlich nicht alle Tage
fremdes Blut am Hintern!"

Ich zog eine Grimasse und blickte zu Rispo. „Sie ist
sich ziemlich sicher, Josh."

Er schnaubte nur. „Trudi kann eine Tomate nicht von
einem Bund Spargel unterscheiden und jetzt soll ich
glauben, dass sie in einer dunklen Dampfsauna eine
Leiche entdeckt hat?"

Meine Wangen liefen rosa an. „Ähm, nein … Sie hat sie
mit ihrem Po ertastet."

Er presste die Lippen aufeinander und nickte. „Ah, ja.
Das klingt viel glaubhafter."

Okay, ich musste zugeben, dass das alles absurd
wirkte, aber ich hatte mich schon zu oft in Trudis Situation wiedergefunden, um nicht etwas Mitgefühl mit
ihr zu haben. Mir sagten auch immer alle nach, dass ich

mir die abgetrennten Körperteile, die ich in meinem Alltag fand, nur einbildete. „Sie hat Blut an ihrem Hintern, Josh."

„Hat sie es mal probiert? Blut, das nach Ketchup schmeckt, ist meistens Ketchup."

„Josh …"

„Louisa! Es reicht jetzt", unterbrach Trudi mich scharf. „Ich weiß, was ich gespürt habe, und Manni denkt auch, dass es Blut ist, also … wenn du und dein Kommissar nicht in einer halben Stunde hier seid, backe ich dir keinen einzigen Keks mehr, haben wir uns verstanden?"

Ich öffnete meinen Mund, um ihr zu sagen, dass mir das egal war … Doch das konnte ich nicht. Die Lüge war zu groß. Mist.

„Wir sind gleich da, Trudi. Schick mir einfach die Adresse", bemerkte ich seufzend und legte auf.

„*Was?*", fragte Josh ungläubig.

Ich sah ihn ernst an. „Es ist ihr nun einmal sehr wichtig, Joshi."

Kopfschüttelnd musterte er mich. „Hat sie dir damit gedroht, dir ihre Backkünste zu verwehren?"

„Ich will nicht darüber reden", murmelte ich gereizt und lief zu meinen Schuhen.

Kapitel 2

Das Altenheim, zu dem Trudi und Manni sich illegal Zutritt verschafft hatten, lag in Köln-Rodenkirchen am Rand des Rheins. Nur ein Blick auf das riesige Gebäude reichte, um zu sehen, dass es sich dabei um die Elite der Seniorendörfer handelte. Der Eingang war ein drei Meter hohes Holztor, das von zwei marmornen Säulen gesäumt wurde, die ich eigentlich nur bei einem römischen Tempel erwartet hätte. Es war nach elf, sodass es trotz langer Sommertage bereits stockdunkel war, doch das störte nicht, denn zwei riesige Scheinwerfer strahlten das Haus und den goldenen Schriftzug über dem Tor an.

Seniorenheim Himmelspforte stand dort und ich musste zugeben, dass das Haus dem Namen gerecht wurde. Keine Graffiti zierten die makellos weißen Wände, keine Taubenscheiße die roten Dachschindeln und die breite Treppe, die zu dem Heim hochführte, sah frisch poliert aus.

„Und da sagen sie alle, Altenheime wären so furchtbar", bemerkte ich beeindruckt.

„Glaub mir, das hier ist die Ausnahme", murmelte Josh abwesend und sah sich um. Obwohl er auf der Autofahrt mehrfach beteuert hatte, dass Trudi unsere Zeit verschwendete, war er im Polizistenmodus. Sein Blick wachsam, die modische Stirnfalte zwischen den

Augenbrauen deutlich zu erkennen, seine Worte leise und bedacht. „Ich habe schon so viele Todesfälle in den letzten Löchern untersucht, die sie Seniorenheim nennen, dass dir übel werden würde."

Leider glaubte ich ihm das, deswegen konzentrierte ich mich lieber auf das hübsche Heim vor uns. „Trudi meinte, wir sollen den Seiteneingang nehmen, sie hätten die Tür für uns aufgelassen."

„Wir Glücklichen", bemerkte Josh knapp und folgte mir einen modernen Kiesweg hinab. Wir liefen an den Treppen und der Eingangstür vorbei in einen wunderschönen Garten, den ich selbst nicht hübscher hätte gestalten können.

Es war August und der heiße, trockene Sommer war grausam für das Gras gewesen, denn die meisten Halme waren gelb und verdorrt. Doch das machten die blühenden Gladiolen, die den Weg säumten, die gelben Sonnenblumen, die einen runden Springbrunnen akzentuierten, und die violett leuchtende Liatris, die in Blumentöpfen neben den im Kreis angeordneten Bänken stand, wieder wett. Schade, dass man die Sonnenblumen nur von hinten sehen konnte, denn sie waren mit ihren Köpfen zur Hauswand direkt gegenüber von uns ausgerichtet.

Der Kiesweg führte bis zu einer wie versprochen offen stehenden Eisentür, die wahrscheinlich für das Personal gedacht war.

„Na, zumindest müssen wir jetzt nicht einbrechen", warf ich ein. „Du stehst doch drauf, das Gesetz zu befolgen."

Rispo presste kopfschüttelnd die Lippen zusammen. „Lou, nur, weil eine Tür offen steht, heißt das nicht, dass es kein Hausfriedensbruch ist, wenn man durch sie hindurchgeht!"

Ich runzelte die Stirn. In meiner Moralvorstellung sah das ganz anders aus. Denn wenn das, was er sagte, stimmte, war ich eine Schwerverbrecherin. Und das passte einfach nicht zu dem Bild des Unschuldslamms, mit dem ich mich gerne bedachte. „Wenn es illegal ist, warum kommst du dann mit?"

„Weil ich meine Kollegen nicht aus dem Bett klingeln will, nur weil Trudis Hintern sich Leichen einbildet", stellte er klar.

Ach so. Das. Ich winkte ab und stolperte bei der abrupten Geste fast über meine Füße. Es war wirklich schrecklich dunkel hier. „Wenn das Seniorenheim nicht will, dass man einfach so ein und aus geht, hätten sie ihre Sicherheitsvorkehrungen erhöhen sollen." Schließlich waren Manni und Trudi auch einfach so reingekommen und die beiden waren so subtil wie eine pflichtbewusste Alarmanlage.

„Weißt du", bemerkte Rispo im Plauderton, während der Kies unter seinen Füßen knirschte, „immer, wenn du so etwas sagst, bin ich mir nicht sicher, ob du einen Scherz machst oder den Schwachsinn, der aus deinem Mund kommt, wirklich glaubst. Und das ist sehr beängstigend, Lou."

Na, wenn er das schon beängstigend fand, dann gab ich ihm lieber keine ehrliche Antwort auf seine Frage.

Zum Glück erreichten wir in diesem Moment die Tür und mir blieb es erspart, etwas zu erwidern, denn Josh legte einen Finger an die Lippen. Es war offensichtlich, dass er nicht hier sein wollte – aber ebenso wenig wollte er offenbar erwischt werden und erklären müssen, warum ein Kriminalkommissar nachts in einem fremden Altenheim herumstromerte.

Der Flur, der vor uns lag, war stockdunkel. Es roch nach Desinfektionsmitteln und Veilchen – ein bisschen wie ein blumiges Krankenhaus – und das einzige Geräusch, das ich vernahm, war ein blechernes Klappern, das von der offenen Tür ausging.

Irritiert sah ich zu Boden und bemerkte, dass ein schwarzer, metallischer Stab mit ein paar ebenso schwarzen Drehknöpfen an seinen Enden zwischen Tür und Angel klemmte und sie so vorm Zuschlagen bewahrte. Er rappelte immer wieder gegen Tür und Wand, tat seinen Job jedoch einwandfrei.

Vorsichtig beugte ich mich vor und sah mich um. Ich überlegte gerade, ob Trudi etwas davon geschrieben hatte, in welche Richtung wir nach Betreten des Heims abbiegen sollten, als ich rechts einen matten Lichtschimmer erkannte.

Rispo voran trat ich ein und bewegte mich an den blanken Wänden vorbei über den gefliesten Boden auf den Lichtschimmer zu. Er rührte von einer halb geöffneten Tür her und wurde bald immer heller, bis sie aufgezogen wurde und zwei Gestalten in den Lichtschein traten. Soweit ich aus der Ferne erkennen konnte, standen sie in einem kleinen ovalen Raum, der sich mit seinen Abflusssieben und dem Geruch nach Chlor tatsächlich als Saunavorraum zu erkennen gab.

Doch weder das Zimmer noch die beschlagenen Glasscheiben, die zu der besagten Dampfsauna gehören mussten, zogen meinen Blick auf sich. Mein Gehirn war damit beschäftigt, eine gänzlich andere Information zu verarbeiten.

„Herrgott, sie sind nackt", bemerkte Josh stöhnend und schlug sich subtil die Hand vor die Augen.

„Du bist Polizist, Josh, ein wenig mehr Professionalität, bitte!", sagte ich missbilligend und schüttelte seine Hand ab, die er, als wäre ich sein Blindenhund, auf meine Schulter gelegt hatte. Gleichzeitig kniff ich meine Augen zu, sodass Trudis und Mannis faltige Körper nur noch eine verschwommene Masse waren. Genug gesehen hatte ich trotzdem.

„Ist es merkwürdig, dass ich mich frage, wo Trudi ihr Handy verstaut hatte?", fragte ich unsicher.

„Nein", sagte Josh knapp. „Es ist alles, woran ich denken kann."

Meine Mundwinkel zuckten und ich reckte das Kinn, als wir die beiden rotgesichtigen FKK-Senioren erreichten. Das gedämpfte Licht, bemerkte ich, stammte von einer einzigen runden Deckenlampe, die keinen guten Job machte. Die gläserne Sauna leuchtete zwar von innen, dennoch war es unmöglich, durch die beschlagenen Fenster zu erkennen, ob sich etwas darin befand – wie zum Beispiel eine Leiche.

„Siehst du, Manfred? Ich habe dir gesagt, dass man sich auf Lou verlassen kann", stellte Trudi zufrieden fest und warf ihrem Liebsten einen pikierten Blick zu.

Ja, meine Zuckersucht war offenbar sehr vorhersehbar.

„Ja, ich sehe es", erklärte Manni und nickte nicht weniger zufrieden. „Und Kommissar Risotto ist auch dabei! Sehr beruhigend."

Josh seufzte leise.

„Beschwer dich nicht, Risotto ist die beste Reisspeise von allen", murmelte ich ihm zu, bevor ich lauter sagte:

„Natürlich kannst du dich auf mich verlassen, Trudi."
Ich hob die Hand, um ihren Arm zu tätscheln – überlegte es mir jedoch auf halbem Weg anders und lächelte
ihr lediglich zu.

Josh drückte meine Schulter, so als begrüßte er meine
Entscheidung, bevor er fragte: „Wie seid ihr hier hereingekommen?" Den Blick hielt er dabei gekonnt über Trudis Schultern, auch wenn die alte Dame gerade diesen
Moment aussuchte, um sich ein wenig zu strecken und
ihre alten Knochen knacken zu lassen.

„Oh, die Seitentür stand bereits offen, als wir anka-
men", sagte sie fröhlich. Den Schock von vorhin hatte
sie offenbar überwunden. „Wir dachten eigentlich, wir
müssten uns als Bewohner ausgeben, aber wir hatten
Glück. Gott sei Dank! Ich meine, niemand hätte uns geglaubt, dass wir hier zusammen mit den alten Leutchen
leben!"

„Mhm", machte ich unschlüssig und presste die Lippen zusammen, bevor mir noch unbedachte Worte wie:
Trudi, ihr seid beide sehr alt, herausrutschten.

Ich blickte zu Josh, der mit dem Blick den Boden abtastete und zwischen Trudis Füßen hängen blieb.
„Scheiße", wisperte er rau und verzog das Gesicht. Verwirrt schaute ich ebenfalls dorthin ... und mein Magen
zog sich unwohl zusammen. Rote Tropfen sprenkelten
die Fliesen unter Trudis pink lackierten Nägeln. Blut-
rote Tropfen.

„Seid ihr allein hier, Trudi?", wollte Josh scharf wissen. „Habt ihr irgendwen in die Sauna gehen oder aus
ihr herauskommen sehen?"

„Nein. Aber sie war bereits eingeschaltet, als wir kamen."

„Okay. Weißt du, ob ihr allein in der Sauna wart?"

Verärgert zog Trudi die Augenbrauen zusammen. „Junger Mann, meine Ohren sind ähnlich gut wie meine Augen – natürlich weiß ich nicht, ob wir allein waren. Der Nebel war doch sehr dicht und mein Hintern hat nur die Leiche identifizieren können, keine anderen Personen. Ich bin doch keine magische Wahrsagekugel!"

Ein ungutes Gefühl breitete sich in meiner Brust aus, das sich nur verstärkte, als Rispo langgezogen ausatmete und im nächsten Moment eine Pistole unter seiner dünnen Lederjacke hervorzog.

Ungläubig sah ich ihn an. „Du hast deine Waffe mitgenommen?"

„Wenn man mit dir und Trudi unterwegs ist, ist es immer ratsam, bewaffnet zu sein", sagte er abwesend und starrte auf die beschlagenen Scheiben der Dampfsauna, unter dessen Tür noch immer leichter Nebel hervorzog.

Ich hätte ihm gerne widersprochen, doch es war spät und lügen war auf Dauer anstrengend. „Du ... du denkst also wirklich, dass es Blut ist?", fragte ich nervös.

„Finden wir es heraus", murmelte er und sah erneut zu Trudi. „Wisst ihr zufällig, wie man die Sauna abstellt?"

„Schon getan", sagte Manni und streckte stolz die Brust. „Der Dampf ist schon viel weniger geworden."

„Habt ihr noch einmal reingeguckt?", fragte ich und sah skeptisch auf die beschlagene Glastür.

Trudi schüttelte den Kopf. „Ich habe von dir gelernt, dass man einen Tatort möglichst nicht beflecken sollte", erklärte sie in monotonem Ton.

Rispo warf mir einen beeindruckten Seitenblick zu. „Das ist dir klar? Und trotzdem hast du mehr Fingerabdrücke an Tatorten hinterlassen als jeder Serienmörder?"

Ich verdrehte die Augen. „Ist es meine Schuld, dass Tatorte meistens rutschig sind?"

„Es ist deine Schuld, dass du nicht besser aufpasst", bemerkte Rispo, bevor er mit der Waffe im Anschlag die Tür zur Sauna öffnete.

Ein Schwall weißer, dicker, nach Minze riechender Nebelschwaden drang daraus hervor und ließ mich husten. Meine Güte, sie mussten die Hitze voll aufgedreht haben, damit so viel Wasser in so kurzer Zeit verdampfen konnte! Das war nicht normal.

Josh und ich traten beiseite, um möglichst viel Kälte hineinzulassen, besser sehen zu können und schließlich einen Schritt in den nicht allzu großen Raum hineinzuwagen …

„Fuck", sagte Josh laut und ließ die Waffe sinken.

Zwei Dinge wurden sehr schnell klar. Erstens: Nur eine Person befand sich in der Sauna. Zweitens: Sie war mehr als nur *ziemlich* tot. Sie war *verdammt* tot. *Toter* als tot.

Übelkeit schoss in meinen Magen und flutete meinen Körper. Meine Atmung wurde hektisch und ein Schwindelgefühl erstickte jeden meiner Gedanken, während mein Blick durch den Raum hastete. Ich konnte nicht hin- aber auch nicht wegsehen. Beides schien unmöglich.

In den letzten Jahren hatte ich schon einige Tatorte gesehen, doch keiner war so wie dieser gewesen.

Eine Frau lag seitlich auf einer der Steinbänke, den einen Arm ausgestreckt unter ihren Kopf gelegt, als sei sie ohnmächtig darauf gekippt, den anderen im rechten Winkel gegen die Rückenlehne der Bank aufgerichtet. Ihr gesamter Körper war mit Kratzspuren übersät und Blut tropfte aus mindestens sieben verschiedenen Stichwunden. Es benetzte Bank und Boden, zog dickflüssige Fäden und vermischte sich mit der Feuchtigkeit zu einem rötlich glänzenden Film auf Haut und Fliesen. Sie war splitterfasernackt und entweder lag sie hier schon ein paar Jahrzehnte oder sie musste um die achtzig Jahre alt sein. Tiefe Falten zierten ihr Gesicht, auch wenn die Hälfte davon von den grauen Haaren verdeckt wurde, die an ihrer Haut klebten. Die Haare sahen merkwürdig aus. Auf den ersten Blick dachte ich, dass sie sich blaue Strähnchen gefärbt hatte, doch bei näherem Hinsehen wurde klar, dass es Bindfäden waren, die in ihrem Haar hingen. Nicht viele, nur ein, zwei Stück, aber dank ihrer dunkelblauen Farbe dennoch nicht zu übersehen.

Mit zitternden Beinen wanderte mein Blick weiter die Leiche hinab. Kleine Blutpfützen sammelten sich in ihren Körperfalten, und die Übelkeit in meinem Magen wurde abrupt so schlimm, dass ich mich würgend vornüberbeugen musste. Mein Blick landete zwangsweise auf dem Boden, der jedoch nicht viel besser aussah.

Scheiße. Es war eine einzige Sauerei.

Mein Atem wurde schleppender und das Abendessen bahnte sich einen Weg meinen Hals hinauf. Wieder würgte ich, schnappte nach Luft, krallte meine

Fingernägel in meine Jeans und versuchte, mich zusammenzureißen.

„Wenn du dich auf meinen Tatort übergibst, wird deine Kotze zum Beweisstück", murmelte Rispo gelassen und legte beruhigend eine Hand auf meinen Rücken. „Willst du das, Lou?"

Augenblicklich ging es mir besser, wenn auch nur marginal. Ich war ohnehin schon die Lachnummer auf dem Präsidium, da wollte ich nicht auch noch, dass sie stolze Besitzer meines Mageninhalts wurden.

Ich schluckte, kniff die Augen zusammen und konzentrierte mich weiter darauf, die stickige Luft einzuatmen. „Wie kannst du so ungerührt dastehen? Sie ... sie ist ein Mensch!"

„Ja", sagte er abwesend. „Aber jetzt ist sie mein Job – und wenn mir übel wird und ich mich nicht konzentrieren kann, mache ich ihn beschissen. Glaub mir, die ersten Male waren so schlimm, dass ich innerhalb eines Monats fünf Kilo abgenommen habe, aber mittlerweile ..." Er hockte sich langsam zu Boden und verengte die Augen. Konzentriert starrte er auf eine Stelle direkt vor seinen Füßen. Ich tat es ihm gleich und stutzte, als ich etwas silbrig Glänzendes erkannte.

War das eine Nadel? Eine ... Stecknadel?

Ich tastete weiter den Boden mit meinem Blick ab und blieb erneut an den Bindfäden aus Blut hängen, die vom Sitz tropften. Wieder würgte ich.

„Geh bitte raus, Lou", sagte Josh knapp. „Der Tatort ist schon nutzlos genug, nachdem zwei nackte Senioren ihn besudelt und die Feuchtigkeit und Hitze wahrscheinlich jeden Fingerabdruck unbrauchbar gemacht haben."

Zum ersten Mal in meinem Leben fiel es mir überhaupt nicht schwer, einer von Rispos Anweisungen zu folgen.

„Uiuiui, Louisa. Du siehst ganz schön blass aus", stellte Trudi fest, sobald ich aus der Sauna stolperte. „Also hatten wir recht, ja?", fragte sie neugierig und nicht ohne einen gewissen Grad an Genugtuung in ihrer Stimme. „Jemand hat einen ... Blutaufguss vorgenommen?"

Ich nickte und sog zischend Luft ein. Hier draußen war der Sauerstoff so viel besser, dass mein Magen sich langsam wieder beruhigte. „Es ist ... es ist eine ältere Frau. Wahrscheinlich war sie eine Bewohnerin des Altenheims." Zumindest war das meine Vermutung.

„Donnerwetter", bemerkte Manni kopfschüttelnd. „Kaum, dass ich dich kenne, Trudi, habe ich schon gleich mit zwei Toten zu tun! Du bist wirklich aufregend." Er klang hörbar begeistert.

„Oh, dafür kann ich keine Lorbeeren einheimsen", sagte die alte Dame bescheiden und winkte ab, sodass ihre Brüste wackelten. „Lou ist der Leichenmagnet. Ich sonne mich nur in ihrem Talent. Sie ist der eigentliche Leichenspürhund."

Unglücklich verzog ich das Gesicht. Als *Talent* würde ich meine Fähigkeit, über tote Leute zu stolpern, jetzt wirklich nicht bezeichnen. Andererseits war es süß, dass Trudis Glas immer noch halb voll war, obwohl sie das Blut einer toten Frau an ihrem Hintern kleben hatte.

Josh trat aus der Sauna, seufzte schwer und zog sein Handy aus der Tasche. „Herzlichen Glückwunsch, Trudi. Ich schulde dir eine Entschuldigung. Ich werde die Tastfähigkeiten deines Hinterns nie wieder anzweifeln", bemerkte er trocken.

Mhm. Das war auch so ein Satz, den ich nie aus seinem Mund erwartet hätte.

„Danke", sagte meine ehemalige Angestellte stolz. „Also ist es Mord? Ein Mord, den ich entdeckt habe?" Hoffnungsvoll hob sie die Augenbrauen.

Ich schnaubte. Wieso bekam ich auf einmal das Gefühl, dass ihr Lebenslauf bald eine neue Ergänzung bekommen würde?

„Ja. Definitiv Mord", murmelte Josh und hielt sich das Handy ans Ohr. „Ihr seid also auf eurem Weg hierhin niemandem begegnet?"

„Nein", sagten Manni und Trudi im Chor.

„Auch nicht auf dem Parkplatz?"

Wieder schüttelten sie den Kopf.

Josh nickte, bevor er in den Hörer sagte: „Hey, Marvin. Ich bin's. Ich habe hier eine Leiche im Seniorenheim *Himmelspforte* in Rodenkirchen. Ich brauche ein Spurensicherungsteam sowie ein paar Beamte, die neugierige Leute fernhalten. Außerdem ..." Sein Blick schweifte zu Trudi und Manfred, bevor er sich räusperte. „Bringen sie außerdem zwei große Bademäntel mit."

„Wofür?", hörte ich Joshs Partner verwundert fragen.

„Zum Wohle der Menschheit, Marvin", erwiderte Josh erschöpft. „Zum Wohle der Menschheit."

Zwanzig Minuten später wimmelte es im Altenheim von Frauen und Männern in Uniform. Die meisten von ihnen kannten mich beim Vornamen. Einfach aus dem Grund, weil sie mich schon mehr als einmal vernommen oder festgenommen hatten – und Rispo meinen Namen regelmäßig wütend im Revier herumbrüllte. Es war schön, dass sie nicht allzu überrascht waren, mich anzutreffen, und sich in Rispos Gegenwart nicht trauten, laut zu lachen. Es war jedoch etwas zermürbend, dass achtzig Prozent von ihnen fragten, ob ich nur mit Josh zusammen wäre, um näher am Geschehen zu sein und meine Leichensammlung zu erweitern.

„Oh, bitte", meinte Trudi und schnalzte mit der Zunge, als eine Beamtin vorschlug, ich solle doch einfach den Polizeifunk abhören und dann zu Tatorten hetzen, wie jeder normale Psychopath auch. „Als würde sie bei ihrem hotten Polizisten bleiben, um seinen Einfluss auszunutzen. Es muss der Sex sein." Überzeugt von ihrer Aussage nickte sie fest. „Denken Sie nicht auch, dass Sex mit Joshua Rispo grandios sein muss?" Fragend wandte sie sich an Marvin, Rispos Partner, nicht zu vergessen sein größter Fan, der mit einem Notizblock neben uns stand und bis eben Trudis Aussage aufgenommen hatte.

Der dünne Polizist nickte pflichtbewusst. „Ähm, ja. Ich stelle es mir … sehr angenehm vor, mit Rispo zu schlafen! Also, für Lou jetzt!" Er lief puterrot an. „Nicht, dass ich je darüber nachgedacht hätte, mit ihm … also nicht, dass er nicht attraktiv wäre, aber …"

„Beruhige dich, Marvin", sagte ich seufzend. „Niemand von uns glaubt, dass du mit Josh ins Bett willst."

Auch wenn ich mir seiner sexuellen Orientierung noch nicht ganz im Klaren war. Letztens hatte er zwar einer Frau auf den Hintern gestarrt, jedoch nur, um ihr zwei Sekunden später mitzuteilen, dass ihr Handy gefährlich weit aus der Hosentasche ragte und sie sich lieber vor Taschendieben in Acht nehmen solle.

Marvin war in etwa so groß wie ich, besaß jedoch zehn Kilo an Muskelmasse weniger – und das sollte was heißen. Meine Muskelmasse bestand derzeit nämlich aus einem kleinen Bizeps vom Erdeumgraben und drei Kilo Keksspeck, den ich als Muskeln bezeichnete, um mich besser zu fühlen.

Er war ein liebenswürdiger Kerl mit dem Kleidungsstil einer vierzigjährigen Frau und dem Selbstbewusstsein eines Jungen, der seinem Date aus Versehen in den Mund gespuckt hatte. Das Beeindruckendste an ihm war sein Nachname. Er hieß nämlich Held.

„Also, ich würde mit Joshi ins Bett hüpfen“, sagte Trudi ohne Umschweife, bevor sie laut überlegte: „Ich könnte ihm bestimmt noch das ein oder andere beibringen.“

„Ah, Trudi. Ich fürchte, du wärst zu viel für mich“, sagte Josh in diesem Moment trocken. Er war aus dem Flur hinter uns aufgetaucht. „Und außerdem würdest du Manni das Herz brechen.“

Manfred schüttelte nur den Kopf, bevor er an Josh auf und ab sah und sagte: „Ich würde es verstehen.“

„Ich nicht“, meinte eine neue Männerstimme. „Ich wette, selbst im Bett versucht er noch unter jedem Umstand zu beweisen, dass er besser ist als du.“

Intuitiv wollte ich den Mund öffnen und antworten, dass das zwar stimmte, aber durchaus seine positiven Seiten hatte, als ich bemerkte, wer da sprach.

Es war Mo, den vierten Rispo-Bruder Flo im Schlepptau und ein selbstgefälliges Lächeln auf dem Gesicht.

Joshs Miene verdüsterte sich so schlagartig, dass ich automatisch die Hand nach seiner ausstreckte. Das letzte Mal, als er so ausgesehen hatte, war er kurz davor gewesen, einen anderen Polizisten niederzuschlagen – und ich hatte heute schon genug Blut gesehen.

„Hey, Mo", sagte ich hastig, bevor Josh etwas knurren konnte. „Was machst du hier?"

„Oh, ich bin der neue Kriminalreporter des *Kölner Blatts*", sagte er leichthin. „Wenn du dich heute Abend nicht wie ein Arschloch aufgeführt hättest, hätte ich dir das sogar noch erzählt, Joshi. Na ja … als der Name Louisa Manu im Polizeifunk fiel, wurde mir sehr schnell klar, dass das hier mein erster Fall sein würde." Nachdenklich wandte er sich mir zu. „Die Zeitung hat da ein Motto: *Fällt der Name Louisa Manu, schreib alles mit und hör gut zu.* Deine steile Karriere als Pseudo-Detektivin ist beeindruckend. Du hast dir da einen schönen Ruf aufgebaut, Lou."

Ich stöhnte leise und bemerkte alarmiert, dass eine Ader auf Joshs Stirn hervorsprang.

„Ein Scheiß bist du", sagte er bissig.

„Nein, *Kriminalreporter*", erklärte Mo geduldig. „Ich musste schließlich umschulen. Reisejournalisten müssen reisen – und das ist schwierig, wenn du mir verbietest, die Stadt zu verlassen."

Josh schnaubte. „Ich habe dir überhaupt nichts verboten."

„Oh, ich meine, mich daran zu erinnern, dass der Satz ,*Wenn du mich wieder mit der Scheiße alleinlässt, bringe ich dich um!'* gefallen ist."

Mehrere Polizisten wurden hellhörig und sahen verwirrt auf.

„Er macht Witze!", sagte ich hastig.

„Nein, das habe ich ernst gemeint", widersprach Josh mir kalt und starrte Mo unverwandt an.

„Josh", zischte ich wütend. „Du saßt erst vor Kurzem wegen Mordverdacht in Gewahrsam, möchtest du das wiederholen?"

Er beachtete mich nicht. „Es gibt nicht mal richtige *Kriminalreporter*", fuhr er Mo an. „Das ist eine Berufsbezeichnung aus den Fünfzigern!"

Sein Bruder zuckte nur die Achseln. „Dem *Kölner Blatt* ist es egal, als was ich mich bezeichne, solange ich ihnen unterhaltsame und reißerische Artikel liefere."

Rispos Kiefer knackte bedrohlich. „Schön. Mo ist hier, um mich anzupissen – was ist deine Ausrede, Flo?"

Der zweitjüngste Rispo hob eine dunkle Augenbraue. Er war der schmächtigste und stillste von den Brüdern – dennoch war er unverwechselbar mit ihnen verwandt. Denn auch er hatte ein Talent dafür, Gesichtsausdrücke zu benutzen, die ausgeglichene Menschen vor Wut die Wände hochtrieben. „Oh, ich bin sein Praktikant", sagte er zufrieden.

Ungläubig sah Josh zu Mo.

„Hey, du hast gesagt, ich sei damit an der Reihe, mich um die Familie zu kümmern", sagte er und hob unschuldig die Hände.

„Aber nicht, indem du sie an Tatorte schleppst!", fuhr Josh ihn an. „Florian ist Student, er hat genug zu tun."

„Ich studiere was mit Medien, Josh", erinnerte Florian ihn weise. „Erfahrung als investigativer Journalist könnte gut auf meinem Lebenslauf aussehen."

„Wenn du weiterredest, musst du dir bald keine Gedanken mehr darum machen, jemals wieder einen zu schreiben", wisperte Josh bedrohlich.

„Oh, ich find euch alle klasse", meldete sich Trudi zu Wort und klatschte in die Hände. „Mit euch wird es nie langweilig! Alle streiten sich immer und blicken düster umher. Wie dieser Schneemann bei *Game of Thrones*!"

„Schneemann?", fragte Flo verdattert.

„Na, du weißt schon. Johann Schneemann. Der Typ, der immer guckt, als hätte er ein Gewicht an seinen Eiern hängen."

Flos Mundwinkel zuckten. Marvin verschluckte sich an seiner Spucke und beugte sich hustend vor. Mo fragte Trudi, ob er sie interviewen könne, sie schien eine dankbare Zeugin zu sein. Ich seufzte schwer und Joshs Lippen wurden zu einer so dünnen Linie, dass selbst Chuck Norris ein Problem damit gehabt hätte, auf ihr zu balancieren.

„Okay, es reicht jetzt. Das hier ist ein Tatort, kein verdammtes Familientreffen. Spiel du ruhig weiter *Kriminalreporter*, Mo, aber mach es auf einem anderen Spielplatz. Nur, weil du dir einen hübschen Titel zurechtgelegt hast, heißt das noch lange nicht, dass du hier sein darfst. Also verschwinde. Ich muss eine weitere Zeugin befragen und wenn ich in zehn Minuten zurück bin, möchte ich nur noch Lou hier vorfinden."

Ich lächelte ihm zu. „Vielen Dank für dein Vertrauen."

Er schnaubte. „Gib dich nicht dem Irrtum hin, dass ich deine professionelle Einsicht als Blumendetektivin haben will. Aber wir sind mit einem Auto hier und Marvin fährt wie eine Schnecke, die über Sekundenkleber gelaufen ist. Dieser Fall ist weder persönlich noch hat dich jemand um Hilfe gebeten – du hast also keine Ausrede, dich wieder kopfüber in die Scheiße zu reiten. Diesmal wirst du es einfach lassen, verstanden?" Er verengte die Augen, als ahnte er, dass ich ihm widersprechen wollte. Doch in seinem Blick schwang die stumme Bitte mit, diese wehleidige Schallplatte bitte erst später abzuspielen, also nickte ich nur. „Wundervoll", sagte er schroff, bevor er sich an Florian und Moritz wandte. „Was euch zwei Clowns angeht: Ich erteile euch Hausarrest, bis ihr über die Konsequenzen eurer Taten nachgedacht habt." Ruckartig drängte er sich an seinen Brüdern vorbei und lief den Gang hinab, aus dem er soeben gekommen war.

„Du kannst uns keinen Hausarrest mehr geben", rief Florian ihm zornig hinterher. „Wir sind keine sechzehn mehr!"

Manfred legte interessiert den Kopf schief. „Ihr habt mit sechzehn noch Hausarrest bekommen?"

„Nur, wenn ich zu lange aufgeblieben bin und den Schulbus verschlafen habe", meinte Flo missmutig, bevor er sich zu Mo wandte. „Ich weiß nicht, ob es das wert ist, Alter!" Im nächsten Moment lief er Josh nach. Vielleicht, um mit ihm zu reden, vielleicht aber auch nur, um zurück an die frische Luft zu gelangen.

Mo schien seinem Bruder jedoch nicht zuzustimmen. Er sah sehr zufrieden aus.

Seufzend blickte ich ihn an. „Ich möchte mich nicht in euren Streit einmischen", sagte ich ruhig. „Aber du bist es nicht, der mit ihm zusammenwohnt. Ich schon. Versuche dieses Wissen in deine übereilten Entscheidungen miteinfließen zu lassen."

„Lou, ich liebe Josh“, sagte Mo feierlich. „Er ist der beste große Bruder, den wir uns hätten wünschen können. Ich weiß, dass er nach Mamas Tod eine Menge Scheiß durchgemacht und die Verantwortung übernommen und uns alle beschützt hat. Aber er kann mir nicht sagen, was ich tun und lassen soll. Wenn ich mich recht erinnere, kotzt dich diese Eigenschaft auch verdammt an.“

Ich öffnete meinen Mund ... schloss ihn jedoch direkt wieder. Denn natürlich hatte er recht damit, dass Josh ein Kontrollfreak war und er mich deswegen zur Weißglut brachte.

Vehement räusperte ich mich. „Ich will nur nicht, dass du ihn absichtlich provozierst.“

„Das ist sehr schade, denn ich bin sehr gut darin und baue auf meine Stärken“, stellte Mo fest und hob die Schultern.

Wieder seufzte ich schwer, während Trudi an meinem T-Shirtsaum zupfte.

„Seid ihr fertig, Louisa?“, fragte sie aufgeregt und senkte ihre Stimme so effektiv, dass nur noch alle Leute in einem Zwei-Meter-Umkreis sie hören konnten. „Ich würde nämlich gerne wissen, ob das hier unser neuer Fall wird? Wenn du ihn nicht übernehmen willst, kann ich das tun! Ich denke, ich bin bereit, selbst Recherchen aufzunehmen. Ich bin schließlich schon lang genug deine Assistentin.“

Alles an dem, was Trudi gerade gesagt hatte, ließ mir den Schweiß ausbrechen. Trudi hatte das Feingefühl eines Oktopus ohne Arme und ihre alleinige Tätersuche würde sehr schnell zur Sargsuche werden.

„Warum bringe ich euch beide nicht zu eurem Auto?“, bot ich an und sah hoffnungsvoll zu Manni. „Die Polizei meinte, ihr dürft gehen. Über alles andere können wir dann morgen reden.“

Ich musste darauf setzen, dass Trudis löchriges Gedächtnis mir den Gefallen tat, diese Nacht besonders viel auszusortieren.

„Ich bin tatsächlich ziemlich müde“, meinte Trudi verwundert. „Leichen zu finden ist sehr erschöpfend. Das hast du mir nie erzählt, Lou.“

„Tja, jetzt weißt du es“, bemerkte ich und zog sie und Manni vorsichtig Richtung Seitenausgang. Bevor wir ihn jedoch erreichten, wandte ich mich noch einmal zu Mo um. „Er will dich immer noch schützen, Mo. Das weißt du, oder?“ Dann trat ich aus der Tür.

Kapitel 3

Ich wachte auf, weil ich davon träumte, beobachtet zu werden.

Meine Haut kribbelte am ganzen Körper, meine Brust war eng, mein Atem flach – und ich war furchtbar froh, als ich aus dem Traumland in die Realität glitt.

Müde gähnte ich und öffnete die Lider.

Eine dunkle Gestalt stand über mir. Die Augen zu Schlitzen verengt, die Arme verschränkt.

Abrupt zuckte ich zusammen und schlug mit dem Schädel gegen den Bettkopf. „Heiliger Blumentopf", stieß ich aus und legte eine Hand auf die Brust, als ich erkannte, dass es nur Rispo war. „Kannst du bitte nicht dastehen, als wärst du ein Serienmörder, der mir gleich einen Smiley ins Gesicht ritzen will?"

Josh schüttelte den Kopf. „Ich hätte dir nie von dem Smiley-Mörder erzählen sollen."

Nein, hätte er wirklich nicht. Meine Albträume waren seitdem so viel facettenreicher geworden. „Benimm dich nicht wie der Smiley-Mörder, dann haben wir kein Problem", murmelte ich und gähnte erneut.

Josh nickte. „Ich wollte mich nur verabschieden, ich muss zur Arbeit."

Mein Blick fiel auf den Wecker. Es war kurz nach sechs. Viel zu früh also.

„Okay", sagte ich schläfrig, blinzelte und sank zurück in die Kissen. „Dann geh und spiel mit deinen Mördern."

Rispo rührte sich nicht.

Skeptisch sah ich ihn an. „Ist irgendwas?"

„Ja."

„Ich habe deinen Rasierer nur aus Versehen benutzt, wirklich!", sagte ich sofort.

Seine Mundwinkel zuckten. „Darum geht es nicht. Wir ... wir kamen gestern nicht dazu, ein Gespräch zu führen."

„Es ist mir egal, was du sagst, Josh. Faultiere sind süßer als Hunde, auch wenn sie dümmer sein mögen."

Grimmig presste er die Lippen zusammen. „Du weißt genau, worum es geht."

Ja, wusste ich. Doch mir gefiel es nicht, dass es an diesem Morgen um *meine Dummheiten* und nicht um Mos ging. „Ich werde mich nicht in den Fall einmischen", murmelte ich, setzte mich auf und streckte die Arme über den Kopf.

Josh war so überrascht von meinen Worten, dass er einen Moment lang aussah wie eine Cartoonfigur. „Du widersprichst mir also nicht?", sagte er verwundert. „Ich weiß nicht, ob mich das freut oder mir Angst macht."

Ich schnaubte. „Ich reiße erst den nächsten Fall wieder an mich", sagte ich und winkte ab.

Sofort wurde Rispos Miene wieder unglücklich, was mich zum Lachen brachte.

„Das war ein Witz, Josh!"

Er schüttelte den Kopf. „Deine Witze werden zu oft Realität, Lou. Und warum genau willst du nicht wieder auf Mörderjagd gehen? Das irritiert mich."

„Na, die Gründe, die du gestern genannt hast. Es ist nichts Persönliches, niemand hat mich um Hilfe gebeten ..."

Außerdem war mir der Tatort etwas zu gruselig gewesen. Dass jemand vor ein paar Monaten versucht hatte, mich zu erschießen, saß mir immer noch in den Knochen.

Klar, ich müsste lügen, wenn ich sagen würde, dass ich nicht darüber nachgedacht hatte – Mörder zu suchen machte süchtig, egal wie oft man unter Todesangst litt –, aber ehrlich gesagt hatte ich im Moment einfach zu viel zu tun, um meinen Kopf mit unnötigem Ballast, wie der Frage, warum eine Stecknadel am Tatort gelegen hatte, zu füllen. Mein Blumenladen lief super. Ich hatte eine festangestellte Floristin, eine Aushilfe, einen Blumenlieferanten und würde im September sogar anfangen, meine erste Azubine auszubilden. Was einen Schritt nach vorn, aber auch eine Menge Arbeit bedeutete. Doch Leonie, die gerade frisch von der Realschule kam, hatte ein so sonniges Gemüt und war so unglaublich wissbegierig, dass ich mir sicher war, sie würde ein voller Erfolg werden. Aufträge zu Hochzeiten bekam ich am laufenden Band und seitdem ich Floristin des Vertrauens für ein Bestattungsinstitut war, hatte ich auch dort eine feste Einnahmequelle.

Zusätzlich zu den Verpflichtungen als Ladeninhaberin kamen meine privaten Themen: Wie zum Beispiel die Tatsache, dass Emmi sich in den letzten Wochen äußerst merkwürdig benahm, Finn nicht mehr mit mir redete, meine beste Freundin Ariane die furchtbare Idee hatte, ihre Haare zu färben, und meine Mutter mich schon länger nicht mehr kritisiert hatte – was mich zunehmend nervös machte.

Ich brauchte keine weiteren Ablenkungen.

„Lou, du weißt, dass ich dir vertraue", sagte Josh langsam. „Aber ... ich glaube dir nicht."

Frustriert atmete ich aus. „Josh, ich schwöre dir: Ich habe gar kein Interesse, den Mörder zu finden", beharrte ich und strich mir die Haare aus dem Gesicht. „Der Fall ist mir ehrlich gesagt etwas zu ... blutig. Ich mag meine Opfer vergiftet oder erschlagen."

Rispo verengte noch immer skeptisch die Augen.

„Ich meine es ernst, Josh", meinte ich lachend und zog ihn zu einem Kuss heran. „Geh zur Arbeit und zerbrich dir nicht weiter den Kopf darüber. Ich verspreche dir feierlich: Ich werde nicht auf Mördersuche gehen."

„Ich habe eine brillante Idee, wie wir den Mörder finden können, Louisa!", begrüßte mich Trudi vier Stunden später, als sie in meinen Laden wehte.

Mein erster Gedanke war: *Mist, sie hat es nicht vergessen.* Mein zweiter: *Wo ist meine Sonnenbrille, wenn ich sie brauche?*

Denn Trudis Erscheinung blendete mich. Ich war es gewohnt, dass sie sich unkonventionell kleidete, doch heute schoss sie den Vogel wirklich ab – oder sollte ich sagen den Leoparden?

Sie trug ein bodenlanges, weites unförmiges Kleid, das an Steinzeit-Barbie oder einer Wildkatze mit gutem Willen *okay* ausgesehen hätte. An ihr jedoch wirkte es, als habe sie einen Leoparden erlegt und präsentierte ihn nun auf ihren Schultern, um die anderen Mitglieder ihres Stammes einzuschüchtern. Aus unerfindlichen Gründen trug sie außerdem eine Warnweste über ihrem Ensemble, die dem Outfit das fehlende Orange gab, das es nicht brauchte.

Langsam legte ich die Gartenschere auf den Tresen, mit der ich vor einer Sekunde noch Efeu für einen Türkranz zurechtgeschnitten hatte, bevor ich unauffällig den Blick nach oben schweifen ließ, auf der Suche nach ihren Katzenohren, doch ich konnte keine entdecken.

Es war kurz nach zehn und noch war ich allein im Laden. Sonja, meine angestellte Floristin, verspätete sich wegen eines Bahnchaos und irgendwie war ich froh darum. Sie war nicht so talentiert wie ich darin, ihren Unglauben gegenüber Trudis Erscheinung zu verstecken.

Ich räusperte mich und klopfte Pflanzenreste von meinen Händen. „Du ... was?"

„Ich habe eine brillante Idee für unsere Mördersuche", wiederholte sie, ein Glitzern in ihren Augen, das mir eine Gänsehaut bereitete. Es war nicht so, dass ich Trudi nicht für klug und aufmerksam und großartig hielt. Sie war ein toller und kreativer Mensch. Leider folgten auf ihre *brillanten Ideen* jedoch meistens Feuersbrünste, Strafanzeigen und eine Menge blaue Flecke.

„Okay", sagte ich und blinzelte mehrfach. „Zunächst: Was genau hast du da an, Trudi?" Ich musste einfach fragen. Mein Gehirn könnte explodieren, wenn ich es nicht tat.

„Oh, gefällt es dir?", fragte sie entzückt und watschelte einmal im Kreis, um mir das Ungetüm auch von hinten zu zeigen. „Normalerweise würde ich mich etwas gediegener anziehen, aber das hier gehört alles zu meiner Undercover-Persönlichkeit!"

Ungläubig sah ich sie an. „Deiner *was*?"

„Ich habe doch gesagt, dass ich eine brillante Idee habe, den Mordfall möglichst effektiv aufzuklären!", sagte sie ungeduldig und schnalzte mit der Zunge. „Du musst besser zuhören, Louisa."

„Und zu deiner Idee gehört eine … eine Undercover-Persönlichkeit?" Mir schwante Übles.

„Natürlich!" Verwirrt sah sie mich an. „Wie sonst sollte ich mich unbemerkt in das Heim *Himmelspforte* einschleusen und für dich recherchieren?"

Oh … Scheiße.

Ich wollte gerade den Mund öffnen, um Trudi behutsam näherzubringen, dass das eine furchtbare Idee war, als das Ladentelefon auf dem Tresen klingelte.

„Okay, behalte deinen Gedanken im Kopf", murmelte ich und hielt einen Zeigefinger hoch, bevor ich ans Telefon ging. „*Louisa's Flower Power*, Louisa am Apparat."

„Ja, hallo", meldete sich eine männliche Stimme. „Ich rufe wegen Talia an. Ich würde gerne einen Termin mit ihr vereinbaren."

„Was?", fragte ich perplex. „Talia? Ich kenne keine Talia. Sie arbeitet hier nicht."

„Ähm … Talia?", sagte der Typ unsicher. „Die mit dem Tulpentanz?"

Ich schnaubte. „Entschuldigen Sie, Sie müssen die falsche Nummer haben." Kopfschüttelnd legte ich auf, um wieder das Problem vor mir zu fixieren. „Also, Trudi … du hast dir überlegt, mithilfe einer Undercover-Persönlichkeit das Altenheim zu infiltrieren und so den Mörder zu schnappen?", fasste ich noch einmal zusammen, in der Hoffnung, dass sie bemerkte, wie wahnsinnig diese Idee klang.

„Exakt!", sagte sie mit strahlendem Gesicht.

Mission fehlgeschlagen.

Ich seufzte schwer und beschloss, kurz mitzuspielen. Wenn ich ihr sagte, dass ihre Idee hirnrissig sei, ohne sie ganz angehört zu haben, würde sie mir nur den Vogel zeigen und mich als engstirnig bezeichnen. „Erzähl mir von deiner Undercover-Persönlichkeit", bat ich deswegen und gab mir Mühe, meinen Gesichtsausdruck möglichst neutral zu halten.

Trudi klatschte in die Hände. Sie schien auf einmal sechzig Jahre jünger. „Sie ist ziemlich gewieft! Sie deckt alle Eventualitäten ab und erklärt, warum ich mich manchmal merkwürdig verhalte und komische Fragen stelle." Sie zwinkerte mir zu. „Also, ich heiße Brunhilde von Lömmelzahl, kurz Hildi Lömmel. Ich bin auf einer einsamen Insel nahe Afrika unter Eingeborenen groß geworden, die mir eine Menge beigebracht und mir die Liebe zu allen Kulturen aufgezeigt haben. Meine Eltern sind von altem Adelsblut und stinkreich, doch das wurde mir erst klar, als ich mit zwanzig nach Deutschland zurückkehrte. Hier setze ich mich für die Erhaltung seltener Tierspezies ein und fröne einem ausgelassenen Leben mit einer Menge Gemüse und Wein. Ich liebe Tiramisu und lange Waldspaziergänge und ich träume davon, einen bengalischen Tiger zu reiten."

Ich blinzelte und war einige Momente lang sprachlos. Wer hätte ihrer Fantasie eine solche Geschichte zugetraut?

Schließlich sagte ich: „Aha ... und was hat das jetzt mit dem Kleid zu tun?"

„Oh, ich habe von den Eingeborenen gelernt, dass man sich am besten mit Leopardenmustern tarnt – und diesen Modestil habe ich nie abgelegt."

„Und die … die Warnweste?"

„Ich habe panische Angst, von einem Auto überfahren zu werden, weil mir vorher nur Ameisenstraßen ein Begriff waren."

„Sicher", sagte ich tonlos und wenn ich ehrlich war, leicht überfordert. Alles, was Trudis Mund verlassen hatte, war so absurd, dass – wenn ich sie nicht kennen würde – ich mit einer versteckten Kamera gerechnet hätte.

„Ähm", sagte ich nach einer halben Ewigkeit. „Ich hab nur eine kurze Frage …"

„Worüber redet ihr?", unterbrach eine Stimme uns und als ich aufblickte, erkannte ich Emmi, meine zwei Jahre jüngere Schwester, in der Tür. Ihre Haare waren zurzeit genauso braun wie meine, aber da hörten unsere Gemeinsamkeiten auch schon auf.

Sie war ein paar Zentimeter kleiner als ich, fünfzehn Kilo leichter und siebzig Prozentpunkte verantwortungsloser.

Sie bezeichnete sich selbst gerne als Lebenskünstlerin und Opportunistin, doch wir beide wussten, dass sie sich einfach nur weigerte, erwachsen zu werden, weil das viel zu anstrengend war. Warum sollte man mit siebenundzwanzig auch über so etwas wie Rente oder Festgeldanlagen nachdenken?

Seit sie die Hochzeit mit Finn abgesagt hatte, war sie noch ein wenig wankelmütiger geworden. Vielleicht, weil sie sich daran erinnert hatte, dass sie es konnte.

Vielleicht aber auch, weil sie ihn vermisste und nicht bereit war, es zuzugeben.

Als ich sie das letzte Mal gefragt hatte, wie es ihr ginge, hatte sie mich nur verwirrt angesehen und gesagt: „Ich bin jung und hübsch und intelligent, Lou. Wie soll es mir schon gehen?"

Ich hatte sie nicht noch einmal darauf angesprochen.

„Wir haben einen neuen Mordfall", sagte Trudi begeistert und zerrte mich zurück in die Realität.

Emmis Augen weiteten sich und sie antwortete etwas, während ich darüber nachdachte, wann und wie Trudi, meine Schwester und ich zu einem *Wir* zusammengewachsen waren, sobald es um tote Menschen ging. Da band man den ein oder anderen zum Schmierestehen ein und schon war man eine feste Gruppe?

„… sie sah übel aus, musst du wissen", berichtete Trudi gerade. „Ziemlich blutig und alt. Aber eine Tote in einer Dampfsauna? Der Fall ist vielversprechend, oder?"

Emmi nickte nachdenklich, sah aber nicht übermäßig begeistert aus. Ich konnte sie verstehen. Vor ein paar Monaten war sie noch in eine Schießerei verwickelt gewesen, sie würde unmöglich wieder bei einem Fall … „Okay, ich bin dabei", sagte sie und nickte fest. „Um ehrlich zu sein, kann ich zurzeit etwas Ablenkung gebrauchen."

„Warum kannst du Ablenkung gebrauchen?", wollte ich verwirrt wissen.

Unsicher flackerte ihr Blick zu mir, bevor sie die Hände in die Hosentaschen schob und die Achseln zuckte. „Nur so."

Okay. Was war da los? „Was tust du überhaupt hier?", fragte ich weiter nach. „Musst du nicht arbeiten?"

„Trudi hat mich gestern angerufen. Sie meinte, sie hätte gutes Material für mein neues YouTube-Projekt, da habe ich mir Urlaub genommen." Sie winkte mit ihrer Kamera.

„Du hast dir spontan für heute Urlaub genommen?", fragte ich verdutzt.

„Na ja, ich habe mich krankgemeldet."

Stöhnend ließ ich den Kopf in den Nacken fallen – als erneut das Ladentelefon klingelte.

Gereizt hob ich ab: *„Louisa's Flower Power*, Louisa am Apparat."

Es war wieder eine unbekannte Männerstimme, die antwortete. „Hallo. Ich wollte wissen, ob Ruby noch einen Platz morgen um sieben frei hat?"

„Was?"

„Ruby? Ich würde gern ihr sinnliches Rosenbad in Anspruch nehmen."

„Was?", wiederholte ich dümmlich.

„Ähm … bin ich hier nicht richtig?", fragte die Männerstimme verwirrt. „Oder ist Ruby ausgebucht?"

Ungläubig nahm ich den Hörer von meinem Ohr, sah ihn kopfschüttelnd an und legte auf. Was war denn heute los mit den Leuten?

„Okay, Mädels, es tut mir leid, aber ich muss die Party beenden", sagte ich angespannt und hob die Hände. Ich hatte genug. Wenn ich jetzt nichts sagte, würde das Ganze aus dem Ruder laufen. „Ich habe Josh ver-sprochen, diesem Mord nicht nachzugehen, und ich werde mich daran halten. Sorry, dass du schon so viel Aufwand betrieben hast, Trudi, aber … ich kann nicht."

„Das ist gar kein Problem, Louisa", sagte sie großmütterlich und klopfte mir auf die Schulter. „Wenn du nicht mitmachen möchtest, übernehmen Emily und ich das allein, nicht wahr?"

Erwartungsvoll sah sie zu meiner Schwester. Die hob nur eine Schulter. „Darf ich dich bei der Recherche filmen?"

„Aber natürlich, wir erzählen einfach allen, dass du eine Dokumentarfilmerin bist, die meine Autobiographie dreht."

Ein penetranter Kopfschmerz setzte in meinen Schläfen ein.

„Weißt du, auch mir kommt dieser Mord nur recht", fuhr Trudi fort. „Klar, es tut mir schon leid, dass die arme Frau tot ist. Aber vielleicht hatte sie es ja auch verdient? Das wissen wir ja gar nicht. Ehrlich gesagt langweile ich mich etwas. Kai verbietet mir jedes aufregende Hobby."

„Was sind das für Hobbys?", wollte Emmi interessiert wissen.

Mein Kopfschmerz wurde augenblicklich schlimmer. Als ob Trudi Inspiration dazu bräuchte, was für hirnrissige Dinge sie in ihrer Freizeit anstellen konnte!

„Na ja, ich darf nicht lernen, wie man Schwerter schluckt, keine Pudel züchten, nicht Fallschirmspringen, und mit Kettensägen Kunstwerke zu erschaffen hat er mir auch verboten. Es ist, als wollte er einfach nicht, dass ich in meinem Leben noch Spaß habe."

Ja, ihr Sohn Kai war zu Recht besorgt – und wenn ich ehrlich war, war ich es auch.

Rispo mochte zwar immer behaupten, dass meine Vorgehensweise bei widerrechtlichen Mordermittlungen absurd, gefährlich und zum Haareausreißen war, aber Trudi und Emily stellten mich ohne Probleme in den Schatten.

Doch was blieb mir für eine Wahl? Wenn ich sie einfach machen ließ, würde ich mir nie verzeihen, falls ihnen etwas zustieß. Ich könnte mir natürlich ein Bein ausreißen, um sie von ihrem Vorhaben abzubringen ... oder ich konnte in einem Mord ermitteln, der blutig und gruselig war, obwohl ich Josh versprochen hatte, es nicht zu tun.

Ich steckte in einem echten Dilemma.

„Was sind unsere ersten Schritte?", fragte Emily derweil und packte ihre Kamera weg.

„Ich gehe undercover in das besagte Altenheim", erklärte Trudi. „Es ist ja wohl klar, dass der Mörder sich dort irgendwo herumtreiben muss, und dann höre ich mich subtil ein wenig um."

„Wie hieß denn überhaupt das Opfer?", fragte Emily weiter.

„Oh ..." Trudi blickte zu mir. „Ähm ... das werde ich dann herausfinden, denke ich."

Ich schloss die Augen, massierte meine Schläfen und atmete tief durch. Okay, einen letzten Versuch war es wert.

„Ich halte das für keine gute Idee", sagte ich mit Nachdruck. „In dem Altenheim wurde jemand ermordet, Trudi. Wie sicher kann es dort schon sein? Was, wenn es der Mörder auf hübsche ältere Frauen abgesehen haben? Du könntest sein nächstes Opfer werden."

„Papperlapapp. Eine Leiche macht noch lange keine Gefahr. Außerdem habe ich mich bereits dort angemeldet, mit ein paar Scheinen gewunken und kurzfristig einen Platz ergattert."

Natürlich hatte sie das.

Ich zog eine Grimasse und rieb mir mit der Hand fieberhaft über die Stirn. Was sollte ich tun?

„Du solltest ein bisschen beeindruckter sein, Lou", stellte sie fest. „Sie haben eine lange Warteliste. Andere würden töten für diesen Platz!" Ihr Gesicht erhellte sich. „Oh, das sollte ich mir direkt als mögliches Mordmotiv aufschreiben. Hast du Stift und Papier?"

Ich antwortete nicht. In meinem Gehirn ratterten alle Räder, die ich zur Verfügung hatte – doch sie waren nicht genug.

So ein Mist. Das konnte doch nicht wahr sein! Kaum sah ich nicht hin, meldete Trudi sich in einem Altenheim an, um undercover in einem Mordfall zu recherchieren, während ich Josh geschworen hatte, dass ich ihn nicht untersuchen würde?

Was tat ich denn jetzt? Ich konnte unmöglich zulassen, dass Trudi sich als Hildi Lömmel dort einschleuste. Sie würde entweder vom Mörder getötet werden oder vom Pflegepersonal einen guten Psychiater empfohlen bekommen, der ihre Warnweste durch eine Zwangsjacke ersetzte. Wie es auch endete, es sah nicht gut aus.

Tief atmete ich durch. Ich musste Schadensbegrenzung betreiben. Ich fühlte mich ein wenig schuldig, da ich Trudi am Vortag nicht direkt ausgeredet hatte, sich des Falls anzunehmen. Aber wer hätte ahnen können, dass sie so voreilig handelte?

Jeder, der sie kennt, Lou, flüsterte meine innere Stimme. *Einfach jeder, der sie kennt.*

Verdammt, mein Unterbewusstsein hatte recht.

„Okay, Trudi ... wenn du wirklich unbedingt dort ins Altenheim willst, solltest du dich vielleicht einfach als du selbst einschleusen", sagte ich langsam. „Deine geheime Identität könnte man mit einer einzigen Google-Abfrage aufdecken."

„Mhm." Sie runzelte die Stirn und dachte sichtlich angestrengt über meine Worte nach. „Na gut. Ist vielleicht keine blöde Idee. Das andere ist auch etwas kompliziert. Mein Gedächtnis ist nicht mehr das Beste und ich habe die Hälfte meiner Geschichte schon wieder vergessen. Ich werde mich einfach als alte Dame ausgeben und meine eigene Geschichte behalten."

„Trudi ... du *bist* eine alte Dame", erinnerte ich sie.

„Pustekuchen. Ich bin vielleicht etwas angelaufen an den Ecken, aber ansonsten noch topfit!"

Da waren ihr Kardiologe und der Chirurg, der ihr ein neues Hüftgelenk eingesetzt hatte, anderer Meinung, aber ich hielt lieber die Klappe.

„Und wenn ihr beide unbedingt ein wenig Herumschnüffeln wollt ..." Ich seufzte schwer. „Dann kann ich schon ein wenig helfen."

Trudi nickte und Emily grinste breit. „Du wirfst deine Vorsätze auch schneller über Bord als ein sinkendes Schiff seinen Ballast, oder?"

„Nein!", widersprach ich sofort. „Ich werde mich nicht in den Fall einmischen. Ich werde ihn nur ... beaufsichtigen."

Wie hoch war wohl die Wahrscheinlichkeit, dass ich Josh diese Lüge verkaufen konnte?

„Jaja", sagte Emmi, eine Unschuldsmiene auf ihrem Gesicht. „Du wirst dich nicht einmischen, aufhören, Kekse zu essen und in Afrika Elefanten jagen."

Ich wollte gerade etwas Wütendes erwidern, als schon wieder das Telefon klingelte.

Frustriert stieß ich Luft aus, bevor ich abhob. *„Louisa's Flower Power*, Louisa am Apparat. Was kann ich für Sie tun?"

„Ja, guten Morgen. Ich feiere Samstag spontan einen Junggesellenabschied und interessiere mich für Candys *Feuchtfröhliches-Flower-Fest?*"

„Wovon zum Teufel reden Sie?", fuhr ich den Fremden an. „Ich beschäftige weder eine Talia noch eine Ruby noch eine Candy! Und was zur Hölle ist ein *Feuchtfröhliches-Flower-Fest?*"

„Aber Ihre Website sagt doch eindeutig, dass ..."

„Wie bitte?", fragte ich ungläubig. „Meine Website sagt *was?*"

„Nun, Sie müssen doch wissen, was auf Ihrer Website steht ... das ist doch *Louisa's Flower Power*, oder nicht?"

„Ja", sagte ich verdattert. „Aber wir bieten kein *Feuchtfröhliches-Irgendwas* an!"

„Ähm, Louisa", machte sich Trudi bemerkbar, die mittlerweile über Emilys Schulter auf das Handy in ihrer Hand starrte. „Laut deiner Website ist das *Feuchtfröhliche-Flower-Fest* dein Bestseller. Ich wusste gar nicht, dass du dein Geschäftskonzept erweitert hast ..."

Mein Mund wurde trocken und stirnrunzelnd schüttelte ich den Kopf.

„Ich muss auflegen. Sie verwechseln da was", sagte ich harsch in den Hörer und ließ das Telefon sinken, bevor ich um den Tresen herumging, um mir anzusehen, was Emily auf ihrem Handy hervorgefischt hatte.

Es war meine Website.

Mein Blumenlogo schmückte die obere linke Ecke, mein Schriftzug die rechte – doch da, wo meine Blumen-Bestseller beworben werden sollten, gab es eine

Menge Bilder, die ich noch nie zuvor in meinem Leben gesehen hatte.

Meine Augen wurden immer größer und mein Herz zog sich abrupt zusammen. „Das ist … was zur Hölle?"

Es war nicht so, dass die Fotos thematisch vollkommen fremd waren. Nein, eine Menge Blumen war zu sehen. Doch sie waren ausnahmslos um die halbnackten Körper von großbusigen Schönheiten drapiert, die mich verheißungsvoll anlächelten.

Blumig-süße Stripperinnen für kleines Geld!, stand in roter geschwungener Schrift darüber und eine Zeile darunter: *Echte Blumen, echte Brüste – für Ihre ganz persönliche und stilvolle Party!*

Mit jeder Zeile, die ich las, wurden meine Augen größer und mein Herzschlag schneller.

Da war Talia, die mit ihrem Tulpentanz warb. Das „Rosenbad mit Ruby"-Angebot … Calendula-Candy, deren Spezialität Süßigkeiten und Sonnenblumen waren.

„Scheiße", fuhr ich auf, ließ das Handy zurück in Emmis Hand fallen und rannte zu meinem Büro. Hastig kletterte ich unter der Schreibtischplatte durch, tauchte auf der anderen Seite wieder auf und fuhr meinen Computer hoch.

Das konnte nicht wahr sein! Welcher bösartige Mensch machte sich einen Spaß daraus, unschuldigen Blumenladeninhaberinnen das Leben schwer zu machen? Und wie viele potenzielle Kunden hatten die Angebote auf meiner Website schon gesehen?

„Oh, die sind wirklich sehr ästhetisch, die Mädels", hörte ich Trudi im Verkaufsraum anerkennend sagen. „Ich war schon immer der Meinung, dass Lou eine aggressivere Verkaufstaktik entwickeln müsse. Schön, dass sie jetzt auf mich hört."

„Ich habe diese Bilder nicht online gestellt!", rief ich wütend und öffnete meinen Internetbrowser. „Das war jemand, der meinem Geschäft offensichtlich schaden will."

„Bist du sicher?", rief Emily skeptisch. „Talia und ihr Tulpentanz klingt nach einem Wortwitz, den du zu schätzen wüsstest ..."

Ja, natürlich würde ich das! Die Namen und Angebote waren ein Meisterwerk! Aber nur, weil der Hacker offensichtlich Humor hatte, machte mich das nicht weniger wütend. „Ich war es nicht und wenn sich herumspricht, dass ich plötzlich auch Stripperinnen anbiete, dann bin ich ruiniert!"

Meine Finger flogen über die Tastatur und innerhalb weniger Minuten hatte ich ein Foto der Schandtat gemacht und die Website eingefroren. Jetzt würde einem potenziellen Kunden angezeigt, dass wir die Seite gerade umbauten.

„Hast du Feinde, Louisa?", überlegte Trudi und streckte den Kopf durch meine Tür.

Nun ... Feinde war ein so hartes Wort. Ich hatte Leute, die wirklich nicht meine Freunde sein wollten, aber ... Feinde?

Klar, da war Felicitas, der ich in der Grundschule absichtlich drei Kaugummis in die Haare geschmiert hatte. Der ein oder andere Mörder, den ich zur Strecke gebracht hatte. Meine Postbotin, die ich unglücklicherweise für einen Mann gehalten hatte. Chris, mein Ex-Freund, den Rispo lächerlich gemacht hatte. Inessa, Joshs Ex-Verlobte, der ich damit gedroht hatte, ihr ein

Bügeleisen ins Gesicht zu drücken, wenn sie ihm noch einmal zu nahe kam.

Mhm. Jetzt, da ich darüber nachdachte, schien meine Liste an Nicht-Freunden relativ lang. Dabei war ich doch sonst so nett!

Schwer seufzend ließ ich mich wieder unter den Tisch fallen und krabbelte in den Verkaufsraum. „Ich werde über meine Liste an Feinden nachdenken", murmelte ich. „Aber jetzt warte ich erst mal, bis Sonja da ist ... und dann muss ich damit zur Polizei."

„Polizei?" Emmi machte große Augen. „Aber das sieht doch eher wie ein dummer Streich aus."

„Ist mir egal, es schadet mir und ich will wissen, wer das war!"

„Na gut", sagte Emily und zog eine Grimasse. „Du warst schon länger nicht auf dem Präsidium. Sie vermissen dich bestimmt schon. Ich komme mit."

„Okay, ich auch", sagte Trudi, bevor sie hinzufügte: „Hey, meint ihr, es ist Diebstahl, wenn ich die Blumen-Stripperinnen-Idee nehme und selbst zu einem Geschäft mache?"

Ich seufzte nur und hob hilflos die Schultern – ich würde sie ja doch nicht davon abhalten können, mitzufahren.

Kapitel 4

Das Kölner Hauptrevier war ein erstklassiger Beton-
klotz mit düsterer Ausstrahlung, in dem ich schon so
manchen Nachmittag verbracht hatte. Mittlerweile
kannte ich sein Inneres besser als das meiner Handtasche und eins hatten sie gemeinsam: beide waren ähnlich schäbig und chaotisch.

Eigentlich hätten die Rezeptionistin und ich beste
Freundinnen sein können, würde sie mir nicht jedes
Mal, wenn ich durch die Fronttür spazierte, einen mit-
leidigen und etwas herablassenden Blick zuteilwerden
lassen. Heute bildete keine Ausnahme.

„Er ist im Großraumbüro im zweiten Stock", begrüßte
sie mich. „Erwartet er dich?"

„Tut er das jemals?", fragte ich irritiert und nickte ihr
dankend zu.

Zu dritt liefen wir auf die Fahrstühle zu, doch die Rezeptionistin rief uns noch einmal zurück. „Ich kann
euch unmöglich alle drei da hochlassen", stellte sie fest.
„Das hier ist die Polizei, kein ..." Ihr Blick blieb an Trudis
Outfit hängen. „Kein Zirkus."

Ich seufzte. „Wartet hier auf mich, okay?", bat ich
meine Anhängsel und ging allein zum Aufzug, der mich
zwei Stockwerke höher trug.

Ich war bisher meistens in Marvins oder Rispos Büro
oder einem Verhörraum im Erdgeschoss gewesen. Den

Besprechungsraum hatte ich auch schon einmal von innen gesehen, aber das Großraumbüro, wo die meisten Uniformierten arbeiteten, war mir noch unbekannt.

Nach wenigen Sekunden wurde mir klar, dass ich nichts verpasst hatte. Das Zimmer bestand aus einem Meer aus Schreibtischen, einer kleinen Küche und einer Menge Computern. Es sah aus wie jedes andere Büro, mit Ausnahme vielleicht von einer großen Pinnwand, an der mir Gesichter von diversen grobschlächtig aussehenden Verbrechern entgegenblickten.

Ich sah Rispo sofort. Seinen dunklen Schopf hätte ich unter hunderten erkannt. Er stand in der Kaffeeküche neben einem runden Goldfischglas und warf Fischflakes ins Wasser, auf die sich das Tier begierig stürzte.

Hastigen Schrittes durchquerte ich das Büro, ohne die mir folgenden neugierigen Blicke zu beachten.

„Hey", murmelte ich und stupste Rispo an.

Überrascht wandte er sich zu mir um. „Hey. Was machst du hier? Habe ich was vergessen?"

Ich schüttelte den Kopf und beobachtete, wie das orange-goldene Kerlchen Wasserblasen ausstieß. „Hübscher Fisch."

„Ja. Finde ich auch. Es ist der aus deiner Badewanne", meinte Josh.

„Was?" Überrascht hob ich die Augenbrauen.

„Es ist der Goldfisch, der nach deinem Blackout vor ein paar Monaten in deiner Badewanne gelandet ist."

Oh. Er meinte, als die Leiche auf meiner Couch gelegen hatte. Ja, ich erinnerte mich vage. „Ich wusste nicht, dass ihr ihn behalten habt. Wie heißt er?"

„Louisa."

Ich verengte die Augen. „Aha. Warum?"

„Weil er an einem Ort aufgetaucht ist, an dem er nichts zu suchen hatte", erklärte Rispo vielsagend. „Da hielten wir den Namen alle für passend."

Ich schnaubte. „Sehr erwachsen."

Rispo grinste nur. „Du solltest dich geehrt fühlen, du bist jetzt unser Maskottchen."

„Klasse. Dann hab ich mein Lebensziel ja noch erreicht, bevor ich dreißig werde", meinte ich trocken.

Rispo lachte leise und drückte meine Hand. „Es gibt Schlimmeres als einen Goldfisch als Namensvetter … und jetzt sag schon: Weswegen bist du hier?"

Ich seufzte, zog mein Handy aus der Tasche und zeigte ihm das Foto meiner Website.

Rispo studierte das Bild … bevor seine Mundwinkel verräterisch zuckten. „Warum hast du mir nie den Tulpentanz vorgeführt?", fragte er kopfschüttelnd. „Ich scheine da was verpasst zu haben."

Ich schlug ihm verärgert mit der Faust gegen den Oberarm. „Das ist nicht witzig! Irgendwer sabotiert mein Geschäft. Ich habe keine Ahnung, wie lange das schon online ist, und den ganzen Morgen über haben Leute angerufen, die erotische Blumentänze reservieren wollten."

Wieder zuckten Rispos Mundwinkel, bevor er murmelte: „Wer hätte geahnt, dass das eine Marktlücke ist?"

Mein Blick verdüsterte sich. „Du bist überhaupt nicht hilfreich, Josh."

Er hob eine Schulter. „Ich mache gerade meine Fünfminutenpause als Freund und Helfer … und sorry, das ist scheiße. Aber warum kommst du damit zu mir?"

Verblüfft öffnete ich die Lippen. „Na ja ... du bist Polizist, oder nicht? Ich meine, ich kann die Website wieder umstellen, aber was, wenn derjenige noch mal angreift? Außerdem will ich wissen, wer das war, und dass er ins ... Internet-Gefängnis kommt oder was auch immer.“

Josh nickte geduldig. „Ja, ich verstehe dich – und das Internet-Gefängnis hört sich nach einer gerechten Strafe an, sag mir Bescheid, sobald es erfunden wurde. Leider kann ich dir nicht helfen, Lou. Ich habe einen Mordfall, um den ich mich kümmern muss. Du musst runtergehen und eine Anzeige aufgeben ... aber ich sollte dir besser vorwegsagen, dass so kleine Cyberangriffe auf unserer Prioritätenliste nicht weit oben stehen und meistens sehr schwer zurückzuverfolgen sind.“

Ich presste die Lippen aufeinander. „Das heißt, im Grunde sagst du mir, dass ihr überhaupt nichts tun könnt, habe ich das richtig verstanden?“

„Nein. Ich sage dir, dass du eine Anzeige stellen sollst – und wir danach *nicht viel* tun können. Das ist etwas völlig anderes.“

„Das ist Schwachsinn!“

„Das ist deutsche Bürokratie“, korrigierte Rispo.

„Schön“, sagte ich knapp. „Danke für nichts.“

Josh seufzte schwer und legte einen Arm um meine Schultern. „Lou, komm schon. Das sieht eher wie ein dummer Streich aus, also ...“

„Jaja“, unterbrach ich ihn missmutig. Er konnte sich mit seinen Worten nur weiter reinreiten, da war es besser, wenn er die Klappe hielt. „Wie läuft es denn mit dem Mordfall? Habt ihr schon herausgefunden, was die

Mordwaffe ist?" Mich interessierte wirklich, welcher Gegenstand so schmutzige Stichwunden hinterließ.

„Warum willst du das wissen, Lou?", fragte Rispo misstrauisch.

Weil ich wütend war, dass er mein Problem nicht ernst nahm, und ich früher oder später wahrscheinlich ohnehin mit Trudi und Emily knietief im Fall stecken würde – wenn ich nicht wollte, dass beide eines schrecklichen Todes starben oder ins Gefängnis wanderten. Mann, heute lief wirklich nichts so, wie ich es wollte. „Nur so. Ich interessiere mich für deine Arbeit", stellte ich unschuldig klar. „Das ist alles. Man sollte seinem Partner das Gefühl geben, dass man seine Interessen teilt. Das sagt jeder Beziehungsratgeber."

Rispo presste die Lippen zusammen. „Ich glaub dir kein Wort."

Ja, damit fuhr er wohl besser. „Kannst du mir jetzt was zur Mordwaffe sagen oder nicht?"

„Nein", sagte er düster. „Und was ist aus deinem Versprechen von heute Morgen geworden? Dass du dich nicht in den Fall einmischen willst?"

Unglücklich verzog ich das Gesicht. „Ich *will* nicht. Glaub mir. Doch manchmal heiligt der Zweck die Mittel."

Rispos Augen wurden schlagartig schwarz, doch bevor er etwas sagen konnte, trat eine zweite Gestalt zu uns heran.

„Hey, Boss", sagte Marvin, der heute in einem zu großen dunkelblauen Anzug gekleidet war, der seine Schultern aussehen ließ wie abgenagte Hühnerknochen. „Sie warten oben au–, oh. Lou. Schön, dich zu sehen!" Seine Miene erhellte sich und unbeholfen klopfte er auf meine Schulter.

„Hey, Marvin", sagte ich und lächelte ihm warm zu. „Sag mal, was war noch gleich die Mordwaffe?"

„Oh, das wissen wir nicht. Wir haben sie noch nicht gefunden. Ein gläserner, spitzer Gegenstand wird es wohl sein. Splitter sind nämlich in ein paar der Wund– "

„Marvin!", unterbrach Josh ihn genervt. „Wann werden Sie lernen, Louisa nicht immer das zu geben, was sie will?"

Verwundert sah er Rispo an. „Aber sie ist doch so nett."

Ich grinste. „Siehst du, Josh? Ich bin nett. Deswegen sollte man mir *immer* geben, was ich will. Danke, Marvin, du bist wundervoll." Ich tätschelte seinen Arm, und die Ohren des Recherchisten liefen rosarot an.

Rispo sog einen tiefen Atemzug ein, der ganze Krankenhäuser mit Sauerstoff versorgt hätte. „Marvin, gehen Sie doch einfach schon mal in den Besprechungsraum, ich komme gleich nach", sagte er dann mit einer übermäßigen Geduld in der Stimme, die mir die Nackenhaare aufrichtete.

„Okay", sagte Marvin unsicher und zog die Schultern hoch. „Und was soll ich wegen des Gegenstandes machen, den wir bei der Leiche gef–"

„Marvin, gehen Sie", unterbrach Rispo ihn fest.

„Ihr habt einen Gegenstand bei der Leiche gefunden?", fragte ich interessiert.

Marvin öffnete den Mund, klappte ihn jedoch eilig unter Rispos düsterem Blick wieder zu. „Bis dann, Lou", sagte er hastig und verschwand.

„Was habt ihr bei der Leiche gefunden?", fragte ich sofort wieder. „Die Nadel? Die Bindfäden?"

Mit jedem Wort, das meine Lippen verließ, sah Josh unglücklicher aus. „Du bist viel zu aufmerksam für eine Person, die ihren Milchreis schon zweimal versalzen hat und sogar im Sitzen stolpert", stellte er kopfschüttelnd fest.

„So oft falle ich nicht hin", erwiderte ich verärgert.

„Gestern, Lou?", erwiderte Josh zweifelnd. „Gestern, als du zur Tür gegangen bist und über eine Staubfluse gestolpert bist?"

„Ich bin nicht gestolpert!", sagte ich patzig. „Ich habe eine dramatische Pause im Gehen eingelegt. Und jetzt hör auf, vom Thema abzulenken. War es jetzt die Nadel oder der Bindfaden?"

Grimmig sah Josh mich an. „Nein. Keins von beiden."

„Wirklich?", fragte ich überrascht. „Aber was für ein Gegenstand sollte es sonst sein? Sie war nackt und außer Nadel und Bindfaden lag da nichts."

„Ja, ich weiß", sagte er und verzog langsam das Gesicht, seine Miene die eines leidenden Mannes, der gerade erfahren hatte, dass der 1. FC Köln nie wieder in der ersten Liga spielen würde. „Lou, ich sag dir das jetzt nur, weil du mir einen Gefallen tun musst, aber … es war etwas versteckt."

„Versteckt?" Meine Augen wurden immer größer. „Und von was für einem Gefallen redest du?"

Er seufzte schwer und kratzte sich unangenehm berührt im Nacken. „Wir haben einen Analplug gefunden, Lou."

„Oh", machte ich dümmlich. Kein Wunder, dass ich den nicht gesehen hatte.

Josh nickte knapp. „Jap. Und da Trudi sich ja wie die Heldin, die sie nicht ist, ins Altenheim einschleusen will … könntest du sie fragen, ob sie herausfinden kann, wer von den älteren Damen und Herren im Seniorenzentrum auf Analplugs und Sexspielchen steht? Das wäre wundervoll, danke."

Ungläubig sah ich ihn an. „Woher weißt du das? Dass sie sich einschleusen will."

„Oh, sie hat mich angerufen und gefragt, ob ich an einer Zusammenarbeit interessiert wäre."

„Und du bist damit einverstanden?", wollte ich perplex wissen. Das war, als würde Josh auf einmal Süßigkeiten essen und Sex scheiße finden.

„Natürlich nicht", meinte er schnaubend. „Ich habe versucht, es ihr auszureden, doch sie ist noch schlimmer als du! Und ich kann ihr schlecht verbieten, sich einen Platz im Altenheim zu suchen, also bin ich machtlos."

„Hm", machte ich überrascht. Interessant. „So, wie du mir nicht verbieten kannst, sie in diesem Altenheim zu besuchen?"

„Das Eis, auf dem du dich befindest, ist so dünn, dass ich hindurchsehen kann", murmelte Josh tonlos.

Ich hob die Schultern. „Tja, dann kann ich dir leider nicht weiterhelfen und du musst deine hübschen Analplug-Fragen allesamt selbst stellen", erwiderte ich schlicht.

„Das habe und werde ich", sagte Josh ruhig. „Ein Dutzend alte Leute sitzen gerade in diversen Büros und geben ihre Aussagen ab. Aber gerade deutsche Zeugen und Verdächtige reden sehr ungern mit der Polizei über ihre sexuellen Vorlieben. Falls Trudi also wirklich in dem Altenheim leben sollte, hat sie höhere Erfolgschancen, etwas herauszufinden. Mit mir möchte sie allerdings nicht mehr reden, weil ich möglicherweise fallen lassen habe, dass sie so gut als Undercoveragent geeignet ist wie eine Stange Lauch als Polizist. Und ich weiß, dass diese Ermittlungsvorgehensweise sehr unkonventionell ist, aber es wäre dumm, diese Quelle nicht auszuschöpfen. Also, könntest du ...?"

Ich schnaubte laut und verschränkte die Arme. „So funktioniert das nicht, Josh. Du kannst mir nicht sagen, dass ich mich nicht einmischen soll und im nächsten Moment einen Gefallen einfordern, der mit diesem Fall zu tun hat."

„Natürlich kann ich das. Ich habe es gerade getan. Trudi ist beleidigt, Lou, sie will mir keine Infos geben."

„Dann musst du einfach etwas hartnäckiger sein", bemerkte ich unschuldig. „Sie zuerst nett nach ihren eigenen sexuellen Vorlieben fragen, bevor du auf die der Bewohner eingehst ..."

Er zog eine Grimasse. „Tu mir das nicht an. Wenn ich mit ihr über Sex reden muss, muss ich mir meine Ohren und Augen ausbrennen – es ist daher die beste Lösung für alle, wenn du das machst."

„Nein", sagte ich schlicht und trat einen Schritt zurück. „Du hilfst mir nicht mit der Website, ich helfe dir nicht mit deiner Bitte ... und alle meine Versprechen haben sich soeben in Luft aufgelöst."

Ungläubig weitete er die Augen. „Warum?"

„Weil du dreist und unhöflich bist und meine Probleme nicht ernst nimmst."

„So ein Schwachsinn", sagte Josh wütend. „Du suchst nur nach einer neuen Ausrede!"

Ja, das spielte möglicherweise auch mit rein. Aber das würde ich nicht zugeben. „Bis dann, Josh!", meinte ich lächelnd, hob die Hand und wandte mich um.

„Louisa! Das kann nicht dein Ernst sein ..."

„Du kennst mich, sag du's mir", erwiderte ich winkend und verschwand im Fahrstuhl.

„Ein Analplug", sagte Trudi eine halbe Stunde später fasziniert. „Ich könnte nicht behaupten, jemals einen in der Hand gehabt zu haben."

„Nun, Analplugs sind auch nicht für die Hände bestimmt", bemerkte Emily trocken von der Rückbank.

Trudi kicherte. „Na ja, ich meine ja nur ... dieser ganze neumodische Sexkram ist nichts für mich. Mir reichen die Seemannsstellung und der männliche Körper vollkommen."

‚Wenn ich mit ihr über Sex reden muss, muss ich mir meine Ohren und Augen ausbrennen.'

Ja. Ja, das kam hin.

„Die *Was*-Stellung?", fragte Emily verwirrt. „Und Moment ... alte Leute haben Sex?"

„Natürlich", sagte Trudi empört. „Wir können zwar kaum noch extravagante Verrenkungen machen wie ihr Jungspunde, aber dennoch ..."

Automatisch dachte ich darüber nach, ob ich jemals eine Verrenkung gemacht hatte, die man als *extravagant* hätte bezeichnen können. Doch da ich so elegant wie eine Babyrobbe im Nachthemd war, bezweifelte ich es irgendwie. Die unextravaganten Positionen hatten es für mich bisher auch getan.

„Ach, Positionsvielfalt wie im Kamasutra wird überschätzt", meinte Emily leichthin. „Ich hab alle

Stellungen mit Fi–." Sie brach ab, schluckte hörbar und räusperte sich. „Auf jeden Fall habe ich alle Stellungen ausprobiert, die ich konnte, und viele sind super unangenehm."

„Ah", machte Trudi. „Und welche Stellung würdest du mir empfehlen?"

Emily fing sofort an, diverse Ratschläge zu geben. Ich blendete sie hastig aus und starrte stattdessen weiter nach vorn auf das nutzlose Polizeipräsidium.

Wir saßen zu dritt in meinem Passat und da ich noch nicht entschieden hatte, was ich tun wollte, hatte ich den Autoschlüssel in die Mittelkonsole und mein Kinn auf das Lenkrad gelegt.

Dieser Tag war furchtbar.

Ein Mord, eine gehackte Website, ein hinter mir und noch vor mir liegender Streit mit Rispo ... Was machte ich falsch?

„Ich finde das alles sehr spannend", drang Trudis Stimme wieder zu mir durch. „Es scheint fast so, als würde Lou nicht mehr nur Leichen anziehen, sondern auch sexy Hintergrundgeschichten. Ich meine ... für den letzten Fall mussten wir in einen Stripclub, dann macht jemand deine Website zu einem Escortservice und nun der Analplug."

Ich schloss die Augen und stellte mir vor, dass das Lenkrad aus Schokolade bestand und ich nur den Mund öffnen brauchte, um abzubeißen. Das lenkte mich erfolgreich von dem Gedanken ab, dass ich offenbar mit einem Sex-Mord-Fluch belegt worden war.

„Apropos Website ... was machst du jetzt eigentlich deswegen, Lou?", wollte Emily prompt von der Rückbank wissen. Als ich die Augen öffnete, bemerkte ich, dass sie den Kopf zwischen den Vordersitzen hervorstreckte.

„Keine Ahnung", gab ich zu. Ich hatte eine Anzeige aufgegeben, aber die junge Beamtin, die sie aufgenommen hatte, hatte ähnlich wie Josh reagiert. Höflich hatte sie mir mitgeteilt, dass es unwahrscheinlich war, dass sie den Täter fassten. Ihre IT-Abteilung sei heillos überlastet.

„Ich könnte dir mit der Website helfen, Lou", bot meine Schwester an.

„Was?" Verwundert wandte ich mich zu ihr um.

„Ja, ich könnte sie auf die Ursprungsform zurücksetzen und, wenn du magst, gucken, welche IP als Letztes auf deine Website zugegriffen hat. Vielleicht hat der Täter ja irgendwelche Spuren hinterlassen."

„Das kannst du?", fragte ich skeptisch.

Emily verdrehte die Augen. „Du bist es, die alt ist, und HTML für eine süße Abkürzung hält, die für *Hab Twinky Mega Lieb* steht. Ich hab für meinen YouTube-Kanal eine Website erstellt und mir ein paar Dinge selbst beigebracht. Ich bin ganz gut mit dem Kram."

Verärgert sah ich sie an. Sie hatte unrecht. Ich würde HTML mit *Hab Tacos Mega Lieb* übersetzen. Das war öfter einzusetzen. Aber dennoch ... „Okay, du kannst es gerne mal versuchen. Du hast mein Passwort noch, oder?"

„*123Schokolade* ist kein Passwort, Lou! Es ist ein peinliches Statement."

Nein, es war eine Lebenseinstellung. „Das deute ich als Ja", sagte ich und nickte. „Danke."

„Bitte“, sagte Emily selbstzufrieden und lehnte sich wieder auf die Rückbank zurück. „Na, könnte deine tolle Leonie das auch?“

Ich verdrehte die Augen. Emily mochte meine baldige Azubine nicht, auch wenn sie sie nicht kannte. Klar, ich hatte sie in den letzten Wochen zugegebenermaßen etwas zu oft angepriesen, aber es war so schwer, gute Mitarbeiter zu finden!

„Reden wir dann jetzt über den Mord?“, schaltete sich Trudi wieder in das Gespräch ein.

Ich seufzte schwer. „Warum willst du den Mord überhaupt lösen, Trudi?“

„Es ist etwas Persönliches.“

Hey! Das war meine Ausrede. „Warum?“, hakte ich nach. „Du kanntest sie nicht einmal.“

„Louisa, mein Po hing in ihrem Gesicht. Ich glaube, persönlicher geht es nicht.“

Das wiederum war ein Argument, das ich nicht entkräften konnte.

Seufzend hob ich den Kopf und ließ ihn gegen die Stütze sinken. Schön. Ich hatte Rispo bereits angekündigt, dass mein Versprechen sich in Luft aufgelöst hatte ... Warum die leere Drohung nicht wahr werden lassen?

Was blieb mir überhaupt für eine Wahl? Ich konnte Emily und Trudi nicht allein recherchieren lassen. Das würde in einem Desaster enden und beide konnten mit Desastern nicht umgehen. Das war meine Expertise.

Meine Gedanken wanderten also direkt zum Mordfall. Was wusste ich darüber?

Eine Frau war mehrfach mit einem gläsernen Gegenstand in der Sauna ihres Altenheims erstochen worden.

Ein Bindfaden und eine Nadel hatten am Tatort gelegen. Ein Analplug ... an einer anderen Stelle.

Das waren nicht viele handfeste Beweise, denen ich da nachgehen konnte. Wo also anfangen?

Komm schon, Lou. Was würde Rispo tun?, fragte eine leise Stimme in meinem Kopf. Diese Frage war immer klug, außer es ging um Kommunikation und Empathie.

Ja, was würde Josh tun?

Er würde das Ganze logisch angehen. Wenn das Opfer tatsächlich einen Analplug im Hintern stecken gehabt hatte ... war es wahrscheinlich, dass es kurz zuvor noch Sex gehabt hatte. Wenn Rispo den Sexualpartner des Opfers fand, konnte er eine wichtige Zeitlücke innerhalb des Mordhergangs schließen oder sogar einen Mörder verhaften. Das war meine Theorie. Er würde Zeugen befragen. Wissen wollen, ob das Opfer – dessen Namen ich nicht einmal kannte! – einen Freund, Ehemann oder Lover gehabt hatte. Er würde herausfinden wollen, wem der Analplug gehörte. Woher er kam. Wer ihn gekauft hatte ...

Ja, das erschien mir wie ein guter Anknüpfungspunkt. Zeugen befragen konnte ich gerade nicht, die saßen bei der Polizei. Aber die Sache mit dem Analplug könnte ich schon untersuchen. Was ich brauchte, waren weitere Informationen – und zufällig wusste ich, wie ich ein paar bekommen konnte.

„Also ... nehmen wir uns des Falls jetzt an?", fragte Trudi langsam in die entstandene Stille hinein.

„Ja", sagte ich stur und zog mein Handy aus der Tasche, um eine Nummer zu wählen. „Aber wir werden Hilfe brauchen."

„Was für Hilfe?", fragte sie interessiert, gerade als sich an der anderen Seite der Leitung jemand meldete.

„Rispo?"

Meine Güte, er hörte sich exakt wie Josh an. Das war beunruhigend.

„Hey, Mo. Hier ist Louisa."

„Ach. Interessant", war die Antwort. Dann kam eine ganze Weile nichts mehr.

„Hallo?", fragte ich unsicher.

„Jaja, ich bin noch dran", antwortete Mo. „Ich warte nur darauf, dass du meinem Bruder in den Rücken fällst."

Das ungute Gefühl in meinem Magen verstärkte sich. „Ich falle ihm nicht in den Rücken. Ich frage lediglich einen Freund, ob er Informationen zu einem bestimmten Mordfall hat, die ich nicht habe."

Mo schnalzte mit der Zunge. „Sind wir befreundet, Lou? Ehrlich gesagt würde ich dir nicht beim Umzug helfen – was nötig sein wird, da du mit Joshi zusammenwohnst und dir bald klarwerden wird, dass das Wahnsinn ist."

Mo hatte gar nicht so unrecht. Ich wusste nur sehr wenig über ihn und hatte noch nie allein Zeit mit ihm verbracht. So wie mit Finn oder Jonas zum Beispiel. Dennoch sagte ich selbstsicher: „Natürlich sind wir befreundet. Ich würde jederzeit auf dein Haustier aufpassen und du würdest mir all die Infos bezüglich eines Mordes zukommen lassen, zu denen du als Journalist Zugang hast ..."

Mo lachte. „Meine Güte, wie kann Josh mit dir zusammen sein? Du musst ihn verrückt machen!"

Ja. Schuldig. „Hilfst du mir jetzt oder nicht?", fragte ich ungeduldig.

„Natürlich helfe ich dir. Denn es wird Josh anpissen. Aber ich will etwas im Gegenzug."

Missmutig biss ich auf meine Unterlippe. „Was denn?"

„Ich will, dass du ihn dazu überredest, mit mir zusammen noch einmal den Fall unserer Mutter anzusehen."

Ich seufzte schwer. „Das kann ich nicht machen, Mo. Ich bin in dem Punkt auf seiner Seite. Ihr macht euch verrückt damit, hinter einem Gespenst herzujagen."

„Ja, vielleicht machen wir das. Aber nichts zu tun, ist auch keine Lösung!"

Mist, warum waren die Rispos nur so verdammt dickköpfig? Dabei hatte ich immer geglaubt, meine Familie sei schlimm! „Pass auf, Mo, wie wäre es damit: Du gibst mir ein paar Infos ... und ich lasse dich einen reißerischen Artikel über mich schreiben?"

Eine kurze, angespannte Stille entstand, schließlich erwiderte Moritz seufzend: „Schön. Was willst du wissen?"

„Hast du von dem Analplug gehört, den sie bei der Leiche gefunden haben?"

„Zufällig habe ich das."

„Und?"

„Und was?"

„Nun, was weißt du darüber?"

„Ist ein Standard-Analplug, gibt es in jedem Sexshop, nicht zu vergessen im Internet, zu kaufen."

„Mist. Das bringt mich ja überhaupt nicht weiter. Ich kann nicht auf gut Glück alle Sexshops Kölns und dazu noch das Internet abklappern."

„Ah, das stimmt natürlich", bemerkte Mo betont reumütig. „Hätte man jetzt nur die Seriennummer des Plugs, die auf der Unterseite eingraviert ist. Und würde man dann nur die Produktionsfirma anrufen, die als braver Steuerzahler genau vermerkt, wo sie welche Plugs hinverschicken. Und wäre man jetzt nur ein attraktiver Mann mit seidig weicher Stimme, der der Telefonistin verklickert, dass es für ihn überlebenswichtig wäre, herauszufinden, in welchem Laden der Analplug mit der Seriennummer S004HWT8 gelandet ist."

Ich verengte die Augen. „Hast du deine eigene Stimme gerade als seidenweich bezeichnet?"

Mo lachte leise. „Mir schien es wichtig, dir zu verdeutlichen, dass ich sehr charmant bin, Louisa, und viele Leute das zu schätzen wissen."

Meine Mundwinkel zuckten. Das glaubte ich ihm aufs Wort. „Du hast also herausgefunden, aus welchem Laden der Analplug stammt?"

„Jap. Und da sage noch jemand, Journalisten vom *Kölner Blatt* würden nicht vernünftig recherchieren."

„Jaja, komm zum Punkt. Woher stammt der Plug?"

„Aus einem eleganten Etablissement mit dem zeitlosen Namen *Bumsbude*. Liegt an den Ringen zwischen Rudolf- und Friesenplatz."

Und schon wusste ich genau, um welche Art von *elegant* es sich handelte. „Danke. Du bist wirklich gut informiert."

„Ich weiß ... und eines zumindest ist dank des Analplugs klar", sagte Mo zufrieden. „Der Täter ist über fünfzig."

„Wieso denkst du das?"

Er schnaubte laut. „Bitte, Louisa. Jeder andere hätte
das Ding einfach im Internet bestellt!"
Ich seufzte schwer. Wo er recht hatte …

Kapitel 5

Mit Trudi und Emily in einen Sexshop zu gehen, war in etwa so, wie mit zwei Eichhörnchen einen Nussladen zu besuchen. Die beiden waren so aufgeregt und verzückt, dass ich mir auf einmal wünschte, es gäbe Menschenleinen, die nicht sozial verpönt waren. Und hey, in diesem Laden könnte ich sogar welche kaufen!

Der große, weitläufige Verkaufsraum der *Bumsbude* war ein bunter Strauß an Spiel und Spaß für ... nun definitiv nicht für die ganze Familie.

Während meine Schwester und meine ehemalige Angestellte fröhlich durch die niedrigen Gänge streiften, Dildos in die Hand nahmen, Analperlen bewunderten und Handschellen ausprobierten, blieb ich zurück und wagte mich nur langsam in das Ladeninnere vor.

Ehrlich gesagt war ich etwas überfordert mit der Auswahl.

Egal wo ich hinsah, ich erblickte etwas Neues. Gleitgel, Penisringe, Kabelbinder, Fesselspielzeug, Liebesschaukeln, Lederpeitschen ... allesamt mit grellgelben Versprechungen von Preissenkungen versehen. Und dann kam im hinteren Teil des Ladens die Erotik-Kostüm-Ecke. Eine pinke Ledermontur, die nur aus Fetzen und Striemen zu bestehen schien und den Träger wie ein eingepacktes Paket aussehen lassen würde, sprang besonders ins Auge. Auch wenn der daneben hängende gelbe Latexanzug mit schwarzen Streifen über den Brüsten ebenfalls nicht zu verachten war. *Jede Kollektion handgenäht und nur bei uns erhältlich,* stand in vielversprechenden goldenen Lettern darüber. Na klasse.

Innerhalb von zwei Minuten liefen meine Wangen so heiß an, dass ich fürchtete, mein Kopf würde zwischen all den schicken roten Lederstrapsen untergehen.

Unwohl knöpfte ich meinen Cardigan höher zu. Das meiste, was ich sah, verwirrte mich. Warum sahen so viele Geräte aus, als würden sie die Hand eines Aliens darstellen? Wieso brauchte man Dildos aus Dutzenden verschiedenen Materialien – Glas stellte ich mir zum Beispiel sehr unangenehm vor – und was zur Hölle war eine Klitorisklemme?

Verstohlen zog ich mein Handy aus der Tasche und googelte jedes zweite Gerät, an dem ich vorbeilief.

Fünf Minuten später war ich um einiges gebildeter, aber rot war mein Kopf immer noch.

Meine Güte, es war lächerlich, wie unwohl ich mich fühlte! Sex war etwas sehr Natürliches und eigentlich war ich kein prüder Mensch ... aber eben doch deutsch. Ich war ja voll dafür, dass Frauen ihre Sexualität auslebten und offen über ihre Bedürfnisse sprachen.

Aber es war etwas anderes, hinter einer verschlossenen Tür mit seinem Freund darüber zu reden, was einem gefiel, als ein Dutzend Dildos in einen Einkaufskorb zu werfen. Es war ...

„Kann ich Ihnen helfen?"

Ich zuckte zusammen und ließ das Telefon fallen. Hastig bückte ich mich danach und als ich wieder nach oben kam, stand ich direkt vor einer kleinen, stämmigen Frau Anfang vierzig. Sie hatte runde Pausbacken, glatte, braune Haare und ebenso braune Augen. Ihre Jeans waren ein wenig ausgebeult, ihre weiße Bluse hatte einen Gelbstich und der Blumenspange in ihren Haaren fehlten ein paar Blütenblätter.

Alles in allem sah sie eher wie jemand aus, der Süßigkeiten, nicht etwa Sexspielzeug verkaufte. Aber ich hatte ja gelernt, einen Menschen nicht direkt nach dem ersten Eindruck zu beurteilen. Ich hatte schon zu viele sympathische Mörder getroffen.

„Hallo", sagte ich etwas atemlos. „Ähm, ich weiß nicht ..."

Ich linste auf ihr Namensschild. *Aline Maybach, Ladeninhaberin* stand da. Genau die Person, die ich suchte.

„Doch, Sie können mir helfen", fing ich mich und lächelte. „Ich hätte ein paar Fragen zu –"

„Lou!", unterbrach Emmi mich in diesem Moment laut. „Lou, komm her, ich hab die Analplug-Auswahl gefunden. Meine Güte gibt es hier viel Strass und Federn. So schlimm sieht es ja nicht einmal in Trudis Schrank aus."

„Oh ja, wir sind stolz auf unser großes Sortiment", sagte Aline zufrieden und ging zu meiner Schwester, die nahe den Kassen stand. „Wir haben viele Exemplare mit Schmucksteinen und auch ein paar mit Tierschwänzen. Natürlich nur künstliche. Ich weiß, viele Leute nutzen heutzutage lieber Online-Versandhändler, um ihr Spielzeug zu kaufen, aber hier bekommen Sie eine individuelle Beratung und tolle Rabatte. Suchen Sie nach etwas bestimmten?"

„Ja, wir suchen einen für sehr alte Leute", sagte meine Schwester ungeniert.

Frau Maybachs Blick glitt neugierig zu Trudi, die gerade einen der Plugs betrachtete und ihn so nah an ihr Gesicht hielt, dass es wirkte, als wolle sie ihn in ihre Nase stecken.

„Nein, nein, nicht für sie", meinte ich eilig, bevor sie Trudi noch auf Ideen brachte. „Es geht um einen Analplug, den Sie schon verkauft haben."

Die Ladeninhaberin runzelte die Stirn. „Sie wollen einen benutzten Analplug?"

Weiteres Blut schoss in meinen Kopf und es half mir nicht, dass Emily mich dreckig angrinste. „Kann man die kaufen?", wollte sie wissen.

„Natürlich nicht!", sagte Frau Maybach und auch ihre Wangen liefen rosa an. „Das ist … ich würde nie …"

„Entspannen Sie sich", meinte meine Schwester und winkte ab. „War nur ein Witz." Sie wandte sich mir zu und machte eine ausladende Bewegung zu den zwanzig verschiedenen Analplugs vor mir. „Was für ein Modell suchen wir denn?", wollte sie wissen und sah mich erwartungsvoll an. „Also, wie sieht es aus?"

Ich öffnete den Mund … und erst dann fiel mir auf, dass ich keine Antwort auf die Frage hatte. Die Seriennummer hatte mir keinen Aufschluss darüber gegeben, wie der Plug aussah. „Ähm … er muss sehr schlicht sein. Nichts mit Federn oder Fell", sagte ich langsam, denn dann hätte ich ihn sicherlich in der Dampfsauna gesehen. Ich verengte die Augen, glitt mit dem Blick die Reihen an Plugs hinab. „Ich denke …"

„Nicht dein Ernst", ertönte eine schroffe Stimme, und wieder zuckte ich zusammen.

Zwei Paar Füße kamen näher, und eigentlich wollte ich mich nicht umdrehen, denn ich wusste genau, wen ich da vor mir haben würde. Dennoch seufzte ich schwer und wandte den Kopf.

Rispo und Marvin stapften auf uns zu.

Marvin winkte zur Begrüßung, Josh knackte mit dem Kiefer.

„Diesmal etwa keine Ausrede?", wollte er wissen und hob eine Augenbraue.

„Ähm ... ich gehe für Pablo, meinen Sexsklaven, shoppen?", bot ich an.

Josh schnaubte. „Pablo? Der Typ, den du in meinem Kleiderschrank versteckst?"

„Nein, das ist Juan. Pablo schläft unter der Couch."

„Ah. Die beiden verwechsle ich immer", bemerkte er trocken. „Sie sind sich so ähnlich: beide Südländer, beide fiktiv."

„Tja, so mag ich meine Männer eben."

„Mhm. Lass mich raten: Pablo ist es auch, der die leere Milchpackung zurück in den Kühlschrank gestellt hat."

Ich nickte. „Er ist nach dem dreckigen Sex mit mir immer furchtbar durstig und muss seine Kalziumreserven aufstocken."

Josh seufzte schwer, bevor er murmelte: „Und die Frau, die besser im Müll herumwühlen, als gerade laufen kann, ermittelt wieder! Die Massen sind begeistert von dieser überragend fantastischen Entscheidung."

„Gehörst du zufällig zu diesen Massen?", hakte ich hoffnungsvoll nach.

„Nein", sagte er schlicht. „Ich bin der Typ, der dich daran erinnert, dass du vor drei Monaten fast er-schossen wurdest. Ich bin der Typ, der ... Marvin, Herrgott, hören Sie auf, herumzuzappeln!"

Mein Blick huschte zu dem selbsternannten Recherchisten, der sein Kinn zwanghaft oben hielt, den Blick auf einen Punkt an der Decke fixiert, während er nervös von einem Bein auf das andere trat. Er hatte die Hände wie Scheuklappen um Wangen und Augen gelegt, um sein Sichtfeld einzuschränken, und hektische rote Flecken zierten seine weiße Babyhaut.

„Meine Mutter darf nie erfahren, dass ich hier war", wisperte er mit hochroten Ohren. „Sie lässt mich nicht wieder ins Haus."

Emily lachte laut. „Marvin, du bist witzig. Hat dir das schon einmal jemand gesagt?"

Marvins Gesichtsfarbe intensivierte sich weiter und Rispo schloss stöhnend die Augen. „Mein Gott, dieser Tag macht mich fertig", murmelte er – und das war, bevor Trudi rief: „Potzblitz ... Joshua Rispo in einem Meer aus Dildos. Es ist, als würde mein Traum wahr werden."

Ein gequälter Ausdruck erschien auf seinem Gesicht, und hilfesuchend sah Josh mich an. „Mach, dass sie aufhört, Lou", wisperte er.

„Ich wünschte, ich hätte diese Macht", erwiderte ich kopfschüttelnd und tätschelte seine Schulter.

„Was habt ihr gesagt?", wollte Trudi wissen und runzelte die Stirn. „Sprecht lauter! Ich mag jung geblieben sein, aber meine Ohren sind es nicht."

„Joshi hat nur dein Outfit bewundert", erklärte ich. „Er mag Leoparden."

„Oh." Trudi errötete. „Danke. Also, für mich dürfte er jederzeit ein Tier erlegen."

Josh seufzte und schüttelte den Kopf. „Woher wusstest du überhaupt, zu welchem Laden du musst? Köln hat dutzende Sexshops."

„Ähm ... Glück?", schlug ich vor.

Josh verengte die Augen, vielleicht, um aus meinem Gesicht abzulesen, ob ich log oder die Wahrheit sagte, deswegen wandte ich mich hastig ab, um Emily dabei zu beobachten, wie sie mit gesenkter Stimme auf Marvin einredete und ihm erklärte, dass Sexspielzeuge angucken wie atmen sei – nur besser.

Aline Maybach rief unterdessen: „Kim, komm doch bitte nach vorne, wir haben Kunden, die beraten werden möchten."

Im nächsten Moment tauchte ein junges Mädchen Anfang zwanzig aus einer Tür hinter dem Kassentresen auf. Dreadlocks, stark geschminkte Augen, nettes Lächeln. Auf ihrem Namensschild stand: *Kim Schnabellund.*

Sie trug ein Nadelkissen in der Hand und einige Schweißperlen auf der Stirn. Sofort glitt mein Blick zu den spitzen, silbrig glänzenden Gegenständen. Am Tatort hatte eine Nadel gelegen. Aber andererseits besaß wohl jeder Mensch eine davon! Das ließ den Verdächtigenkreis nicht gerade enger werden. Auch wenn nur wenige Leute ihre Nadeln mit sich herumtrugen ...

„Ja?", fragte Kim langsam. „Kann ich einem von Ihnen helfen?"

„Sie können mir beide helfen", sagte Rispo.

„Oh." Frau Maybach wirkte sichtlich verwirrt. „Womit denn?"

Ich öffnete den Mund, doch Rispo schraubte einen Arm um meine Schultern und legte mir die Hand auf die Lippen.

Die Blicke der Inhaberin und ihrer Aushilfe glitten extrem verwirrt zwischen uns hin und her – und das, obwohl Trudi gerade verschiedene Tierschwänze an ihren Hintern hielt und entweder mit einem Achselzucken oder einem überzeugten Nicken wieder zurücklegte.

„Was genau geht hier vor?", wollte Frau Maybach wissen.

Rispo ließ mich los und stützte sich mit den Händen auf dem Tresen ab. „Entschuldigen Sie unser unprofessionelles Verhalten. Ich bin von der Polizei, Frau Maybach. Mein Name ist Joshua Rispo und ich habe einige Fragen zu einem Ihrer Analplugs."

Unglaublich. Wie konnte Josh das Wort Analplug benutzen und noch immer cool und erwachsen wirken? Er war nicht einmal rosa angelaufen! Er hätte genauso gut ein Stück Käse bestellen können.

„Polizei?", wiederholte Kim und machte große Augen. „Aber … warum?"

„Eine Frau wurde gestern ermordet und wir haben einen Ihrer Plugs in ihrer Leiche gefunden." Er zog ein Foto aus seiner Jeanstasche und hielt es den beiden hin. „Ihr Name ist Helga Dettmann. Kennen Sie sie vielleicht?"

Ich beobachtete die Gesichter von Kim und ihrer Vorgesetzten, doch beide runzelten lediglich die Stirn.

„Ich bin mir nicht sicher", sagte Aline Maybach schließlich. „Wir haben eine Menge Kunden aller

Altersgruppen, die den Laden besuchen. Vielleicht war sie hier, vielleicht nicht."

Kim nickte. „Alte Leute sehen sich auch immer recht ähnlich." Ihr Blick schweifte zu Trudi. „Na ja, die meisten zumindest."

Josh nickte und steckte das Foto wieder ein. „Es geht um einen schlichten, schwarzen Plug." Er scannte kurz die Auslage, bevor er fündig wurde. „Der dritte von links da. Er trägt außerdem diese Seriennummer." Er schob einen Zettel über die Theke. „Sie haben nicht zufällig eine Liste von Leuten, denen sie die Plugs verkauft haben?"

„Analplugs sind ein Bestseller, fürchte ich", sagte die Inhaberin kopfschüttelnd und studierte kurz die Seriennummer. „Da verliert man leicht den Überblick. Wenn die Leute mit Bargeld zahlen, habe ich sowieso keine Aufzeichnungen darüber. Aber ich könnte mal im System gucken, an wen ich diesen Plug die letzten Monate per Karte verkauft habe. Vielleicht hilft das ja." Unsicher hob sie die Schultern.

„Das wäre fantastisch, vielen Dank", sagte Rispo, schon wieder ganz der Cop. „Wir warten kurz. Und wenn Ihnen noch irgendetwas einfällt", er zog eine Visitenkarte aus seiner Tasche und legte sie auf den Tisch, „rufen Sie mich an."

Frau Maybach nickte und verschwand im nächsten Moment mit Kim im Schlepptau wieder in den Räumlichkeiten hinter der Kasse.

Rispo drehte sich um und sah mich unzufrieden an. „Du stehst ja immer noch hier."

„Ich möchte wissen, wer auf der Liste steht."

„Das ist mir egal, du hast hier nichts verloren."

Mit gehobenen Augenbrauen sah ich ihn an. „Ich darf mich ja wohl in Sachen Sexspielzeug fortbilden."

„Um dich fortbilden zu können, müsstest du erst einmal eine Bildung besitzen", informierte Emily mich weise. „Und na, Joshi? Auf was von den Dingen hier stehst du? Du bist doch bestimmt Fan von Fesselspielen. Das ist bei Polizisten doch sicherlich eine Berufskrankheit." Sie sah zu Marvin. „Oder?"

Rispos Partner antwortete nicht. Er war schwer damit beschäftigt, einen gelben Fleck an der Decke zu studieren.

„Okay, ihr hattet genug Spaß", stellte Josh trocken fest. „Könntet ihr einfach gehen und Begonien umtopfen oder Kekse backen oder was auch immer?"

Ich seufzte schwer. Er würde mir die Namensliste ja doch nicht zeigen, also nickte ich. „Kommt, Leute, wir verschwinden."

Trudi legte enttäuscht einen Analplug mit pinken Strasssteinen weg, doch meine Schwester achtete nicht auf mich. Sie starrte auf das vibrierende Handy in ihrer Hand und verengte missmutig die Augen.

„Emily?", hakte ich nach.

Wieder wurde ich höflich ignoriert, während meine Schwester den Anruf bestimmt ablehnte und das Kinn reckte. „Sag mal, Marvin: Hättest du mal Lust, mit mir auszugehen?", fragte sie im nächsten Moment.

Marvin hatte den gelben Deckenfleck offenbar ausreichend inspiziert, denn sein Kopf schnellte nach unten und sein Blick landete auf Emilys Gesicht.

„Was?", fragte er verdattert.

„Ob du mit mir ausgehen willst“, wiederholte Emmi ungeduldig. „Auf ein Date. Was essen. Ins Kino. Irgendetwas.“

„Aber warum?“, stieß der Recherchist aus.

Emily zuckte die Schultern. „Ich finde dich cool. Also?“

Auf Marvins Wangen erschienen zwei aggressive rote Flecken. Als hätte ein sechsjähriges Mädchen Rouge an ihm ausprobiert. „Ähm. Okay.“

„Wundervoll“, sagte Emily fröhlich. „Oh, wir können ein Doppeldate machen! Fantastisch. Ich ruf dich an, Marvin.“ Sie zwinkerte ihm zu und verließ eine Sekunde später mit Trudi im Schlepptau den Laden.

Unglücklich sah ich Marvin an. Ich fühlte mich dazu verpflichtet, ihn über meine Schwester aufzuklären. Er war so was wie ein Freund, und jeder Mann sollte wissen, auf was er sich mit Emily Manu einließ. „Marvin“, murmelte ich und verzog das Gesicht. „Du weißt, dass Emmi dich nur benutzt, um Finn eifersüchtig zu machen, oder? Sie ist noch nicht ganz über ihre geplatzte Verlobung hinweg.“

Marvins Gesicht hatte mittlerweile die Farbe der roten Plastikrubine auf dem Analplug *Sweet Diamond* angenommen. „Oh, ja. Ich weiß.“ Er kratzte sich unbeholfen den Flaum an seinem Kinn. „Aber ... wenn ich immer Nein zu Frauen sagen würde, die mich benutzen wollen, hätte ich ja nie ein Date.“

Mann, ich musste Marvin eine Freundin finden. Jemanden, der zu schätzen wusste, wie süß und lieb und herzlich er war. So viel war sicher.

Meine Brust schnürte sich enger und hilfesuchend sah ich zu Josh. Doch der schien überforderter als ich.

Vielleicht einer der Gründe, warum er nie einen Partner hatte haben wollen.

Ich seufzte. „Okay. Dann … sprechen wir wegen des Doppeldates."

„Doppeldate?", fragte Josh ungläubig.

Meine Mundwinkel zuckten. „Und du dachtest, du hättest dir die verrückte Manu-Schwester geangelt", wisperte ich und verließ den Laden.

Für heute hatte ich genug recherchiert.

„Meinst du, unser Sexleben ist zu langweilig?"

Josh verschluckte sich an seinem Bier und beugte sich vornüber. „Was?"

Wir saßen zusammen auf der Couch, eine Tierdoku lief auf dem Fernseher und die aktuelle Mordakte lag auf Joshs Schoß. Leider hielt er den Pappumschlag so, dass ich absolut nichts erkennen konnte. Das war sehr frustrierend. Normalerweise teilte er doch so gerne!

Andererseits sollte ich wohl froh darüber sein, dass er keinen Streit darüber vom Zaun brach, dass ich mich schon wieder in einen Mordfall einmischte. Dass er das noch mit keinem Wort erwähnt hatte, beunruhigte mich. Oder war das hier die Ruhe vor dem Sturm?

„Na ja, ich habe mich nur gefragt … Emmi und Trudi schienen jedes Gerät aus dem Laden zu kennen", überlegte ich laut. „Und ich … ich habe heimlich die Hälfte gegoogelt."

Josh sah mich ernst an. „Lou, wenn du werden möchtest wie Emmi, muss ich mich von dir trennen."

Ich grinste. „Ich meine es ernst, Josh!"

„Ich weiß. Die Frage ist: warum? Bist du unzufrieden?" Er hob eine Augenbraue.

„Nein. Du bist sehr einfallsreich. Ich habe nichts zu beanstanden. Du?“

Er schüttelte den Kopf. „Ich will weder mit einer Domina noch mit einer Katze schlafen. Mir reichen die ... Basics und die Geräte, deren Namen ich kenne.“

Erleichtert sackte ich zusammen. „Okay.“

Rispo lächelte verschmitzt und küsste mich sacht. „Waren das dann deine verrückten fünf Minuten für heute und ich kann duschen gehen?“

Ich nickte, hoffte, dass er die Mappe einfach auf den Wohnzimmertisch legte ... doch ich wurde enttäuscht. Er nahm sie mit ins Badezimmer.

„Hältst du das nicht für ein wenig übertrieben?“, rief ich ihm verärgert hinterher.

„Überhaupt nicht“, antwortete er, dann hörte ich das Schloss klicken.

Ich verdrehte die Augen, musste ihm aber insgeheim recht geben. Ich hatte mir leider einen hochintelligenten Mann ausgesucht.

Seufzend sah ich auf die geschlossene Badezimmertür. Er könnte wirklich etwas kooperativer sein. Der Tag war nicht besonders ergebnisreich gewesen. Zumindest wusste ich jetzt, dass der Name des Opfers Helga Dettmann war und ihr Sex sehr kreativ gewesen sein muss, aber ich hatte mit zu wenig Leuten gesprochen, um mir ein genaueres Bild von ihr zu machen. Ich konnte nur hoffen, dass Trudi – die seit ein paar Stunden offizielle Bewohnerin des elitären Seniorenheims war – mehr Glück hatte. Ebenso hoffte ich, dass sie sich unauffällig verhielt und nicht wie der schillernde Schmetterling mit Vorschlaghammer, der sie in Wirklichkeit war.

Seufzend schaltete ich den Fernseher aus und stand auf. Wenn ich ehrlich war, machte mich Trudis Undercovereinsatz etwas nervös. Es war die eine Sache, mein eigenes Leben zu riskieren, eine ganz andere, das meiner Lieblingsbäckerin aufs Spiel zu setzen. Wer wusste schon, ob Trudi alle ihre Rezepte aufschrieb oder nur im Kopf behielt? Bei ihrem Tod würde mehr als nur ein Mensch verloren gehen!

Doch es war zu früh, um sie anzurufen. Sie musste sich ein paar Stunden einleben, bevor sie die ersten Hinweise sammeln konnte. Deshalb blieb mir nichts anderes übrig, als ein wenig Zeit zu schinden. Also tat ich das, was ich immer tat, wenn ich furchtbar nervös oder unzufrieden oder traurig war: Ich kümmerte mich um meine Pflanzen.

Als ich zu Josh gezogen war, hatten wir uns auf fünf grüne Lebewesen geeinigt. Dieser Kompromiss hatte die drei Wochen, die Finn bei uns gewohnt hatte, gehalten. Doch sobald wir wieder etwas mehr Platz gehabt hatten, war ich jede darauffolgende Woche mit einem Blumentopf mehr nach Hause gekommen.

Josh hatte seufzend zugestimmt, solange unser Schlafzimmer so blieb, wie es war. Das war in Ordnung für mich gewesen.

Ich hatte mich für relativ pflegeleichte Pflanzen entschieden, die Josh mit seinem pechschwarzen Mörderdaumen nicht umbringen konnte. Deswegen goss ich die Strahlenaralie, betastete die Erde des Drachenbaums und kam dann unzufrieden vor meinen Sukkulenten zum Stehen, die letztens noch eine ihrer Schwestern verloren hatten.

Kopfschüttelnd sah ich die Kakteen an. Ihnen sollte es eigentlich blendend gehen. Sie bekamen genug Licht, eine Menge Liebe und alle paar Tage einen Tropfen Wasser. Dennoch ließen zwei von ihnen ihre stacheligen Blätter hängen. Als würden auch sie sich um Trudis Wohlergehen sorgen.

Der Topf musste zu klein sein. Sicher war es die fehlende Bewegungsfreiheit, die ihnen zusetzte. Leider hatte ich keine größeren Blumentöpfe mehr. Josh hatte mir untersagt, neue mitzubringen, unter der Couch sei kein Platz mehr, dort lebe doch schon Juan, mein Sexsklave. Doch ich war eine Pflanzenflüsterin und einen zweiten toten Kaktus in einer Woche konnte ich nicht auf mir sitzen lassen. Ich würde einfach einen Kochtopf nehmen. Die benutzte ich ohnehin nie und Josh würde mit einem weniger auskommen.

Ich bückte mich und öffnete den Schrank, in dem wir unsere Kochutensilien verstauten. Wow, hatten wir viele Töpfe. Wenn ich ehrlich war, hatte ich diesen speziellen Schrank nie genau inspiziert. Ich war besser darin, meinen Lieblingschinesen anzurufen, als Reis zu kochen, also ...

Wahllos zog ich Töpfe daraus hervor, um nach der richtigen Größe zu suchen. Schließlich fand ich in der hintersten Ecke einen riesigen Topf, in dem sich möglicherweise ein etwas kleinerer befand, den ich nutzen konnte.

Mit einem Ächzen zog ich ihn hervor. Doch ich fand keinen kleineren Topf darin. Was ich fand, war ...

Mein Mund klappte auf.

Kapitel 6

„Nein!", sagte Ariane mit offenem Mund.

„Doch."

„Aber … nein!"

„Doch."

„Bist du dir sicher?", fragte sie zweifelnd.

Ich schnaubte. „Es war eine kleine, quadratische blaue Samtbox, Ari. Was sollte es sein, wenn nicht ein Verlobungsring?" Abgesehen davon hatte ich natürlich hineingesehen.

„Keine Ahnung", gab Ariane kopfschüttelnd zu. „Aber … habt ihr überhaupt schon einmal über Hochzeit gesprochen?"

Ich kratzte mich im Nacken. „Nein, nicht wirklich. Also, ich habe ihn mal gefragt, ob er heiraten will, und er hat Ja gesagt … außerdem haben wir einmal kurz darüber gesprochen, dass wir wohl beide irgendwann Kinder haben wollen, aber seitdem …" Ich seufzte schwer. „Keine Ahnung. Es sind so schwierige Themen. Ich hatte Angst, sie anzusprechen, und habe dann irgendwann aufgehört, mich allzu genau damit zu beschäftigen."

„Na ja, Josh offensichtlich nicht, oder?"

Meine Wangen wurden heiß. „Es scheint so."

„Wie gefällt dir der Ring denn?"

Lächelnd nahm ich einen Schluck Kaffee. „Was soll ich sagen? Josh hat Geschmack."

Ich machte mir nicht viel aus Schmuck. Da ich den halben Tag mit den Händen in der Erde verbrachte oder mich unfreiwillig mit Mulch einrieb, war er auch äußerst unpraktisch. Doch der Stein in der Mitte des Ringes war hübsch hellblau gewesen und hatte nicht allzu teuer ausgesehen – war also genau nach meinem Geschmack. Josh wusste, dass ich keinen Ring akzeptieren würde, der mehr als fünfzig Flaschen Tequila gekostet hatte. Außerdem … außerdem hatte er in die Innenseite eine kleine Mohnblüte eingravieren lassen.

„Und?", fragte Ari und beugte sich verschwörerisch über ihren Küchentisch, auf dem wir eigentlich unseren wöchentlichen Papierkrieg ausfechten wollten. „Würdest du Ja sagen?"

Ich schnaubte. Was für eine Frage. „Natürlich würde ich Ja sagen!" Ich hatte noch nie einen Mann so geliebt wie Rispo. Er war so ziemlich der beste Mensch, den ich kannte. Das sagte ich ihm nur nicht, weil sein Ego schon groß genug war.

„Wow", bemerkte Ariane kopfschüttelnd und drehte ihre Kaffeetasse in den Händen. „Heiraten … das ist so erwachsen. So endgültig."

„Ja, ich bin auch ein wenig in Panik geraten", gab ich widerwillig zu und strich mir die Haare hinter die Ohren. „Ich meine, ich liebe Josh und habe natürlich öfter daran gedacht, wie es wäre, ihn zu heiraten, aber … das war immer noch so weit weg. Ein in der Ferne liegender Tag, der erst stattfinden würde, wenn ich wirklich dazu bereit bin."

„Na ja, du wirst bald dreißig", erinnerte Ariane mich freundlicherweise. „Die meisten Frauen in deinem Alter fühlen sich mehr als bereit."

Ich seufzte leise. Ja. Die große Drei ragte bedrohlich über mir auf – und meine Mutter deutete immer wieder subtil an, dass meine Eizellen auch nicht jünger wurden. Meine Güte, sie würde in Freudenschreie ausbrechen, wenn ich ihr erzählte, dass Josh mich heiraten wollte. Er war kein Künstler, hatte keine langen Haare und sah darüber hinweg, dass ich mich nicht als Hausfrau eignete – in ihren Augen war er also ein absoluter Traummann.

Doch es lief gerade so gut zwischen uns. Was, wenn der Stress, den eine Hochzeit mit sich brachte, unsere Beziehung belastete?

Nichtsdestotrotz änderte diese kleine Sorge nichts an der Tatsache, dass ich Ja sagen würde, sobald Josh auch nur mit dem Ring in der Hand den Mund öffnete.

„Ach, keine Ahnung", meinte ich achselzuckend. „Man wird sich wohl nie wirklich erwachsen genug für Hochzeit und Kinder fühlen, oder? Ein wenig Panik schwingt wohl immer mit", vermutete ich vage. „Oder wie ist das bei dir?"

Nachdenklich sah Ariane aus dem Fenster. „Doch. Wahrscheinlich hast du recht. Mich würde der Gedanke, zu heiraten, wohl auch nervös machen."

„Hast du mit Alejandro denn je über Heirat geredet?", hakte ich nach. Arianes Freund war Gärtner, Halbspanier und mochte keine Schokolade, sodass er niemandem etwas wegaß – was wollte man mehr?

Meine beste Freundin seufzte und winkte ab. „Ale ist drei Jahre jünger, schon vergessen? Er denkt daran, ob

Fünf-Euro-Wein die Investition wert und er zu alt ist, um ein Biologiestudium anzufangen. Nicht an Hochzeit. Und das ist okay, ich wäre ohnehin noch nicht so weit. Keine Ahnung, ob ich jetzt Ja oder Nein sagen würde."

Sie nagte an ihrer Unterlippe, was mir sagte, dass sie log. Doch sie würde mit mir darüber reden, wenn sie sich danach fühlte, also fuhr ich fort: „Also erstens: Fünf-Euro-Wein ist absurd, weiß doch jeder, dass drei völlig reichen. Zweitens: Man ist nie zu alt, etwas Neues anzufangen. Vielleicht sollte Alejandro mal mit Trudi reden. Und drittens: Selbst wenn Josh mich morgen fragen würde, ob ich ihn heirate, wird es noch dauern, bis wir tatsächlich … ähm", meine Wangen wurden heiß, „eine Ehe eingehen." Unsicher kratzte ich mich am Kinn. „Mist. Warum hört sich das dreckiger als Pornomatsch an?"

Ari lachte und stand auf, um neuen Kaffee in ihre Tasse zu füllen. „Gott, ihr beide werdet euch nie einig werden, welche Art von Hochzeit ihr wollt. Rispo würde doch am liebsten an einem Mittwochmorgen um sieben beim Standesamt aufkreuzen und um acht wieder zur Arbeit gehen."

Ja. Damit hatte sie wahrscheinlich recht.

„Ach." Leichthin zuckte ich die Achseln. „Mir ist egal wie groß die Hochzeit wird." Hauptsache die Torte war es.

Ari schnaubte, stellte ihre Tasse ab und fasste ihre langen, blonden Haare zu einem Zopf zusammen. „Das sagst du *jetzt*. Wir sprechen dann in einem Jahr noch mal."

„Wir greifen ohnehin vorweg“, erinnerte ich sie. „Noch hat er mich gar nicht gefragt.“

„Gibt es denn einen Anlass, an dem er fragen könnte?“, wollte Ari unschuldig wissen und hob interessiert die Augenbrauen.

Ich runzelte die Stirn. „Nein, eigentlich nicht, er ...“ Ich brach ab. Hm. Jetzt, da ich darüber nachdachte ... Hatte er nicht erst vor zwei Tagen gefragt, ob ich den Samstagabend mit ihm verbringen wollte? Dass er etwas kochen wollte? Und er hatte meinen Lieblingswein gekauft, der ihm normalerweise nicht ins Haus kam. Rispo meinte nämlich, dass er bei einem Drei-Euro-Wein auch gleich mit einem Hammer gegen seine Schläfe hauen könnte, die Kopfschmerzen, die er bekommen würde, wären dieselben.

Verblüfft öffnete ich die Lippen, doch bevor ich meine Erkenntnis mit Ariane teilen konnte, klingelte mein Handy auf dem Tisch. Die Anruferkennung zeigte Trudis Gesicht an.

„Warte, da muss ich kurz rangehen“, murmelte ich und hob ab. „Hallo?“

„Louisa“, zischte es auf der anderen Leitung, und mein Trommelfell stülpte sich abrupt nach innen, als jemand scharf und rasselnd Luft einsog. „Oh mein Gott, Louisa, du musst herkommen.“ Die Aufregung in Trudis Stimme war so ausgeprägt, dass ich meinte, sie riechen zu können. „Ich habe einen Durchbruch im Fall. Nein! Ich habe *tausend* Durchbrüche im Fall! Die Leute hier werden sehr redselig, wenn man ihnen kostenlosen Whiskey anbietet. Ich weiß *alles* über sie. Ihre dreckigen Geheimnisse, den Klatsch, der über Helga verbreitet wurde, wer traurig über ihren Tod war und wer nicht …“

„Trudi, du musst atmen“, sagte ich hastig. „Sonst wird dein Arzt wieder wütend auf mich.“ Außerdem war alles, was ich verstanden hatte, dass sie nicht zu wissen schien, was *Durchbruch* bedeutete.

„Atmen kann ich, wenn ich tot bin, Lou!“, sagte sie patzig. „Komm einfach her. Ich habe schon angekündigt, dass meine ältere Enkelin mich zum Frühstück besuchen kommt. Deswegen wird sich keiner über deine Falten wundern. Bis gleich!“ Im nächsten Moment legte sie auf.

Ich zog eine Schnute, ließ das Handy sinken und glättete mit der freien Hand meine Stirn. Trudi war für einen Großteil meiner Falten verantwortlich, allein deswegen hatte sie kein Recht, über sie zu reden!

„Alles okay?“, fragte Ariane unsicher. „Du siehst nicht zufrieden aus.“

„Ich muss gehen“, stellte ich lapidar fest und schob den Stuhl zurück. „Tut mir leid. Wir müssen nächste Woche weitermachen.“ Ich deutete zu dem unfertigen Papierkram auf dem Tisch.

„Kein Problem.“ Ariane grinste. „Mörder fangen geht vor.“

„Siehst du, wenn Josh das genauso sehen würde wie du, hätten wir ein Problem weniger“, stellte ich fest und packte meinen Kram zusammen.

„Wenn Josh das genauso sehen würde, wärt ihr nicht zusammen. Du streitest dich viel zu gerne mit ihm.“

Meine Mundwinkel zuckten. „Wir streiten nicht. Wir diskutieren destruktiv.“

Ansonsten hatte sie jedoch recht. Ich stritt gern mit Rispo. Denn es machte eine Menge Spaß, sich wieder mit ihm zu versöhnen …

Als ich eine halbe Stunde später den Kiesweg in den Garten des Seniorenheims hinablief, klingelte mein Handy schon wieder. Trudi hatte mir geschrieben, ich solle den Seiteneingang nehmen, vorne müsse man als Vorsichtsmaßnahme seinen Personalausweis vorzeigen und werde in einer Liste vermerkt. Ich rechnete schon fast damit, dass sie es am Telefon war, um mir neue Anweisungen zu geben, doch ich wurde eines Besseren belehrt.

„Louisa, hast du in letzter Zeit mit deiner Schwester gesprochen?"

„Hey, Mama", sagte ich und kniff die Augen zusammen, um sie vor der strahlenden Sonne zu schützen. „Dir auch einen schönen Morgen."

Der Kies knirschte unter meinen Schuhen, während ich an den blühenden Gladiolen vorbei auf den Springbrunnen zuging, deswegen konnte ich ihr ungehaltenes Schnauben dankenswerterweise nur erahnen. „Sie ignoriert zurzeit meine Anrufe, Lou. Kannst du mir das erklären?"

Nicht auf eine Art und Weise, die sie zufriedenstellen würde. Ich liebte meine Mutter – seitdem ich auch endlich verstand, wieso sie sich verhielt, wie sie es nun einmal tat, noch ein wenig mehr –, aber sie war eine schwierige Person. Sie neigte dazu, das Leben ihrer Kinder zu kontrollieren und eine Menge zu meckern. Vielleicht wollte Emily sich zurzeit einfach nicht damit konfrontieren?

„Ich weiß es nicht“, sagte ich deshalb seufzend. „Ich habe sie gestern gesehen, allerdings hat sie nicht erwähnt, dass sie dich ignoriert.“

„Und … wie war sie so bei Laune?“, fragte meine Mutter mit gedämpfter Stimme. „Ich glaube, ihr geht es nicht gut. Sie ist wahrscheinlich traurig wegen der geplatzten Hochzeit. Sie hat zumindest traurig gewirkt, als ich sie das letzte Mal gesehen habe.“

Ich winkte ab. „Ach, Quatsch. Sie ist nicht traurig. Emily ist *nie* traurig. Sie hat wahrscheinlich nur ihre Marihuana-Vorräte aufgebraucht, das ist alles.“

„Mhm“, machte Mama unzufrieden.

„Wenn du willst, kann ich sie gerne fragen, wie es ihr geht, wenn ich sie das nächste Mal sehe. Okay?“, bot ich an.

„Ja, das klingt gut“, sagte meine Mutter erleichtert. „Kommst du am Sonntag zum Brunch?“

Welch eine sinnlose Frage. In meinem Leben war ich nur ein einziges Mal unentschuldigt nicht zum Brunch erschienen, und das war gewesen, als eine Leiche auf meiner Couch gelegen hatte. Da das hoffentlich nicht noch einmal vorkommen würde …

„Natürlich komme ich.“

„Gut. Und bringst du Josh mit?“

„Jaja“, sagte ich abwesend und blieb stehen, meinen Blick auf die Sonnenblumen gerichtet, die den Brunnen zierten. Sie hatten ihre Köpfe wie eine Gruppe Synchronspringer alle in dieselbe Richtung gedreht. Nach rechts, zur Sonne hin ausgerichtet. Es war noch ziemlich früh, die Sonne musste also noch im Osten stehen und … hm …

Irgendetwas störte mich an ihnen, bemerkte ich, während ich das Ohr wechselte, an dem ich das Telefon hielt. Irgendetwas passte nicht. Doch ich kam nicht darauf, was es war.

„Louisa, hörst du mir zu?"

Ich blinzelte. „Was? Nein. Sorry, ich bin … arbeiten."

Meine Mutter seufzte schwer. „Schön. Bis Sonntag!"

Sie legte auf … und wie auf Knopfdruck vibrierte mein Handy mit einer Nachricht. Sie war von Emily.

Hab Neuigkeiten zu deiner Website. Komm bei mir vorbei. Bring Kekse mit – und iss sie nicht alle selbst im Auto auf!

Kopfschüttelnd packte ich das Handy weg. Meine Familie musste wirklich mal ein Höflichkeitsseminar belegen.

Ich wandte mich nach rechts zum Seiteneingang und stellte fest, dass ein großes Bild im angrenzenden Blumenbeet aufgestellt worden war, eine Friedhofskerze davor.

In Andenken an die wundervolle Helga, stand in goldenen Glitzerlettern unter einem riesigen Portrait.

Das musste das Mordopfer sein. Ich beugte mich vor, um das Foto genauer zu studieren, und hob überrascht die Augenbrauen.

Meine Güte, mit all dem Blut überall war vorgestern überhaupt nicht zur Geltung gekommen, wie hübsch Helga gewesen war. Ihr Alter hatte ihr fast nichts von ihrer Schönheit geraubt.

Sie war schlank, hatte strahlend blaue Augen, lange, dunkelgraue Haare, hohe Wangenknochen, volle Lippen ... ich wünschte, ich würde auch so gut altern!

Aber meine Falten betonten nicht, dass ich strahlende Augen hatte, sondern nur, dass ich mir zu viele Sorgen machte oder meine Religion es verbot, mit glatter Stirn herumzulaufen.

Ich wandte mich wieder nach rechts zur Seitentür ... doch diesmal wurde sie nicht von einer schwarzen Stange offengehalten. Das machte jedoch nichts, denn sie öffnete sich genau in diesem Moment. Trudi steckte den Kopf durch sie hindurch, und wehleidig stellte ich fest, dass sie einen pinken Turban trug, unter dem ihre Locken hervorlugten.

Warum?

„Da bist du ja", sagte sie aufgeregt. „Ich hab dir so viel zu erzählen! Die letzte Nacht war fantastisch!"

„Ja? Was hast du denn herausgefunden?"

Ich trat über die Schwelle und Trudi ließ die Tür hinter mir zufallen. Anstatt jedoch nach rechts zu gehen, so wie vor zwei Tagen, nahmen wir den kahlen Gang nach links.

„Also erst einmal: Helga war ein Superstar!" Trudi beschrieb einen Bogen mit ihren Händen. „Sie war hübsch, beliebt ... Superstar war sogar ihr Spitzname. Sie hätte in Jugendjahren nach Hollywood gehen sollen. Da sind sich hier alle einig. Sie ... oh, hey, Alfred, alles fit im Schritt?"

Sie zwinkerte einem älteren Herrn im Alter zwischen sechzig und sechshundert im Tweed-Anzug zu, der uns entgegenkam.

Alfred kicherte. „Noch fitter wäre peinlich“, erwiderte er, bevor er die Tür nahm, zu der ich gerade hereingekommen war.

„Wow. Du scheinst schon direkt Freunde gefunden zu haben“, stellte ich verblüfft fest.

„Oh ja. Das war nicht schwer. Sie mögen mich alle hier. Weil ich reich bin und belesen und den Weltrekord im Seehundringen halte.“

„Tust du?“

Trudi schnalzte missbilligend mit der Zunge. „Natürlich nicht! Denk mit, Louisa. Ich dachte nur, dass ich etwas brauchen könnte, das mich cooler macht. Und da du mir ja nicht erlaubt hast, Hildi Lömmel zu sein, musste ich mir etwas anderes ausdenken.“

Wir traten durch eine weitere Tür, und sofort änderte sich die Atmosphäre. Der hinter uns liegende, karge Gang war billiger Wackelpudding ... doch der Flur, in dem wir jetzt standen, war Mousse au Chocolat, zubereitet von einem Fünfsternekoch.

Ich war noch nicht einmal in einem Hotel gewesen, das so edel aussah!

Ein goldener Kronleuchter hing über meinem Kopf, die cremefarbenen Wände wurden von goldgerahmten Landschaftsbildern und türkisen Samt- und Seidentüchern geschmückt, während der steinerne Boden unter meinen Füßen nach einem sehr teuren marmornen Schachbrett aussah.

Hier war es wohl vergleichsweise angenehm, alt zu werden.

„Ja, es ist ganz passabel“, meinte Trudi, als hätte sie meine Gedanken gelesen. „Für den fünfstelligen Betrag, den ich hier monatlich zahle, jedoch irgendwie auch nicht genug."

„Fünfstellig?", meinte ich ungläubig.

Trudi nickte und rückte den Turban auf ihrem Kopf zurecht, bevor sie sich bei mir einhakte und wir nach links abbogen. Ich hatte bereits jetzt die Orientierung verloren und war zugegebenermaßen beeindruckt davon, dass Trudis Gedächtnis für all die Abzweigungen, die wir nahmen, reichte.

„Okay, wir sind da", wisperte sie ein paar Minuten später verschwörerisch und deutete auf eine braune Holztür, die mit dem Schild *Speisesaal* versehen war.

„Wir sind wo?"

„Da, wo das Böse schlummert", meinte Trudi, einen kindlichen Ausdruck der Begeisterung in ihren Augen. Sie strich sich das Kleid glatt, was untypisch schwarz und schlicht war, und streckte die Brust heraus. „Wirklich, Louisa, du hast keine Ahnung, was hier vor sich geht."

Sie öffnete die Tür, lotste mich hindurch und was ich da sah … beeindruckte mich nicht im Geringsten.

Zwei Dutzend runde Tische, mit langen cremefarbenen Stofftischdecken ausgekleidet, standen ästhetisch wertvoll im Raum verteilt. Die Servietten waren zu Schwänen gefaltet, das Besteck sicherlich echtes Silber – aber ansonsten sah es eher langweilig aus. Keine Leichen mit Sonnenhüten hingen an den Wänden. Keine Schamanen im Tüllrock tanzten um ein Plastikfeuer. Stattdessen waren da große Fenster, die eine Menge Licht hineinließen, was den Raum gleich noch ein wenig unspektakulärer machte.

Das Einzige, was langweiliger als die Tischaufteilung war, waren die Menschen, die daran saßen. Niemand trug einen Turban, so wie Trudi. Ich sah eine Menge weiß und schwarz und grau und alt. Als wäre ich geradewegs in einen Film aus den Zwanzigern gelaufen.

„Findest du nicht auch, dass alle verdächtig wirken?", wisperte Trudi hinter subtil auffällig vorgehaltener Hand. „Wie sie da so unschuldig sitzen und ihre Tabletten einschmeißen und mit ihren falschen Zähnen klappern und metallenen Knochen quietschen."

Ich spitzte die Ohren. Alles, was ich hörte, war ein Husten und klirrendes Besteck. Meine vage Vermutung, dass Trudi absolut nicht als Detektivin taugte, fühlte sich bestätigt.

„Sie haben es alle faustdick hinter den Ohren, Louisa!", fuhr Trudi fort. „Ehrlich gesagt konnte ich den Kreis der Verdächtigen noch nicht eingrenzen. Einfach jeder benimmt sich auffällig! Hermann geht jeden Morgen zur selben Zeit auf die Toilette. Sicherlich trifft er sich dort heimlich mit seinem Drogenkurier." Sie nickte zu einem alten Mann in Hawaiihemd herüber, der uns zahnlos zulächelte. „Gesa schläft noch, aber sie habe ich gestern beim Schummeln erwischt. Sie hat ein Ass auf dem Boden versteckt. Sie meint, sie hätte es fallen lassen, da ihre Hände so schwach wären – aber das soll sie ihrer Oma erzählen. Dann hätten wir noch Doris." Sie deutete auf eine Frau nahe neunzig, die mit zittriger Hand in ihrer Tasse rührte. „Doris trinkt ihren Kaffee mit drei Stück Zucker – jeder weiß, dass das ein Zeichen für eine psychische Störung ist."

„Ich trinke meinen Kaffee mit drei Stück Zucker", erinnerte ich sie.

Trudi nickte und wandte den Blick ab. „Ja. Ich bleibe bei meiner Aussage. Elsa, die Frau in Grün, ist neidisch auf alle und auf jeden. Sie hat schon versucht, mir den Turban vom Kopf zu ziehen." Missbilligend presste sie die Lippen zusammen. „Sie hat gemeint, sie sei gestolpert, aber da hätte sie sich schon die Hüfte brechen müssen, um mich zu täuschen. Früher war sie Krankenschwester, hat also sicherlich Zugang zu Schlafmitteln und könnte einen Drogenring hier drin leiten. Abgesehen davon gibt sie immer damit an, dass ihre Enkelin sie regelmäßig besucht, was hier drin so etwas wie der Porsche der Statussymbole ist – und das ist sehr unsympathisch."

Ich runzelte die Stirn, während ich die Frau betrachtete, von der sie redete. Sie butterte sich gerade ein Brötchen und wiegte zu einer unhörbaren Melodie den Kopf hin und her. Sie sah in etwa so gefährlich aus wie eine Fruchtfliege mit Keuchhusten.

„Und zu guter Letzt haben wir noch Pfleger Holger und Pastor Olaf." Sie nickte zu einem jungen Mann mit blauen Pflegerklamotten und einem vollkommen in Schwarz gekleideten alten Mann. „Holger ist ein netter Bursche, aber viel zu neugierig. Er fragt immer alle nach ihrem Befinden. Und einem kritischeren Mann als Pastor Olaf bin ich noch nie begegnet." Sie verengte die Augen und starrte den glatzköpfigen Herren böse an. „Er spricht sehr viel von der Hölle. Er muss wissen, wie es da aussieht."

Ich nickte und als ich sicher war, dass Trudi mit ihrer Beschreibung der Lage geendet hatte, bemerkte ich langsam: „Und was haben sie alle mit Helga Dettmann zu tun?"

Irritiert sah Trudi mich an. „Was?“

„Was verbindet sie mit dem Mordopfer, Trudi.“

„Nun, sie alle kannten sie!“

„Na ja, aber das reicht nicht, um als Verdächtiger zu gelten.“

Trudi öffnete die Lippen, wurde jedoch unterbrochen.

„Hallo, Trudi“, sagte ein schmächtiger Mann mit Krückstock und loser Krawatte um den Hals. „Ist das deine Enkelin? Sie ist wirklich sehr hübsch!“

Er zwinkerte mir zu und reichte mir die Hand.

„Und leider vergeben“, sagte Trudi sofort. „Behalte deine lüsternen Hände also besser bei dir.“

Der alte Mann gluckste, ließ die Hand jedoch sinken. „Du bist wirklich eine Wucht, Trudi! Das muss man dir lassen. Du musst mir heute Abend unbedingt davon erzählen, wie du 1989 zum Mauerfall beigetragen hast. Hat sich spannend angehört“, meinte er strahlend und verschwand durch die Tür, die ich noch immer offenhielt.

Mit gehobenen Augenbrauen sah ich meine ehemalige Angestellte an. „Du hast zum Mauerfall beigetragen?“

„Als ob du in der Position wärst, Lügner zu verurteilen“, grummelte sie pikiert.

Meine Mundwinkel zuckten. „Ich bin beeindruckt, das ist alles“, meinte ich. „Hauptsache, du kannst dir deine Lügengespinste merken.“

Trudi lief rosa an und zuckte die Achseln. „Es ist sehr praktisch, dass alle hier genauso vergesslich sind wie ich.“

Das konnte ich mir vorstellen.

„Okay. Noch einmal von vorn. Und jetzt konzentrier dich, Trudi, okay?", bat ich sie geduldig. „Du hast mir sehr viele Informationen gegeben, aber die meisten sind doch etwas ... weit hergeholt. Versuche wichtig von unwichtig zu trennen. Hatte Helga zum Beispiel mit irgendwem hier Streit?"

„Nun, mit ihrem Ehemann natürlich, aber wer hat den nicht", sagte sie und machte eine wegwerfende Handbewegung. „Ernst scheint ganz freundlich. Und wenn man den Ehepartner nicht ein bisschen hasst, hat man etwas falsch gemacht."

Ich zog eine Grimasse, wollte ihr aber nicht widersprechen. Sie hatte in dem Bereich mehr Erfahrung als ich. „Wer von den Leuten hier ist Ernst?", wollte ich wissen und ließ erneut den Blick schweifen.

„Der ist gerade nicht da. Aber egal. Kommen wir noch mal zu Elsa: Jeder weiß, dass zwischen ihr und Helga ein ständiger Konkurrenzkampf stattgefunden hat. Elsa war neidisch auf Helga, weil sie so beliebt war. Sie hat mehr als einmal mit Backgammon-Steinen nach ihr geworfen. Außerdem hat Helga sich wohl mit Pastor Olaf darüber gezankt, ob Gott wirklich existiert oder nicht." Sie schnaubte. „Als ob das einen Zweck hätte. Seitdem mich mal ein katholischer Pastor aus seiner Kirche geworfen hat, weil ich bemerkt habe, dass zu wenig Sex dumm macht und das vielleicht erklärt, warum der Papst so dämlich war, Kondome zu verbieten, versuche ich gar nicht erst, mit einem Geistlichen zu diskutieren. Sie haben einfach keinen offenen Horizont." Die Lippen schürzend schoss sie böse Blicke in Pastor Olafs Rücken.

Ich machte mir die gedankliche Notiz, bei Gelegenheit mit Helgas Ehemann, Elsa und Olaf zu reden – oder aber auch Rispos Akte mit ihren Zeugenaussagen zu klauen –, bevor ich fragte: „Hast du irgendetwas über Helga an sich herausgefunden? Ihre Hobbys oder Eigenarten oder ... ihre Vorliebe, allein in die Sauna zu gehen?"

„Oh, tatsächlich habe ich das." Trudi strahlte mich an und ich unterdrückte den Drang, ihren Kopf zu tätscheln und *Gutes Mädchen* zu sagen. „Helga hat jeden Morgen eine To-do-Liste geschrieben mit den Aufgaben für ihren Tag. Sie hat sie sich mit einer Stecknadel an ihrer Kleidung befestigt, damit sie sie nirgendwo vergisst. Aber niemand weiß, wo der Zettel ist."

Ich runzelte die Stirn. Das war interessant. Da hatte eine Nadel in der Sauna gelegen. Das könnte die Stecknadel von Helgas Kleidung gewesen sein. Vielleicht hatte der Mörder ihre To-do-Liste abgerissen, weil er selbst darauf gestanden hatte.

Aber nein, das ergab keinen Sinn. Helga hatte in der Sauna gelegen. Splitterfasernackt. Sie würde den Zettel wohl kaum an ihrer Haut befestigt haben. Aber warum hatte dann eine Nadel auf dem Boden gelegen?

Ich seufzte und rieb mir über die Stirn. Jetzt, da ich darüber nachdachte ... wo war überhaupt Helgas Kleidung?

Sie hatte nirgendwo außerhalb der Sauna gelegen. Ebenso wenig ein Bademantel oder Ähnliches. War sie nackt durch das ganze Altenheim spaziert?

Andererseits: Vielleicht war sie gar nicht in der Sauna umgebracht worden? Vielleicht hatte sie der Mörder dort hineingeschleppt? Waren da blutige Schleifspuren auf dem Boden gewesen? Ich konnte mich nicht erinnern. Es war so nebelig und … eklig gewesen. Hatte der Mörder sie also erst umgebracht, dann in die Sauna getragen und dann ausgezogen? Aber woher waren dann die ganzen Blutspritzer gekommen?

Frage um Frage drehte sich in meinem Kopf und mir wurde schwindelig.

Warum sich die Mühe machen, eine Leiche in einer Sauna zu drapieren? Und bei all dem Blut hätte man doch sicherlich den Weg zum eigentlichen Tatort rückverfolgen müssen …

Mist. Ich brauchte wirklich mehr Informationen. Dass die Polizei – beziehungsweise Rispo – so unkooperativ war, gefiel mir gar nicht.

Nichtsdestotrotz: Das Wichtigste war es jetzt erst einmal, den Verlauf von Helgas Todestag nachzuvollziehen … und dann war da ja noch der Analplug.

„Ähm, Trudi, hast du …" Ich räusperte mich, bevor ich so schnell und schmerzlos wie möglich sagte: „Hast du dich schon mit den anderen Bewohnern über ihre Sexpraktiken ausgetauscht? Weißt du … ob der Analplug von Helgas Ehemann ist? Oder ob sie eine Affäre hatte?"

Trudi schüttelte den Kopf. „Nach dem Gebrauch von Analplugs fragt man am besten erst am zweiten Abend", unterrichtete sie mich.

Natürlich. Dumme Frage. „Okay … aber weißt du zufällig, was Helga an dem Tag so gemacht hat? Bevor sie gestorben ist, meine ich?"

Nachdenklich wiegte Trudi den Kopf hin und her. „Nein. Sie war die eine Hälfte des Tages irgendwo unterwegs und die andere wohl sehr geheimnisvoll. Hat angekündigt, dass sie am Abend einen Termin hätte, der unser aller Leben verändern wird. Also das Leben hier im Heim."

Frustriert seufzte ich auf. „Und niemand weiß, was das war?"

Trudi verengte die Augen, sodass sie aussah wie ein zerknautschtes Kissen. „Na ja, sie sagen zwar alle, sie wissen es nicht. Aber wenn du mich fragst: Wenn jemand etwas weiß, dann Sybille. Sie war gut mit Helga befreundet. Außerdem hat sie die besten Augen und Ohren. Keine vier Dioptrien, kein Hörgerät und das mit über achtzig. Sie ist der graue Falke dieses Ladens. Sie bekommt alles mit!"

Na, das war doch zumindest schon einmal ein vielversprechender Ansatzpunkt. Leute, die sehen und hören konnten, waren die besseren Zeugen. „Weißt du, wo ich diese Sybille finden kann?"

Je schneller ich diesen Mord gelöst hatte, desto eher konnte ich mich um die Sache mit der Website kümmern und mich mental auf Rispos Heiratsantrag vorbereiten.

„Zimmer 114. Sie zieht sich gern zurück, um ihren Gedanken nachzuhängen und ihre Kreativität auszuleben. Bezeichnet sich selbst als Künstlerin, musst du wissen."

„Okay ... macht es dir was aus, wenn ich kurz bei ihr vorbeischaue, bevor ich mit dir frühstücke?"

„Oh, ich komme mit."

„Nein, lieber nicht", sagte ich hastig. „Wenn du sie mit Fragen durchlöcherst, könnte sie Verdacht schöpfen."

Trudi seufzte schwer und nickte. „Okay. Ich beschreibe dir den Weg. Aber komm wieder! Ich habe dich schließlich angekündigt. Wenn du nicht erscheinst, denken die Leute hier noch, ich würde Blödsinn erzählen. Und wie sähe das aus?"

Kapitel 7

Ich nutzte den Weg durch das Labyrinth an Gängen, um bei Josh anzurufen. Vielleicht hatte er seine Meinung bezüglich der Informationsweitergabepflicht der Polizei ja geändert.

Wie immer freute Rispo sich, von mir zu hören.

„Was ist?"

„Josh, du bist wirklich sehr unhöflich."

„Ich bin gestresst und entnervt, Lou. Das ist ein Unterschied. Die Presse will wissen, warum eine arme, unschuldige alte Frau mit Analplug im Hintern umgebracht wurde – und ich kann ihnen keine Antwort geben. Also: Was ist?"

„Ich möchte eigentlich nur wissen, ob ihr die Kleidung von Helga gefunden habt?"

Ein Schnauben war die Antwort. „Ich sage dir überhaupt nichts, Lou."

„Komm schon. Du willst, dass ich dir erzähle, was Trudi im Altenheim herausfindet. Doch dafür erwarte ich eine Gegenleistung."

„Du kriegst aber keine."

Ich verengte die Augen und blickte nach rechts in einen weiteren Gang, in dem sich die Zimmer 100-115 befanden. „Weißt du, Josh, ich habe auch andere Quellen, die für mich diese Informationen besorgen könnten. Dass ich dich danach frage, ist nur ..."

„*Andere* Quellen?“, unterbrach er mich alarmiert, und seine Stimme wurde direkt zehn Dezibel lauter. „Was zum Teufel soll das denn heißen? Was für andere Quellen?“

Ups, diese Aussage hatte ich nicht durchdacht. Rispo würde gar nicht entzückt sein, wenn er wüsste, dass ich eine Abmachung mit Mo getroffen hatte. „Ach, das tut jetzt nichts zur Sache“, sagte ich hastig. „Das Wichtige ist doch, dass ich sie gerne von dir hätte.“

„Nein“, sagte Rispo scharf. „Das Wichtige ist, dass du keine weiteren Gesetze brichst, um an Informationen zu kommen, die nicht für deine Ohren bestimmt sind.“

„Wieso denn bitte *weitere* Gesetze?“, wollte ich ungläubig wissen. „Du hörst dich an, als wäre ich eine Verbrecherin.“

„Bitte, Lou. Wir beide wissen, dass du öfter in fremde Wohnungen einsteigst als ein Schaffner in den Zug.“

Es war mir ein Anliegen, dieses Thema nicht weiter zu vertiefen, da ich nicht dafür bürgen konnte, heute keinen Einbruch mehr zu begehen. Deswegen sagte ich nur gespielt dümmlich: „Ich bin verwirrt. Ich soll nichts Illegales tun, aber du willst mir die Infos nicht geben. Was bleibt mir denn da bitte für eine Wahl?“

Ein Knurren war die Antwort, das eher in einen Horrorfilm als in mein Ohr gepasst hätte. „Schön“, presste Josh zwischen den Zähnen hervor, und ich konnte mir bildlich vorstellen, wie sein Kiefer mahlte, während er das sagte. „Ich beantworte dir zwei Fragen … du erzählst mir dafür alles, was Trudi herausgefunden hat.“

„Abgemacht. Also: Habt ihr Helgas Kleidung gefunden?“

„Nein.“

„Ist klar, dass Helga in der Sauna umgebracht wurde?"

„Nein."

„Ah, also wurde sie dort abgelegt?"

„Wir können es noch nicht mit Sicherheit sagen, aber ... es gibt Hinweise, die darauf deuten, dass der Tatort ein anderer ist. Aber nur Hinweise."

„Okay. Danke."

„Jetzt du, Lou: Was hat Trudi herausgefunden?"

„Doris trinkt ihren Kaffee mit drei Stück Zucker", sagte ich knapp. „Bis später, Joshi!" Im nächsten Moment legte ich auf und stellte das Handy lächelnd auf lautlos. Heute Abend würde ich Josh mehr erzählen, aber jetzt gerade ... jetzt gerade genoss ich es, dass er ausnahmsweise mal der Gelackmeierte war.

Zufrieden mit mir selbst steckte ich das Telefon weg und besah mir die Zimmernummern, bevor ich vor der 114 stehen blieb und einfach mal klopfte.

Ich würde Sybille erzählen, dass ich gekommen war, um mit ihr über ihre Trauer zu reden, und gar nicht weiter erwähnen, wer ich war. Oder vielleicht ...

Die Tür öffnete sich und eine alte Dame mit aufgemalten Augenbrauen erschien im Rahmen. Sie trug ein geblümtes Ensemble, das aussah, als habe sie es selbst gestrickt. Außerdem hatte sie Federn als Ohrringe, die so gar nicht zu dem strengen Dutt passten, zu dem sie ihre Haare zusammengefasst hatte. Ja, sie war eindeutig Künstlerin.

„Sie sind aber früh dran", stellte sie überrascht fest und trat einen Schritt zurück. „Sie wollten doch erst in einer halben Stunde kommen."

Perplex öffnete ich den Mund. Wer dachte sie, dass ich war? Und konnte ich das zu meinem Vorteil nutzen?

„Ähm, ja. Bin ich", sagte ich etwas lahm. „Ein … Termin ist ausgefallen. Deswegen konnte ich schon früher."

„Wunderbar." Sie lächelte mich an und ließ mich dann ein. „Soll ich mich hinlegen? Oder wie arbeiten Sie?", fragte sie weiter und deutete zu ihrem Bett.

Ich kratzte meine Schläfe. „Ähm … wie hätten Sie es denn gerne?"

„Na, das sollten Sie doch wissen", sagte Sybille ungeduldig. „Sie sind die Hypnotiseurin, nicht ich!"

Einige Sekunden lang starrte ich sie mit geweiteten Augen an.

Hypnotiseurin? Das stand leider nicht auf meinem sehr beeindruckenden Lebenslauf. Wie zur Hölle sollte ich ihr weismachen, dass ich Hypnotiseurin war? Ich bezog all mein Wissen dazu lediglich aus dem *Dschungelbuch* und so einlullend singen wie *Kaa* und meine Augen in Drehscheiben verwandeln konnte ich auch nicht.

Dennoch nickte ich salbungsvoll, auch wenn mir mein Herz bis zum Hals schlug. „Natürlich. Die bin ich. Wer sollte ich sonst sein? Legen Sie sich doch bitte auf Ihr Bett, ich werde die Gardinen schließen."

Sybille nickte, drapierte sich elegant auf ihrem Bett und positionierte ihre Arme neben dem Körper. Sie wirkte noch relativ fit … aber auch fit genug, um eine ausgewachsene Frau durch einen Flur zu schleppen und in eine Sauna zu legen?

Wie angekündigt zog ich die schweren, roten Gardinen zu, die ihre bodenlangen Fenster, die auf den Parkplatz hinauszeigten, zierten, und überlegte mir fieberhaft meine nächsten Schritte.

Eigentlich war das hier gar nicht so schlecht. Ich hatte eine halbe Stunde, bis die wirkliche Hypnotiseurin kam. Ich wollte unbefangen mit Sybille reden ... und wenn sie entspannt im Bett lag, würde das vielleicht ihre Zunge lockern.

Und so moralisch verwerflich war es doch nicht, mich als Hypnotiseurin auszugeben! Mehr Schaden anrichten als ein wirklicher Scharlatan konnte ich auch nicht.

Ich räusperte mich, sobald das Licht gedämpft war. „Sie wollen diese Hypnose also nutzen, um ...“

„Mit dem Rauchen aufzuhören.“

„Ah ja. Und darf ich fragen, warum?“ Die Frau war hundertzehn. Jetzt noch mit dem Rauchen aufzuhören, war fast unnötig.

„Mir macht in letzter Zeit das Atmen zu schaffen, und da ich keine Sauerstoffflasche mit mir herumschleppen will, erschien es mir wichtig, meine Nikotinsucht anzugehen“, erklärte sie sachlich. „Ich möchte nicht an Lungenkrebs verrecken. Ich will an Altersschwäche sterben oder ermordet werden, so wie ein vernünftiger Mensch eben.“

„Sicher. Ich verstehe“, log ich und entdeckte entzückt eine Kerze auf Sybilles Nachttisch, die ich mit dem danebenliegenden Feuerzeug entfachte.

Dann zog ich mein Handy wieder hervor und scrollte durch meine Musik. Das Psychodelischste, was ich hatte, war der *Herr der Ringe*-Soundtrack. Ich entschied mich für das Lied von Emiliana Torrini.

Eigentlich war der Song für Gollum geschrieben worden ... aber wer sagte, dass es nicht auch gut genug für Sybille war?

Ich stellte die Lautstärke sehr leise ein und ließ die Streicher für mich arbeiten. Schließlich löste ich die Kette, die ich trug, von meinem Hals. Ich hoffte inständig, dass Sybille nicht allzu genau hinsah. Es würde sie vielleicht wundern, warum ich einen silbernen Eisbecher-Anhänger als Pendel benutzte.

Jetzt musste ich nur während des Gesprächs elegant auf den gestrigen Mord überleiten.

„Atmen Sie ruhig ein und aus", sagte ich sanft und hob die Kette über ihr Gesicht. „Konzentrieren Sie sich auf das Pendel und meine Stimme ..."

„Das ist aber ein interessantes Pen–"

„Ruhe, bitte", unterbrach ich sie hüstelnd. „Sprechen Sie erst, wenn ich Ihnen eine Frage stelle."

Sybille nickte folgsam.

„Gut. Wann fühlen Sie den Drang, zu rauchen?", hauchte ich mit melodischer Stimme und versuchte meine Kette wie ein Pendel vor ihrem Gesicht hin und her schaukeln zu lassen ... traf jedoch Sybilles Nase. Hitze stieg in meine Wangen, und hastig zog ich die Kette höher, um einen erneuten Versuch zu starten.

Sybille fing Gott sei Dank an zu sprechen, das lenkte sie hoffentlich etwas von meinen unbeholfenen Bewegungen ab.

„Immer, wenn ich gestresst bin", erklärte Sybille.

„Und haben Sie zurzeit Grund, gestresst zu sein?"

„Ja, eine Bewohnerin unseres Altenheims wurde vorgestern ermordet. Helga", sagte sie resigniert.

Bingo. „Oh, das tut mir sehr leid. War sie eine gute Freundin?"

Sie schluckte hörbar. „Eine … wirklich gute Freundin. Ich meine, man rechnet an diesem Ort fast jeden Tag damit, dass jemand über Nacht von uns geht, aber nicht auf so brutale und abrupte Art und Weise."

„Natürlich", erwiderte ich verständnisvoll und bemerkte, wie sich meine Kehle enger zog. Wenn man in einem Mordfall ermittelte, vergaß man oft, dass der oder die Tote nicht die Einzige war, die verletzt wurde. „Und hatte Helga eine Menge Feinde?"

Skeptisch sah Sybille mich an. „Was?"

„Schließen Sie die Augen", wies ich sie hastig an.

„Aber dann kann ich das Pendel nicht mehr sehen."

Oh. Richtig. „Das … das müssen Sie auch nicht. Es reicht, wenn Sie seine … Energie wahrnehmen."

„Ah, in Ordnung." Sybille schien etwas verwirrt, schloss jedoch ihre Lider.

Ich nutzte die Gelegenheit und sah mich verstohlen im Raum um.

Es war offensichtlich, dass Sybille viel Wert auf ihre kreative Ader legte. Strickzeug lag auf einem freien Stuhl. Eine halbbemalte Leinwand zierte eine Staffelei und etliche Bücher über Regiearbeit, filmische Inszenierungen und Blockbuster-Kino pflasterten ihre freie Wand. Sex-Spielzeuge konnte ich jedoch keine erkennen. Schade.

„Ich glaube, dass diese Helga eine Menge mit ihrem Raucherproblem zu tun hat", erklärte ich mit nebeliger Stimme. „Sie scheint eine erzürnende Person gewesen zu sein."

„Nein, gar nicht", meinte Sybille irritiert. „Sie war wundervoll. Ein Superstar!"

Warum waren sich alle da so einig? Und was für ein bescheuerter Spitzname war das bitte? „Ah, ich glaube, das Pendel wollte mir etwas anderes sagen", ruderte ich zurück. Ich hatte das Gefühl, dass langsam die Grenze zwischen Hypnotiseurin und Wahrsagerin vor meinen Augen verwischte ... aber ehrlich gesagt war mir der Unterschied auch gar nicht so klar. Beide redeten eine Menge Schwachsinn.

Na gut, unter dem Gesichtspunkt hatte auch ich eine Menge Gemeinsamkeiten mit den beiden Professionen.

Ich räusperte mich. „Waren Sie gestern mit Helga unterwegs ... und haben Sie dabei geraucht?"

„In der Tat", sagte sie überrascht. „Woher wissen Sie das?"

Ich weiß gar nichts. Ich mutmaße nur und baue auf mein Glück. „Das Pendel hat es gespürt", meinte ich vage. „Was haben Sie zusammen getan?"

„Wir waren einkaufen. Wir mussten ein Kostüm besorgen."

„Kostüm?", sagte ich überrascht. In Köln war das Wort zwar vergleichsweise fest in den normalen Sprachgebrauch eingegliedert, doch es war August. *Jeck im Sunneshing* – Karneval im Sommer – war gerade vorbei und bis zum elften Elften war es noch eine Weile hin. Wozu also jetzt ein Kostüm kaufen?

„Ja, Helga brauchte noch etwas Neues zum Anziehen, um am Nachmittag ..." Sie brach ab. „Nun, sie brauchte eben etwas. Eigentlich war es untypisch für sie, dass sie so spät dran damit war – Helga war immer sehr gut vorbereitet auf ihre ... Verpflichtungen. Aber na ja ..." Sie zog ihre Achseln an die Ohren. „Es gab wohl ein Problem mit ihrem bevorzugten Laden. Helga hat ihre besondere Kleidung für … gewisse Anlässe sonst immer ausschließlich in einem anderen Geschäft besorgt."

„Tatsächlich? Welches Geschäft war das?", wollte ich wissen.

Misstrauisch zog Sybille die Augenbrauen zusammen. „Wozu müssen Sie das wissen?"

„Ach, ich bin immer auf der Suche nach einem guten und günstigen Verkleidungsgeschäft."

„Ach so." Die Worte schienen sie zu besänftigen, denn jedes echte *Kölsche Mädche* war tatsächlich ständig auf der Jagd nach so einem Laden. „Ich muss Sie enttäuschen. Ich habe keine Ahnung, welches es war. Sie hat wohl irgendwelche Rabatte dort bekommen, die sie nicht mit uns teilen wollte. Aber gestern meinte sie, er sei keine Option mehr und wir müssten woanders hin."

Ich hatte absolut keine Ahnung, worüber sie redete. Besondere Kleidung für gewisse Anlässe? Kostüme? Was zum Teufel hatte Helga am Nachmittag und Abend ihres Todes getan? Dennoch sagte ich pflichtbewusst: „Und wo waren Sie dann?"

Sybille runzelte die Stirn. „Ist das relevant für mein Raucherproblem?"

Nein, überhaupt nicht. „Das kommt darauf an … haben Sie auf dem Weg dorthin geraucht?"

„Nein."

Mist. „Dann nicht", sagte ich widerwillig.

„Sind Sie beide danach noch woanders hingegangen? Oder haben sich am Nachmittag zu dem besonderen Anlass getroffen?"

„Ja, schon, aber dann ...“ Ich erkannte, wie ihre blassen Lippen zitterten. „Dann wollten wir zusammen zu Abend essen und sie ist einfach nicht aufgetaucht. Wir alle ... wir haben auf sie gewartet, aber sie kam nicht.“

„Sie alle?“, fragte ich vorsichtig.

„Ja.“

„Aber wo ...“

„Sie war immer so zuverlässig, wir haben uns schon gefragt, ob etwas nicht stimmt, aber ... wer hätte ahnen können ...?“ Sie stockte, schluckte und riss sich wieder zusammen. „Egal, machen wir weiter, in Ordnung? Wie werde ich meinen kleinen weißen Stummelfreund los?“

„Ja, dazu kommen wir jetzt“, sagte ich leise, während Emilia Torrini noch immer deprimierende Dinge darüber sang, dass Gollum verloren und allein war und niemals wieder nach Haus zurückkehren konnte.

Ich konnte nicht weiter auf den Abend von Helgas Tod eingehen. Ich war zu auffällig. Aber es gab da noch etwas anderes, das ich gerne wissen wollte. Mein Arm schmerzte zwar schon, weil ich ihn die ganze Zeit in der Luft hielt, aber was tat man nicht alles, um Rispo zu beweisen, dass man eine kompetente Blumendetektivin war?

„Bevor wir fortfahren, nur ganz kurz: Haben Sie schon einmal versucht, mit dem Rauchen aufzuhören ... sich vielleicht Hilfe von einem Geistlichen geholt? Ich spüre sehr viel ... religiöse Aura in ihren Lungen.“

Sybille schnaubte. „Ich bitte Sie. Mit Religion habe ich nichts am Hut. Der einzige Ansprechpartner in dem

Bereich hier ist Pastor Olaf und von dem halte ich nicht viel."

„Ach, tatsächlich? Warum denn nicht?", fragte ich leise und hoffte, dass sie nicht wieder wissen wollte, inwiefern das mit dem Rauchen zusammenhing. Ich hatte nämlich wirklich keine Antwort darauf.

„Ein sehr engstirniger Mann. Er verurteilt alles und jeden! Helga hat ihn trotzdem gemocht. Sie hat sich immer darüber aufgeregt, dass wir ihm aus dem Weg gehen. Sie meinte, man müsse ihn nur besser kennenlernen, um ihn zu verstehen."

„Sie waren also befreundet?"

„Ein wenig. Die beiden haben sich jeden Dienstagabend in der Sauna getroffen, um über Gott zu diskutieren. Es ging oft hitzig zur Sache, aber ... Helga hat immer gemeint, es würde ihr Spaß machen, ihren Grips anzustrengen."

Meine Augenbrauen flogen in die Höhe. „In der Sauna? Warum haben sie sich gerade da getroffen?"

Sybille öffnete den Mund, doch bevor sie etwas sagen konnte, klopfte es hektisch an ihre Tür.

„Ich bin es, Sybille", drang eine Männerstimme durch das Holz. „Machst du auf?"

Sofort öffnete meine Patientin ihre Augen. „Einen Moment noch, Ernst", rief sie nervös und richtete sich auf, sodass mein provisorisches Pendel sie an der Schläfe traf. Sie verscheuchte es wie eine nervige Fliege. „Tut mir leid, ich fürchte, wir müssen das hier abkürzen."

Ich nickte langsam, während ich mich fragte, wie viele Bewohner der *Himmelspforte* wohl Ernst hießen, oder ob tatsächlich gerade Helgas Witwer vor der Tür stand. „Diese Sitzung ist aber noch nicht abgeschlossen. Sie dürfen sich also nicht wundern, wenn meine Methode Ihnen nicht im Geringsten beim Aufhören mit dem Rauchen geholfen hat“, bemerkte ich entschuldigend und steckte die Kette in meine Jeanstasche.

„Jaja“, sagte Sybille hektisch und pustete die Kerze aus. „Wie viel bekommen Sie?“

Ich winkte ab. „Die erste Stunde geht immer aufs Haus.“

„Wunderbar, vielen Dank!“ Sybille sah immer wieder mich an und dann zur Tür. Ebenso gut hätte sie mich mit beiden Händen auf dem Rücken hinausschieben können.

„Ich gehe“, tat ich ihr den Gefallen. „Viel Erfolg noch bei Ihrem Unterfangen.“

Ich stoppte die Musik auf meinem Handy, die unserer Unterhaltung einen dramatischen Touch verpasst hatte, und öffnete die Tür.

Ein Herr mit vollem grauem Haar, Hornbrille und einem modischen Altersfleck über dem rechten Mundwinkel stand mir gegenüber. Er trug Hosenträger über einem blaukarierten Hemd und eine angespannte Miene auf dem Gesicht, und mir kam der Gedanke, dass er gut in einer Senioren-Boygroup aufgehoben wäre.

„Hallo“, sagte er tonlos, sah mich jedoch nicht an, sondern lief direkt an mir vorbei und schloss die Tür hinter sich.

Unschlüssig blieb ich vor der Nummer 114 stehen … dann verdrehte ich die Augen und presste mein Ohr an das Holz. Ich wünschte, ich wäre anständiger, aber manche Wünsche gingen einfach nie in Erfüllung.

„Ich habe Zweifel, Sybille", hörte ich Ernsts gedämpfte Stimme. „Helga war diejenige mit dem Plan und den Kontakten. Ohne sie ..."

„... werden wir noch ein wenig härter arbeiten müssen", unterbrach Sybille ihn im scharfen Tonfall.

„Aber sie ..." Er stockte und seine Stimme wurde dünner. „Irgendwer hat sie ... jemand da draußen hielt es für richtig, sie einfach ..."

„Ich weiß, Ernst." Die Stimme der alten Dame war auf einmal weich wie Kaschmirwolle. „Es ist ein großer Verlust für uns alle, aber sie würde wollen, dass wir weitermachen. Es bleibt also bei heute Nacht. Wir ändern nichts an unserem Plan. Wir machen weiter wie zuvor. Niemand wird sie ersetzen können, aber wir müssen es versuchen."

Ungläubig öffnete ich die Lippen. Wovon zum Teufel sprachen sie? Was ging hier in diesem unscheinbaren Altenheim vor sich? Das hörte sich fast nach einer geheimen Sekte an! Oder aber auch ...

„Andere zu belauschen, ist eine Sünde, mein Kind."

Ich zuckte zusammen und fuhr herum. Pastor Olaf stand vor mir und sah mich mit großväterlicher Strenge an.

Meine Wangen liefen rot an. „Ich habe nicht ..."

„Lügen ist eine noch viel größere Sünde, Liebes", warnte er mich.

Oje. Wenn er wüsste, was ich getan hatte, bevor ich so lasterhaft an der Tür gelauscht hatte ...

„Tut mir leid", sagte ich zerknirscht. „Ich bin sehr neugierig. Es ist eine Bürde, mit der ich gelernt habe zu leben. Aber hallo erst einmal." Ich streckte die Hand aus. „Ich bin Lou. Trudis ... Enkelin."

Erkenntnis huschte durch seine Augen. Als hätte er bereits erwartet, dass Trudis Verwandte nur ein so beschämendes Wesen wie ich sein konnte.

„Natürlich. Sie hat erzählt, dass Sie heute Morgen Besuch von Ihnen erhält. Sie frühstückt allerdings zurzeit im Speisesaal. Hier sind Sie also vergeblich auf der Suche und ganz und gar falsch." Tadelnd nickte er zu Sybilles Tür.

„Ich weiß, ich habe mich verlaufen", sagte ich seufzend. „Das Heim ist wirklich sehr groß und pompös. Ich dachte, ich hätte Trudis Stimme gehört, aber sie war es wohl nicht." Ich hob die Schultern.

Pastor Olaf sah mich durchleuchtend an, und ich konnte nicht sagen, ob er mir glaubte oder gerade für mich betete, aber ich wollte ihm auch nicht die Möglichkeit geben, allzu lang darüber nachzudenken.

Deswegen sagte ich leise: „Mein Beileid übrigens für den Verlust. Trudi, also Oma, hat mir davon erzählt, was hier vor zwei Tagen passiert ist, und es ist schrecklich."

Olaf nickte seufzend. „Ja, es hat uns alle sehr getroffen. Sie war eine so lebendige und gesunde Frau. Die Umstände sind … tragisch." Er trug die Leidensmiene eines wahren Geistlichen. Salbungsvoll, aber voller Trauer.

„Natürlich", meinte ich und schluckte. „Ich habe gehört, Sie waren einer der Letzten, der sie gesehen hat?"

Überrascht hob er die Augenbrauen. „Wo nehmen Sie denn diese Informationen her, mein Kind?"

„Nun, Trudi meinte, Sie wären jeden Dienstagabend mit Helga in die Sauna gegangen?"

„Oh ja. Aber nicht letzten Dienstag. Helga hatte einen wichtigen Termin, der sie verhindert hat."

„Was für einen Termin?"

„Hat sie mir nicht gesagt. Aber sie war ziemlich aufgeregt deswegen." Misstrauisch blickte er mich an. „Aber wieso ist das wichtig für Sie?"

„Ist es nicht", beeilte ich mich zu sagen. „Es ist nur … meine Neugier. Wie bereits gesagt." Langsam bekam ich das starke Gefühl, dass es äußerst hilfreich sein könnte, Helgas letzten Tag Minute für Minute zu rekonstruieren. Ihre To-do-Liste wurde immer interessanter …

Ich räusperte mich. „Nun, ich sollte gehen. Oma wartet auf mich." Freundlich lächelte ich ihm zu und wollte schon an ihm vorbeigehen, als er noch etwas sagte.

„Ihre Großmutter kleidet sich wirklich nicht altersgemäß, mein Kind."

„Oh. Ja, ich weiß … aber zu ihrer Verteidigung: Sie verhält sich so, wie sie sich kleidet."

Er seufzte schwer. „Sie zieht sich zu freizügig an. Eine Frau in ihrem Alter …" Er schüttelte den Kopf. „Tugendhaftigkeit ist heute leider nicht mehr so wichtig wie früher. Alte Damen ringen mit Seehunden, Kinder lauschen an Türen …"

„Oh, das gerade war eine Ausnahme. Ich bin eigentlich … sehr tugendhaft", sagte ich und räusperte mich. „Ich trenne sogar meinen Müll."

„Und trotzdem haben Sie sicherlich vorehelichen Koitus", sagte er missbilligend.

Meine Wangen liefen rosa an. Schuldig. „Wenn es ihnen hilft: Mein Freund will mich bald fragen, ob ich ihn heirate."

„Warum sollte mir das helfen?", fragte er irritiert.

Mhm. Wusste ich jetzt auch nicht so genau. „Auf Wiedersehen!", sagte ich hastig, hob die Hand und eilte im nächsten Moment den Gang hinab.

Ich würde auf meinem Rückweg an einer Kirche vorbeifahren müssen – nur um Gott zu besänftigen. Eigentlich wollte ich direkt zurück in den Speisesaal, doch bevor ich darüber nachdenken konnte, in welcher Richtung der noch einmal lag, kam mir Trudi entgegen. „Wir können nicht zurück", sagte sie außer Atem. „Dein Kommissar ist soeben aufgetaucht, weil er noch ein paar Fragen hat. Da haben wir keine Chance."

„Josh ist hier?"

„Ja. Ich konnte mich gerade noch elegant aus dem Raum ducken, bevor er mich gesehen hat." Stolz streckte sie ihre Brust. „Aber du wirst wohl gehen müssen. Er wird immer so wütend, wenn er dich an Orten antrifft, die für seinen Fall wichtig sind."

Sie hakte sich bei mir unter und zog mich über den marmornen Boden ein paar Gänge entlang, bis wir uns wieder im Garten befanden, durch den ich hineingelangt war.

„Und, hast du etwas herausgefunden?", wollte Trudi neugierig wissen.

„Ich weiß nicht", sagte ich langsam und betrachtete wieder die Sonnenblumen vor mir.

,Es ist ein großer Verlust für uns alle, aber sie würde wollen, dass wir weitermachen. Es bleibt also bei heute Nacht. Wir ändern nichts an unserem Plan. Wir machen weiter wie zuvor.'

Heute Nacht sollte irgendetwas passieren. Sie verfolgten einen Plan. Aber wofür?

Es klang, als hätten sich ein paar ältere Leute zusammengeschlossen, um ... um was genau zu tun? Und wo? Wenn ich Letzteres wüsste, könnte ich heute Abend mal einen Mondscheinspaziergang machen. Aber wo genau sollte ich suchen? Das Altenheim war riesig!

Ich biss auf meine Unterlippe, sah die gelben Blumen vor mir an. Ihre Köpfe hatten sich zusammen mit der Sonne schon etwas weiterbewegt. Sie sahen jetzt eher nach vorn, hatten mir ihre Gesichter direkt zugewandt und ...

Ich schlug mir mit der Hand gegen die Stirn. Oh mein Gott. Natürlich. Das hatte mich gestört!

„Trudi, ich habe tatsächlich etwas herausgefunden", sagte ich mit fester Stimme. „Was machst du heute Nacht? Lust, dem Weg der Sonnenblumen zu folgen?"

Kapitel 8

Trudi war natürlich mit von der Partie, auch wenn sie keine Ahnung hatte, wovon ich sprach. Doch als ich zu meiner Schwester fuhr, um mir anzuhören, was sie über meine Website herausgefunden hatte, war ich guter Dinge. Diese Nacht könnte den Fall von einer ganz neuen Seite beleuchten. Stellte sich nur die Frage, ob ich Rispo davon erzählen sollte?

Ach, das würde ich spontan entscheiden!

Emily wohnte mittlerweile allein in einer Dreißig-Quadratmeter-Wohnung in Köln-Kalk, einem etwas schäbigeren, aber auch günstigeren Teil der Domstadt.

Sie öffnete in Jogginghose und Top die Tür, die Haare zu einem Vogelnest auf ihrem Kopf zusammengefasst. „Wo sind die Kekse?", begrüßte sie mich und starrte schockiert auf meine leeren Hände.

„In der Handtasche", bemerkte ich augenverdrehend.

Erleichtert ließ Emmi die Schultern sinken, nahm mir meine Tasche ab und winkte mich herein. „Ich kann dir am PC zeigen, was ich herausgefunden habe", erklärte sie und verschwand durch den kleinen Flur in den dahinterliegenden Raum, der Küche, Schlafzimmer und Wohnzimmer zugleich war.

Neben einem breiten Bett und einem noch breiteren Schrank hatten auch ein kleiner Tisch und zwei Stühle hineingepasst. Einer der Stühle war jedoch gerade nicht benutzbar, denn eine nackte Schaufensterpuppe saß darauf und lächelte in eine Kamera, die ihr gegenüber auf einem Stativ stand.

„Mama will übrigens, dass du dich bei ihr meldest", meinte ich und setzte mich aufs Bett, von dem aus ich gute Sicht auf Emilys Computer hatte.

„Jaja."

„Warum ignorierst du sie überhaupt?", fragte ich stirnrunzelnd. „Habt ihr euch gestritten?"

„Nein. Ich habe ... andere Gründe."

„Welche?"

Meine Schwester winkte ab und klickte auf ihrem Desktop herum. „Uninteressant."

Mit verengten Augen sah ich sie an, bevor mein Blick auf ihren gefüllten Mülleimer unterm Schreibtisch fiel. Er war voll mit Taschentüchern. „Bist du krank?"

„Was?"

„Die Taschentücher in deinem Mülleimer. Sieht aus, als ob du krank wärst."

„Oh nein, ich hab nur was umgestoßen", meinte sie leichthin.

Sie sah mich nicht an, und auf einmal hatte ich Mamas Stimme im Kopf: *Ich glaube, ihr geht es nicht gut. Sie ist wahrscheinlich traurig wegen der geplatzten Hochzeit. Sie hat zumindest traurig gewirkt, als ich sie das letzte Mal gesehen habe.*

Mist, vielleicht war da was Wahres dran. „Emily ... wie geht es dir?", fragte ich vorsichtig.

„Ich habe frei, es geht mir blendend", sagte sie genervt. „Willst du jetzt wissen, was ich herausgefunden habe, oder nicht?" Herausfordernd sah sie mich an.

Nun, ich hatte es versucht. „Jap, schieß los."

Ich beugte mich vor und stützte mich mit den Ellenbogen auf meinen Knien ab, um besser sehen zu können, was Emily da auf ihrem Computer tat.

Sie war auf meiner Website, die wieder völlig normal aussah. Keine Brüste mehr, die mit Blütenblättern verdeckt wurden. Keine sexistischen Namen oder Anspielungen.

Aber wenn ich ehrlich war … sah die Seite jetzt noch viel besser aus als vorher. Ich hatte die Erstellung damals bei einer kleinen Web-Design-Agentur in Auftrag gegeben und die Seite seitdem nicht mehr wirklich aktualisiert. Ich hatte einfach nicht die Zeit und Muße, mich darum zu kümmern. Jetzt jedoch glänzte sie in einem neuen, modernen Design und wirkte viel übersichtlicher. Emily hatte sogar ein Kontaktformular für Event-Anfragen eingebunden.

„Wow, das sieht gut aus", sagte ich beeindruckt.

„Ich weiß", sagte Emily selbstzufrieden. „Ich habe sie so jetzt wieder online gestellt."

„Danke."

„Bitte." Ihr Mundwinkel zuckte, und ich war mir fast sicher, dass sie etwas rosa anlief. Was sehr untypisch für meine Schwester war. Emmi konnte die schlimmsten Schimpfwörter oder größten Lügen hervorbringen, ohne ihre jugendliche Blässe einzubüßen. „Ich habe auch nachgesehen, wer sich wann auf deine Seite eingeloggt hat", sie drückte ein paar Tasten und befand sich plötzlich auf einer Seite mit einer Menge Zahlen und Ziffern, „und es sieht so aus, als hätte jemand die Seite von deinem PC aus manipuliert."

Ich öffnete perplex den Mund. „Was?"

„Die IP-Adresse lässt sich auf den PC im Laden zurückführen“, meinte sie. „Hat jemand außer dir den Schlüssel zum Laden?“

„Ja. Natürlich“, sagte ich bestürzt. „Sonja, meine Floristin. Moni, meine vegane Aushilfe … und Leonie, der neuen Azubine, habe ich auch schon den Schlüssel gegeben. Aber niemand von ihnen würde meine Website verhunzen!“

Emily hob die Schultern. „Die Beweise deuten aufs Gegenteil hin. Es sieht aus, als würdest du den falschen Leuten vertrauen, Lou.“ Ernst sah sie mich an. „Was genau weißt du über diese Azubine, für die du so schwärmst?“

„Dass sie süß und nett und kompetent ist“, sagte ich verdattert. „Aber … warum sollte sie oder einer der anderen mir schaden wollen? Sie arbeiten alle für mich! Wenn ich untergehe, gehen sie auch unter.“

Mit verengten Augen betrachtete Emily mich, bevor sie einen der Doppelkekse aus meiner Handtasche zur Gänze zwischen ihren Lippen verschwinden ließ. „Ich weipf aupf nipft“, gab sie mit vollem Mund zu, bevor sie den Keks zerkaute, runterschluckte und mit ihrem Finger auf mich deutete. „Aber hast du sie überhaupt im Geringsten überprüft? Vielleicht kennt sie jemanden, der einen Groll gegen dich hegt.“

„Natürlich habe ich sie nicht überprüft.“ Josh ließ mich die polizeiliche Datenbank ja nicht sinnvoll nutzen! „Aber hältst du das nicht für an den Haaren herbeigezogen?“, bemerkte ich skeptisch.

„Mehr an den Haaren herbeigezogen als die Tatsache, dass Trudi sich auf eine Leiche gesetzt hat und du eine

Katze besitzt, die hechelt, weil sie glaubt, sie sei ein Hund?"

Na gut, wenn sie das so ausdrückte ... Seufzend ließ ich mich nach hinten auf ihr Bett fallen. „Ich werde mir ihre Bewerbung noch mal genauer ansehen. Aber ich glaube nicht, dass sie es war." Sie war viel zu jung und unschuldig, um die dreckigen Gedanken, die auf meiner Website zu sehen gewesen waren, überhaupt zu formen! Aber vielleicht waren Sonja oder Moni unzufriedener mit ihrem Job, als ich angenommen hatte?

Dabei ergab auch das keinen Sinn. Ich war eine fantastische Arbeitgeberin! In meinen Laden eingebrochen war jedoch auch niemand. Der Täter *musste* also einen Schlüssel haben.

Griesgrämig verzog ich das Gesicht und richtete mich wieder auf. Mir gefiel es überhaupt nicht, gleich zwei Fälle zu haben, die mir meine Gehirnkapazitäten raubten. Der Mordfall im Altenheim war wahrlich genug.

„Sag mal, wozu brauchst du eigentlich die Kamera und die Puppe?", fragte ich, auf der Suche nach Ablenkung von den überschäumenden Theorien in meinem Kopf.

„Ach, das ist für mein aktuelles YouTube-Projekt mit Trudi."

Ich nickte. Ursprünglich war ich einmal Emilys Projekt gewesen. Das hatte in einem schrecklichen Video, einer Menge Scham und einem aufgeregten Anruf meiner Mutter geendet. Ich war froh darum, dass meine Schwester mittlerweile beschlossen hatte, dass Trudi weitaus interessanter war als ich.

„Ich komm heute Abend übrigens mit", verkündete sie im nächsten Moment. „Trudi hat mir gerade geschrieben, und es wäre eine tolle Übung, meine filmischen Fähigkeiten auch in freier Wildbahn auszuprobieren.“

„In freier Wildbahn?“, fragte ich verdutzt. „Was für eine Wildbahn?“

„Na, die Wildbahn da draußen.“ Sie gestikulierte zum Fenster. „Ich möchte mein künstlerisches Talent auch in Aktion testen. Während wir einen Mörder fassen. Actionreiche Szenen zu filmen, ist sehr schwierig, und sie nachzustellen, ist einfach nicht dasselbe. Und ich muss noch etwas Erfahrung sammeln, bevor Trudi und ich das drehen können, was wir uns so vorstellen. Also werde ich heute meine Kamera mitnehmen und Trudi dabei filmen, wie sie den Geheimnissen des Altenheims auf die Spur kommt. Wenn du mir vor die Linse kommst, schneide ich dich halt raus. Wir beide wissen, dass deine Fotogenität jeden Star-Fotografen an den Rand der Verzweiflung bringen würde.“

Ich verdrehte die Augen. Na klasse. Dann hatte ich ja noch mehr, auf das ich mich heute Abend freuen konnte.

Gar nicht glücklich sah ich die Kamera an, die da hoch oben auf ihrem Stativ thronte … und runzelte verdutzt die Stirn. Moment. Diese schwarze Metallstange kam mir sehr bekannt vor. Hatte genau so eine nicht in der Nacht des Mordes die Seitentür offengehalten?

Ich verengte die Augen und betrachtete die Stange zwischen den drei Stativbeinen und der Kamera genauer. Doch! Es war so eine ähnliche Stange gewesen.

Merkwürdig. Wer trug eine Stativstange mit sich herum, um im passenden Moment Türen damit offen zu halten?

Hatte das vielleicht etwas mit der Sache zu tun, die Ernst und Sybille planten? Mussten sie dafür etwas filmisch festhalten? Aber wenn das stimmte ... Es klingelte an der Tür.

Emmi sah kurz in Richtung des Flurs, bewegte sich dann jedoch nicht.

„Willst du nicht öffnen?“, fragte ich verwundert.

„Nö.“

„Wieso nicht?“

„Weil es Finn ist und ich nicht mit ihm rede.“

„Woher weißt du, dass Finn das ist?“

„Weil er jeden Tag zur selben Zeit hier auftaucht“, sagte sie schlicht.

Es klingelte erneut und schnaubend stand ich vom Bett auf.

Alarmiert sprang auch Emily von ihrem Stuhl „Was soll das? Wehe, du öffnest!“

Ich durchquerte hastig das Zimmer und riss die Tür auf. „Hey, Finn“, begrüßte ich Rispos Bruder, der mir seit Wochen aus dem Weg ging. „Schön, dich endlich mal wiederzusehen.“

Verdutzt blickte Finn mich an. Er hatte dieselben dunklen Augen wie Josh und sah ihm insgesamt sehr ähnlich, doch er war ein wenig kleiner und trug seine Haare raspelkurz.

„Lou“, stieß er hervor. „Was ... was tust du hier?“

„Nein, die Frage ist: Was tust du hier!“, hörte ich Emilys Stimme laut hinter mir, bevor sie mich unwirsch beiseiteschob und ihren Ex-Verlobten wütend anfunkelte. „Ich habe dir gesagt, dass wir nicht mehr zusammen sind und es auch nie mehr sein werden.“

Finn wurde kreidebleich und ich konnte ihn deutlich schlucken sehen. „Aber ... können wir nicht wenigstens Freunde sein? Ich ... ich vermisse dich, Emmi! Mein Leben macht nur halb so viel Spaß ohne dich.“

Mein Herz zog sich zusammen und ich legte eine Hand auf meine Brust. Finn sah so traurig und hoffnungsvoll aus, dass meine Augen auf einmal anfingen zu brennen.

„Das hättest du dir vorher überlegen sollen“, sagte sie patzig.

„Vor *was*?“, fragte Finn verdattert.

„Bevor du mir jede Entscheidung überlassen und sehr deutlich gemacht hast, wie eine Ehe mit dir laufen würde!“

Finn blinzelte noch immer verwirrt. „Ich habe ... was?“

„Ist ja auch egal“, überging Emily seine Frage. „Ich bin über dich hinweg und mache mit meinem Leben weiter. Wenn du es genau wissen willst: Ich habe morgen Mittag ein Date, Finn! Und zwar nicht mit dir. Sondern ... wem anderen!“

„Wem?“, fragte er sofort.

„Einem stattlichen Mann mit einer Menge Stil und Selbstbewusstsein“, sagte sie pikiert und reckte das Kinn.

Ich runzelte die Stirn. Und ich hatte gedacht, sie wollte mit Marvin ausgehen.

„Wenn das alles ist: Bis irgendwann vielleicht.“

Mit diesen Worten schloss sie die Tür vor seiner Nase. Ihr Atem schwer, ihre Augen heller als sonst, ihre Lippen bebend.

Nein, Finn war ihr nicht so gleichgültig, wie sie es ihm weismachen wollte.

„Er scheint wirklich noch sehr verliebt in dich zu sein", bemerkte ich leise.

„Ja? Nun ..." Emmi senkte den Blick. „Er hätte kämpfen sollen, als es darauf ankam. Jetzt ist es zu spät."

Sie räusperte sich und streckte prompt die Schultern durch, als hätte sie sich gerade daran erinnert, dass sie zu stolz war, um den Kopf hängen zu lassen. Ihr Blick landete unschlüssig auf mir. „Also, Lou: Haben Josh und du morgen Mittag Zeit? Wir haben ein Doppeldate."

„Auf gar keinen Fall."

„Aber ich habe es Emily versprochen!"

„Ist mir egal", sagte Josh hitzig und warf das Küchentuch auf die Anrichte. „Schlimm genug, dass ich während meiner Arbeit andauernd mit Marvin rumhänge, da muss ich nicht auch noch meinen Freitagabend mit ihm in einem romantischen Restaurant verbringen."

„So romantisch ist das Restaurant nicht", versprach ich und ließ das Wasser aus dem Waschbecken. „Die Gerichte kosten alle unter fünfzehn Euro. Emmi hat es ausgesucht. Abgesehen davon geht es um ein Mittagsessen. Das heißt, du würdest nur deine Mittagspause verschwenden. Eine halbe Stunde, mehr nicht."

„Louisa", sagte Rispo mit unendlich ruhiger Stimme und dunklem Blick, sodass mir die Nackenhaare zu Berge standen. „Ich will auf gar keinen Fall morgen mit dir, deiner Schwester und meinem Partner essen gehen. Egal zu welcher Tageszeit. Und das Wort

Doppeldate lässt möglicherweise gerade meinen Blinddarm platzen.“

Sein Gesichtsausdruck war so eisern wie der Vorhang im Kalten Krieg. Dennoch. Er hatte *will* und nicht *werde* benutzt. Das war ein kleiner Hoffnungsschimmer.

Eigentlich hatte ich gehofft, dass ich sein Gemüt etwas beruhigen konnte, indem ich ihm alles erzählte, was Trudi im Altenheim herausgefunden hatte. Zusätzlich hatte ich ihm auch noch einen Kamillentee gemacht. Aber nachdem ich mit meinem Bericht geendet und ihn gezwungen hatte, einen Schluck Beruhigungssaft zu trinken, war er immer noch wütend wegen des Telefonats heute Mittag gewesen. Da war es mir klug erschienen, vom eigentlichen Problem mit der Doppeldate-Sache morgen abzulenken.

Was für eine Fehleinschätzung.

Rispo war genervt und müde, und wenn ich so weitermachte, überlegte er sich die Sache mit dem Antrag vielleicht noch mal anders – und das war inakzeptabel. Bevor ich den Ring gefunden hatte, war es mir nicht klar gewesen, aber ich wollte einen haben!

Ich seufzte und bückte mich, um meinen Kater Twinky mit einem Stück Thunfisch zu füttern, der heute unser Abendessen gewesen war. „Denk wenigstens darüber nach“, bat ich. „Ihr erschien es wichtig, um über deinen Bruder hinwegzukommen.“ Mit großen Augen sah ich ihn an. „Du würdest ihr – und mir – einen Gefallen tun.“

„Hör auf, die Augen so aufzureißen, sonst wirst du noch blind“, sagte Josh trocken.

„Komm schon, Joshi, gib dir einen Ruck.“

Rispo kniff die Augen zusammen und legte den Kopf in den Nacken. Vielleicht, damit er sich von meiner bittenden Miene nicht manipulieren ließ. „Ich habe heute den ganzen Nachmittag damit verbracht, Senioren nach ihren sexuellen Vorlieben zu fragen, Lou. Ich wurde als Perversling, komischer Kauz und Ekel-Bulle bezeichnet. Alles, was ich heute Abend wollte, war kurz meine Freundin in den Arm zu nehmen und ihr zu sagen, dass sie mir eine Menge Infos schuldet, die sie mir am Telefon vorenthalten hat, bevor ich gleich wieder los, auf einen nächtlichen Polizeieinsatz, muss. Also ... können wir das Thema beenden?“

Meine Mundwinkel zuckten und ich tat ihm den Gefallen und schloss ihn in die Arme. Den Kopf legte ich an seine Schulter, während ich beruhigend über seinen Rücken strich. Ich war unaufmerksam gewesen. Normalerweise wusste ich, wann Josh gestresst war und somit eine Umarmung nötig hatte. Auch wenn er das selten vor mir zugab. „Die Infos habe ich dir schon gegeben“, erinnerte ich ihn leise. „Und tut mir leid, dass die alten Leute dich für merkwürdig halten. Aber niemand mag Polizisten. Das hätte dir klar sein müssen, als du dich für diese Karriere entschieden hast.“

Rispo schnaubte, doch ich konnte an meiner Schläfe spüren, dass er lächelte. „Aufbauende Worte, Lou.“

„Hey, ich mag dich, *obwohl* du Polizist bist“, erinnerte ich ihn. „Und für pervers oder eklig halte ich dich auch nicht.“ Unschuldig sah ich zu ihm auf. „Und das, obwohl du mich nach meinen sexuellen Vorlieben fragst.“

Ein Lächeln brach auf Joshs Gesicht aus, das ich in meinem ganzen Körper spürte. Ich würde es nie satt werden, ihn so lächeln zu sehen. „Jetzt fühle ich mich gleich besser", murmelte er und legte die Hände in meinen Nacken.

Ich grinste. „Sehr gut. Ach und sag mal ... wie läuft der Fall denn so bei euch?"

Rispo ließ sich keine Sekunde lang von meinem beiläufigen Tonfall täuschen, aber meine Umarmung musste ihn wohl besänftigt haben, denn er meinte: „Es könnte besser, aber auch schlechter laufen. Zurzeit haben wir eher das Problem, dass es zu viele Verdächtige gibt und wir niemanden haben, der reden will. Es ist, als würden alle in diesem Heim etwas verstecken, das nicht ans Licht kommen darf. Und deswegen halten sie alle die Klappe."

Ja, das Gefühl hatte ich auch gehabt. „Die Mordwaffe und die Kleidung von Helga sind auch noch nicht aufgetaucht?"

„Wir haben die Kleidung vor ein paar Stunden in einem Mülleimer vier Straßen entfernt gefunden. Fast verwunderlich, dass du es nicht warst, die sie geborgen hat. Müll ist doch eigentlich dein Fachgebiet."

Ich ignorierte den kleinen Seitenhieb und fragte stattdessen: „War die Kleidung blutig? Und habt ihr die To-do-Liste gefunden?"

„Ja und Nein. Und jetzt noch mal zu dir ... wie laufen denn *deine* Ermittlungen, Lou?", hakte Josh nach und hob die Augenbrauen.

„Ich habe dir alles gesagt, was ich weiß."

Bis auf die Tatsache, dass ich mich als Hypnotiseurin ausgegeben hatte und heute Abend einem Bauchgefühl meinerseits nachjagen wollte – denn Rispo würde es mir verbieten, und darauf reagierte ich allergisch. Es würde auch kaum gefährlich sein. Ich war mir fast sicher, dass ich alle alten Leute aus dem Heim mit ihren gebrechlichen Knochen zu Boden ringen konnte. Ich hatte Blumenerde-Muckis. „Aber deine Wortwahl lässt mich vermuten, dass du es okay findest, dass ich wieder in einem Mordfall mitmische?“, stellte ich überrascht fest.

„Oh, keineswegs“, sagte Josh sachlich. „Ich werde es nie okay finden. Erstens, weil es dämlich ist. Zweitens, weil es illegal ist. Drittens, weil es lebensmüde ist. Aber ich habe mich damit abgefunden, dass deine Neugier stärker als wir beide ist. Ich habe mich für dich entschieden, ich wusste, auf was ich mich einlasse … ich muss mit den Konsequenzen leben. Deswegen werde ich dich, sobald es gefährlich wird, ans Bett ketten. Bis dahin lass ich dich machen.“ Er sagte das in einem so freundlichen Tonfall, dass mir klar war, dass er jedes einzelne Wort ernst meinte.

„Du weißt schon noch, wie es das letzte Mal ausgegangen ist, als du mich mit deinen Handschellen an deine Autotür gekettet hast, oder?“, erinnerte ich ihn mit verengten Augen.

„Jap, es war ein voller Erfolg“, sagte er grinsend.

„Ist das eine Drohung, Josh?“

„Ein Versprechen, Lou“, flüsterte Rispo und küsste mich flüchtig auf die Lippe. „Ein Versprechen.“

Er ließ mich los, wischte mit einem Lappen die Küchenanrichte ab, die jetzt wieder glänzte, und ging dann zur Tür, um sich die Schuhe anzuziehen. „Ich muss los.“

„Ach ja, der sagenumwobene Einsatz, den du heute Nacht hast. Willst du mir keine Einzelheiten geben?“

„Nein. Es ist ein Einsatz. Er findet heute Nacht statt. Ich weiß noch nicht, wann ich wieder hier sein werde. Das ist alles, was du bekommst."

Ich nickte und lächelte ihm zu.

Wenn ich ehrlich war, passte mir das ganz gut. Denn wie es der Zufall so wollte, hatte ich heute Nacht auch einen *Einsatz* …

Kapitel 9

Meine heutigen Komplizinnen sahen aus wie zwei Frauen, die sich zu Karneval als Diebinnen oder Waschbären verkleidet hatten. Es hätte mich nicht gewundert, wenn einer der beiden einen Beutel mit einem Dollarzeichen darauf mit sich herumtrug, doch das sei albern, unterrichtete mich Trudi.

Ich hatte Emily mit dem Auto abgeholt, weil: „Ein Fluchtauto ist einfach praktischer als zwei", und schaute ihr jetzt dabei zu, wie sie ihre Kameraeinstellungen bearbeitete, um ein besonders scharfes Bild in der Dunkelheit zu bekommen.

Wir standen auf dem Parkplatz vor dem Innenhof des Altenheims, den ich in den vergangenen Tagen definitiv zu oft gesehen hatte, und wähnten uns im Schatten meines Autos in Sicherheit. Überraschend viele Wagen standen hier, obwohl keine Besuchszeit war und Trudi mir verraten hatte, dass abends nur vier Pfleger vor Ort waren. Ein großer, schwarzer Van befand sich zu unserer Rechten, sodass wir vom Eingang aus nicht zu sehen waren, ein schickes Motorrad stand zu unserer Linken.

„Bist du fertig, Emmi?", fragte ich ungeduldig. Ich wusste nicht, was *nachts* für Menschen über siebzig bedeutete, und wollte nichts verpassen. Schließlich war es schon halb elf.

„Jaja", meinte Emily abwesend. „Ich muss nur noch überprüfen, ob die Infrarotfunktion eingeschaltet ist."

Ungläubig sah ich sie an. „Infrarotfunktion? Sag mal, was erwartest du eigentlich, gleich zu sehen?"

„Größtenteils, wie du hinfällst", meinte Emmi schlicht. „Darauf kann man sich wenigstens immer verlassen."

Trudi kicherte, bevor sie sich zu mir wandte. „Die Frage ist doch eigentlich: Was erwartest *du* zu sehen, Lou. Du hast heute Mittag irgendetwas Geheimnisvolles gesagt und bist dann abgedampft. Du scheinst mehr zu wissen als wir."

Neugierig sah sie mich an.

Ich kratzte mich am Kopf. „Ich vermute, dass die älteren Damen und Herren dieser Institution unter einer Decke stecken."

„Du meinst, sie haben Helga zusammen umgebracht?", fragte Trudi schockiert.

„Nein. Nein, sie vertuschen irgendetwas, das mit Helgas Tod zusammenhängt. Sie halten Informationen zurück, die möglicherweise bei der Klärung ihres Mordes helfen könnten, aber sie auf irgendeine Art und Weise belasten."

„Und heute Nacht willst du herausfinden, was das ist?", schloss Trudi. „Mithilfe deiner blumendetektivischen Fähigkeiten?"

Ich nickte.

Emmi blies Luft in ihre Wangen. „Hört sich das nur für mich wieder nach einer dieser Aktionen an, bei denen Lou in einem Fenster stecken bleibt?"

Einmal! Einmal war mir das passiert! „Du musst ja nicht mitkommen", sagte ich patzig.

„Doch, doch." Sie winkte ab. „Wie gesagt: Ich will einen Actionshoot üben. Geh vor. Ich bin fertig."

Am liebsten hätte ich ihr den Mittelfinger gezeigt und wäre ohne sie weitergegangen, aber sie hatte mir heute Mittag mit der Website geholfen und ich schuldete ihr was. Also presste ich nur die Lippen zusammen und huschte geduckt über den Parkplatz zu dem wunderschönen Garten, der mein Herz für Pflanzen noch immer höherschlagen ließ. Doch diesmal achtete ich nicht auf die hübschen Gladiolen oder den künstlerisch wertvoll angelegten Kiesweg. Ich starrte nur die Sonnenblumen an, die ihre Köpfe zur hinteren Hauswand geneigt hatten.

Ich fand sofort, was ich suchte.

Ein heller Lichtschein drang aus einem der Kellerfenster, die sich halb unter dem Kies verbargen, direkt hinter dem Brunnen. Dort, wo die Sonnenblumen hinsahen. Als hätten sie allein das Geheimnis aufgedeckt – dabei waren sie nur süchtig nach Energie.

Ich verengte die Augen und zählte die Fenster zur Rechten des Lichtscheins, bevor ich Trudi und Emmi voran zur Seitentür ging, die Trudi vorhin nur angelehnt hatte.

„Okay, seid leise, ja?", murmelte ich. „Und, Trudi ... wie kommen wir in den Keller?"

Es war kalt im unteren Geschoss des Altenheims.

So schön und pompös es auch eine Treppe über uns aussah ... der Keller hob sich nicht von anderen modrigen Orten Kölns ab. Überall, wo ich hinsah, stieß ich auf Beton und erloschene Neonröhren, während ein metallisches Rattern die Luft erfüllte. Es klang wie zu laute Waschmaschinen. Wahrscheinlich weil hier unten tatsächlich gewaschen wurde.

Auf leisen Sohlen und mit gezücktem Handy – das mir als provisorische Taschenlampe diente, weil ich mit dem Neonlicht der Röhren über uns zu viel Aufmerksamkeit auf uns gezogen hätte – lief ich den Betongang entlang. Meine Schritte hallten dumpf von den Wänden wider und der Geruch nach feuchtem Stein und altem Waschmittel setzte sich beunruhigend in meiner Nase fest. Ich konnte Trudis und Emilys schweren Atem in meinem Nacken spüren. Sie waren untypisch still.

Ich schluckte den Kloß aus leichter Furcht und Aufregung hinunter und konzentrierte mich auf den Boden und die Wände. Darauf wartend, dass der Flur nach rechts abging, der am Innenhof lag. Der Flur, dessen fünftes Fenster das Licht verströmt hatte. Ich wollte ihn nicht verpassen. Oben, im Garten und an der frischen Luft, war ich noch entspannt gewesen. Hier unten jedoch, in der Dunkelheit und mit Trudis unruhigem Atem an meinem Ohr, fühlte ich mich ein wenig so wie das dumme Blondchen in einem Horrorfilm, das nachsehen wollte, was das für Geräusche im Keller waren.

Emily und Trudi schien es ähnlich zu gehen, zumindest hielten sie noch immer den Mund, und ich spürte, wie Trudi ihre Hand in meinen T-Shirtsaum krallte, so als habe sie Angst, mich zu verlieren. Wir watschelten langsam weiter den düsteren Gang entlang – Trudi zog mich unbewusst zurück, was das Gehen erschwerte – und ich erwischte mich dabei, wie ich die alte Dame plötzlich um ihren Turban beneidete. Darunter war es wenigstens warm! Ich jedoch, in Jeans und Top, fröstelte ganz schön. Ich rieb etwas Wärme in meine nackten Arme, als endlich der Flur zum Vorschein kam, in dem ich den lichtdurchfluteten Raum vermutete. Wir bogen vorsichtig ab und ...

„Was war das?", wisperte Emmi alarmiert und kam abrupt zum Stehen.

Ich runzelte die Stirn. „Was meinst d–" Doch ich brach ab. Denn ich hatte es auch gehört. Ein leises Scharren und Klopfen, das mir die Nackenhaare zu Berge stehen ließ. Es klang, als würde jemand langsam näher kommen und dabei seine Spitzhacke über den Boden ziehen.

Der Kloß in meinem Hals wuchs auf die dreifache Größe an, und Trudis Hände fingen an zu zittern, sodass sie mich aus Versehen schüttelte.

Hastig wandte ich mich um, strahlte mit dem Handy den Gang hinunter, den wir entlanggekommen waren. Er war vollkommen leer. Nur unheimliche Schatten tanzten über Wände und Boden. Aber was ...

Auf einmal spürte ich etwas Hartes, Kaltes in meinem Rücken.

Stocksteif blieb ich stehen.

„Du solltest nicht hier sein", erklang eine röchelnde Stimme, die mir durch Mark und Bein ging.

Mein Mund wurde trocken und mein Herz sprang mir bis zum Hals. Ich konnte mich nicht mehr bewegen. War das eine Waffe? Drückte da jemand eine Waffe in ...

„Andererseits sollte ich das auch nicht", sprach die Stimme auf einmal fröhlich weiter. Jedes Röcheln war verschwunden. „Ich verrate dich also nicht, wenn du mich nicht verrätst."

Das kalte Metall glitt aus meinem Rücken und Licht flackerte auf.

Abrupt wandte ich mich um.

Mo grinste mich an. Die Taschenlampe, mit der er mich eben noch hatte erschießen wollen, auf sein Gesicht gerichtet. Er sah nun aus wie ein schauriger Geschichtenerzähler aus irgendeinem Disneyfilm.

Arschloch.

Wütend boxte ich ihm gegen die Schulter, während Trudi erleichtert ihre Fingernägel aus meinem Hüftspeck zog. „Du hast mich zu Tode erschreckt!"

Mos Grinsen blieb stur auf seinem Gesicht. „Und du nennst dich knallharte Detektivin", sagte er kopfschüttelnd und kratzte mit der Taschenlampe an der Wand entlang, wodurch das schabende Geräusch entstand, das ich soeben gehört hatte. „Hast Angst vor ein paar gruseligen Tönen."

„Ich nenne mich nicht knallharte Detektivin. Ich nenne mich überhaupt nichts!", stellte ich klar – unter anderem, weil Josh mir verklickert hatte, dass ich ein Gewerbe anmelden müsste, um mich legal als Detektivin bezeichnen zu können. „Was tust du hier eigentlich?", zischte ich.

„Ich könnte dir dieselbe Frage stellen."

„Ich –" ... schloss den Mund. Warum eine Ausrede verschwenden? Ich räusperte mich. „Ich recherchiere."

„Ja, tue ich auch", meinte Moritz leichthin.

„Das sehe ich. Die Frage ist: Woher weißt du, dass hier heute Abend etwas Interessantes passiert?"

„Eine vertrauenswürdige Quelle hat es mir verraten." Er blickte zu Trudi.

„Trudi!", sagte ich verärgert und sah sie böse an. „Das hier ist eine geheime Aktion und du plauderst sie direkt an Emmi und Mo weiter?"

„Na ja, ich hatte das erste Mal in meinem Leben etwas Interessantes zu erzählen, diese Chance konnte ich nicht an mir vorüberziehen lassen", sagte sie, sich offensichtlich keiner Schuld bewusst.

Ich seufzte schwer. Dieser Abend verlief anders, als ich ihn mir vorgestellt hatte. Jetzt standen wir zu viert in einem Betongang in einem Altenheim, zu dem wir uns gewaltsam Zutritt verschafft hatten, und wollten leise und unbemerkt herumschnüffeln? Das würde auf gar keinen Fall funktionieren!

Wir waren zu viele Leute. Zu auffällig. Wir konnten zu viert nicht unbemerkt in ein Zimmer schleichen, in dem möglicherweise illegale Dinge vor sich gingen.

Aber was sollte ich tun?

Mein Handy vibrierte, und noch während ich fieberhaft überlegte, wie ich die anderen auf möglichst höfliche Weise loswurde, sah ich auf das Display. Es war eine Nachricht von Rispo.

Feierst du eine Party an meinem Tatort?

Erschrocken zuckte ich zusammen und sah mich um. Woher ...?

Wieder vibrierte das Handy mit einer neuen Nachricht.

Dreh um, Lou, bevor ich richtig wütend werde.

Perplex ließ ich das Telefon sinken. Was war denn jetzt los? War er hier? Aber er war doch auf einem Einsatz!

Okay, ich durfte mich nicht länger aufhalten lassen. Ich hatte gar nichts Böses vor. Ich wollte nur einen Blick in das hell erleuchtete Zimmer werfen, das den Biorhythmus der Sonnenblumen so durcheinandergebracht hatte. Das war alles. Es würde mich nur ein paar Sekunden kosten. Dann konnte ich Rispos Wunsch nachgehen und ihn nicht wütend machen. Oder zumindest weniger wütend machen. Für Ersteres war es wohl zu spät.

Entschlossen streckte ich die Schultern durch. Ich hatte einen Plan gefasst, der einwandfrei funktionieren würde – sollten keine der Türen, die sich jetzt auf dem Gang vor uns auftaten, abgeschlossen sein.

„Okay", sagte ich leise zu meinen Mitstreitern. „Seid jetzt einfach alle ruhig. Wir gehen weiter."

Ich lief auf leisen Sohlen den Gang entlang und zählte die Türen zu meiner Linken. Vor der dritten Tür blieb ich stehen. „Das ist der Raum, den ich untersuchen will", meinte ich und trat einen Schritt zurück. „Er müsste leer sein."

So, wie ich gehofft hatte, nahm Trudi mein Wort zum Anlass, brüsk die Klinke zu drücken, die ohne Probleme unter ihrer Berührung nachgab. Sie schob die Tür auf und schlüpfte gefolgt von Mo und Emily, die ihre Kamera wie eine Waffe erhoben hatte, dort hindurch.

Sobald alle in dem Raum verschwunden waren, ließ ich die Tür zufallen und hastete zwei Türen weiter. Ich wusste nicht, wie viel Zeit mir blieb, bis die anderen merkten, dass ich weg war. Hoffentlich einige Minuten gefolgt von weiteren kostbaren Momenten, in denen sie andere Zimmer nach mir durchsuchen würden. Nichtsdestotrotz musste ich mich beeilen, wenn ich meine Informationen bekommen wollte, bevor sie mir auf die Schliche kamen.

Ich presste eilig mein Ohr gegen die Tür, konnte jedoch nichts hören. Ich würde sie ein wenig öffnen müssen.

Die Eisentür war unglaublich dick und schwer. Ich brauchte zwei Hände, um sie einen Spalt aufzuziehen und dort hindurchlinsen zu können. Innerlich wappnete ich mich, direkt wegzulaufen, falls jemand, der sich im Raum befand, bemerken sollte, dass sich die Tür auf magische Art und Weise bewegte.

Licht drang daraus hervor und benetzte meine Schuhe. Es war kalt und hell und ich musste mehrfach blinzeln, bevor ich etwas durch den unendlich schmalen Spalt erkennen konnte, den ich geschaffen hatte.

Ich hatte Glück. Niemand bemerkte, dass die Tür sich bewegt hatte. Denn niemand war da.

Da war nichts. Kein Mensch, kein Schrank, kein gar nichts. Nur ein kleiner, blanker Vorraum und ein großer, schwarzer Vorhang, der von der Decke bis zum Boden reichte.

Doch ich konnte Stimmen hören. Gedämpfte Stimmen, die durch den schweren Stoff drangen. Und da war noch etwas anderes ... ein Quietschen und Knarzen.

Stirnrunzelnd zog ich die Tür weiter auf. Ich hatte nicht viel Zeit, bis Emily und Trudi oder auch Mo merken würden, dass ich nicht mehr da war. Also atmete ich tief durch und zog die Tür weiter auf, um durch sie hindurchzuschlüpfen. Vorsichtig und lautlos ließ ich sie hinter mir ins Schloss sinken und spitzte die Ohren.

Zwei Stimmen konnte ich ausmachen. Eine weibliche und eine männliche. Die männliche kam mir vage bekannt vor, und erst als ich keinen Meter vom Vorhang entfernt stand, konnte ich die Worte ausmachen, die sie wechselten.

„... sollte ich dir den Hintern versohlen?"

Mir klappte der Mund auf. *Wie bitte?*

„Nein", erwiderte die weibliche Stimme verrucht. „Ich bin es, die heute die Hosen anhat ... aber ich lasse sie mir gerne wieder von dir ausziehen. Wenn du glaubst, dass deine neue Hüfte aushält, was mein Körper dir verspricht."

Blut schoss in meine Wangen und pochte lauthals in meinen Ohren. Was zum Teufel ...?

Ich presste mich mit dem Rücken an die Wand neben dem Vorhang. Meine Beine verspürten den sehnlichen Wunsch, sich wieder nach draußen zu bewegen. Sich nicht die dreckigen Worte zweier fremder Menschen anzuhören. Doch ich blieb, wo ich war. Ich musste wissen, wer da sprach. Ganz langsam zog ich den Vorhang etwas von der Wand weg, um dahinter sehen zu können, mein Körper noch immer vom schweren Stoff verborgen.

Die Sicht auf gleich mehrere Dinge wurde frei: Direkt vor mir stand eine Kleiderstange, über der ein großes, grünes Handtuch, ein Rock, T-Shirt und ein Paar Stützstrümpfe hingen. Daneben stand ein hölzerner Paravent, der in Verbindung mit der Stange viel von dem Dahinterliegenden abschirmte. Es sah fast so aus, als habe jemand eine provisorische Umkleidekabine geschaffen.

Auf dem Boden, unter der Kleiderstange hindurch, führten etliche Kabel, und wenn ich mich etwas vorbeugte, konnte ich links einen Haufen an flauschigen Kissen, aus denen eine Menge Federn hingen, erkennen. Rechts hingegen stand nichts in meinem direkten Sichtfeld. Doch der Raum, der sich dort auftat, war so hell beleuchtet, dass es in meinen Augen brannte. Ich konnte sogar das gegenüberliegende Fenster erkennen, das ich von außen gesehen hatte. Ein breites Regal bedeckte fast die ganze, zu meiner Rechten liegende Wand. Dort waren allerlei Habseligkeiten hineingestopft worden, die ich nicht genau erkennen konnte, denn ein Mann stand davor und verdeckte es zum Großteil.

Es war Ernst Dettmann. Helgas Witwer. Die Hände in den Hosentaschen starrte er nach vorn auf das, was die Kleiderstange und der Paravent verbargen.

Doch er war es nicht, der als Nächstes sprach.

„Oh, du bist anscheinend klug *und* hübsch. Das gefällt mir", fuhr die mir bekannte Männerstimme fort. „Aber wozu die Handschellen an deinem Bett?"

Was zur Hölle war hier los? Wieso sagte der Kerl solche Dinge? Oder lief eine Tonaufnahme im Hintergrund?

Mit hastigen Schritten stahl ich mich hinter dem Vorhang her und verbarg mich hinter dem Paravent. Vorsichtig ging ich nach links, auf die Heizungen zu, die hinter dem Kissenberg standen und lugte um die Ecke, um zu sehen, was Ernst Dettmann sah.

Mein Mund klappte auf.

Das Blut in meinem Kopf rauschte immer schneller und die Bilder vor meinem Auge begannen sich zu drehen.

Oh. Mein. Gott.

Das hier konnte unmöglich sein, was ich dachte, dass es war!

In der hinteren rechten Ecke des Zimmers, unter roten Seidentüchern hübsch in Szene gesetzt, stand ein riesiges Bett. Dünne, weiße Laken spannten sich über eine hohe Matratze und standen im Kontrast du der roten Spitzenunterwäsche, die wie vergessen über einem der eisernen Bettpfosten hing. Doch das war nicht das, was meinen Blick auf sich zog. Nein, es waren die zwei Menschen, die ich sah.

Ein Mann, der die Hände in die Hüften gestemmt vor dem Bett stand, und eine Frau, die sich lasziv auf der Matratze räkelte.

Der Mann war Alfred. Der alte Herr, der Trudi und mir heute Morgen entgegengekommen war. Allerdings trug er jetzt nicht Tweed, sondern lediglich eine Latzhose – ohne Shirt darunter. Die Frau im Bett war Elsa. Helgas größte Konkurrentin, die wieder Grün trug. Jetzt jedoch in Form eines Nachthemdes, das mehr zeigte, als es verbarg. Ihre hochgepushten Brüste purzelten bei jedem ihrer Atemzüge beinahe aus dem Ausschnitt heraus – auch wenn sie immer noch eine gute Figur machte.

Das musste man ihr lassen. Sie war eine sehr attraktive Seniorin ... und trotzdem hätte ich mir gern die Hand über die Augen geschlagen. Das mitanzusehen, was vor mir passierte, kam mir nämlich sehr, sehr falsch vor. Stattdessen stand ich nur erschrocken da und starrte die beiden an.

Ihre Körper glänzten, als wären sie über und über mit Vaseline bestrichen worden – nicht unähnlich zu Helgas Leiche. Sie waren beide stark geschminkt, und ein Scheinwerfer, der über dem Bett hing, ließ Alfreds Augen hell glitzern.

„Oh, die Handschellen", schnurrte Elsa. „Die sind nur zur Sicherheit da, falls ich ..." Sie stockte und eine kurze Stille entstand. „Ähm, falls ich ... einen bösen Jungen fange. Nein ... finde." Sie runzelte die Stirn und sah an Alfred vorbei. „War es *finde?*"

„CUT!", schrie eine vierte Stimme und jäh zuckte ich zusammen. Eine Frau lief kopfschüttelnd in mein Sichtfeld, die Hände am Kopf.

Ich kannte sie. Es war Sybille. Eine Brille tief auf ihrer Nase, eine missbilligende Miene auf dem Gesicht. „Es heißt: Falls ich einen bösen Jungen *bestrafen* muss. Elsa! So schwer ist das nicht. Es sind nur ein paar Zeilen."

„Ich weiß erst seit gestern, dass ich sie auswendig können muss", fuhr Elsa sie an und erhob sich vom Bett.

Ein Ton der Ungeduld fuhr über Sybilles Lippen, bevor sie sich zu Ernst umwandte. „Wir müssen sie noch einmal einschmieren, bevor wir weitermachen. Ihre Brustansätze glänzen gar nicht mehr, weil sie sich andauernd mit den Fingern darüberstreicht."

Mein Blick flog zu Ernst, der fachmännisch nickte und in einen riesigen Schminkkasten neben sich fasste, um Vaseline und Body-Glitter daraus hervorzuholen.

Erst jetzt, aus dieser Position, konnte ich erkennen, was hinter ihm im Regal verstaut worden war … und erneut stieg das Blut so schnell in meinen Kopf, dass mir schwindelig wurde.

Es war Sex-Spielzeug. Etwas ramponiert aussehende Dildos. Analplugs, von deren Schwänzen schon ein paar Federn oder Fellimitate abgefallen waren.

Dann waren da verschlissene Lederleinen. Handgroße Eier, von denen ich nicht wusste, was sie taten. Ausgewaschene Augenbinden, Handschellen …

Meine Güte, sie waren wirklich gut ausgestattet!

In einem anderen Regalfach lagen massenhaft Seidentücher, daneben befand sich ein Stapel voller Zeitungen, allesamt das *Kölner Blatt*, die Schundzeitung der Stadt. Viele Artikel waren mit rotem Edding eingekreist worden, doch sie waren zu weit weg, um die Schlagzeilen lesen zu können. Und dann war da noch ein Fach voller Wollknäuel. Dunkelblaue Wollknäuel, die mich sofort an die Fäden denken ließen, die ich in der Sauna in Helgas Haaren gesehen hatte. Stirnrunzelnd schlich ich weiter und verengte die Augen. Ein weißer Papierkringel umgab jedes einzelne Knäuel und darauf stand etwas. Doch es war so weit weg. Ich beugte mich weiter vor, um das Etikett genauer erkennen zu können. *Erna's kleiner Laden* stand da in verschnörkelter Schrift, wenn ich mich nicht …

Mein Fuß verhedderte sich in einem Kabel und ein Kiekslaut fuhr über meine Lippen, als ich strauchelte.

„Habt ihr das gehört?", sagte Sybille sofort.

Ihre Köpfe fuhren herum und ich – noch immer halb in ihrem Sichtfeld – hechtete nach vorn, hinein in das Kissenmeer vor den Heizungen.

Man hätte meinen Aufschlag auf dem Boden, zwischen den Kissen wohl gehört, wenn nicht in genau diesem Moment das laute Zuschlagen einer eisernen Tür die Stille durchdrungen hätte.

„Hallo?", rief Sybille laut. Ernst sagte ebenfalls etwas, doch ich konnte ihn nicht verstehen. Ich war abgelenkt von einem stechenden Schmerz, der meine Handflächen durchfuhr. Ich hatte an den Kissen vorbei in etwas Spitzes, Scharfes gegriffen, das sich auf dem kalten Boden darunter befand.

Zischend sog ich Luft ein und schob ein paar Federn aus meinem Weg, um zu sehen, in was ich da gegriffen hatte, während mein Kopf unangenehm gegen die angrenzende Heizung stieß.

Da waren Splitter, fiel mir auf. Sie lagen unter der Heizung, doch bevor ich sie näher studieren konnte, hörte ich, wie ein Vorhang zurückgezogen wurde – und im nächsten Moment drang Trudis enthusiastische Stimme durch den Raum.

„Das ist ja cool!" Sie klang so begeistert wie ein Kind im Bällebad. „Kann ich mitmachen? Ich habe immer überlegt, Porno-Star zu werden. Aber meine Brüste waren nicht groß genug."

Okay, jetzt waren wir ohnehin aufgeflogen, da konnte ich die Kissen auch von mir stoßen.

Doch das war gar nicht so einfach. Die Federn waren überall und meine Hände rutschten an ihnen ab, sodass ich zur Seite kugelte. Dumpf schlug ich mit dem Rücken auf dem Boden auf, meine Stirn an der Unterseite der Heizung, eine Menge Kissen auf meinem Körper.

Scheiße.

„Was zur Hölle tust du hier, Trudi?“, rief Sybille schockiert.

„Was zur Hölle tut *ihr* hier?“, mischte sich eine neue Stimme ein. Die meiner Schwester.

„Scheiße, ich werde so was von einen Artikel über euch schreiben“, bemerkte Mo und sein tiefes Lachen erfüllte den Raum. „Das ist ja fantastisch! Hätte ich gewusst, was ich in Köln vorfinden würde, hätte ich Brasilien vor Jahren hinter mir gelassen!“

Ich stöhnte, öffnete die Augen … und sah geradewegs in das staubig-blutige Innere der Heizung.

Mein Mund klappte auf. Ich war zu schockiert, um der plötzlichen Übelkeit in meinem Magen Beachtung zu schenken.

Jemand hatte eine Menge blutiger, milchiger Glasscherben oben in die Heizung gestopft, sodass sie überall in den feinen Schächten glitzerten. Das Blut war dunkelrot und getrocknet, doch immerhin geruchlos. Einige von ihnen hatten es jedoch durch die Schächte hindurch auf den Boden geschafft. Was die Schnittwunden an meinen Händen erklärte.

Angeekelt zog ich meinen Kopf unter der Heizung hervor, sodass ich wieder ein Kissen und nicht etwa die Überreste einer möglichen Mordwaffe im Gesicht hatte.

„Sagt mal, dürfte ich möglicherweise ein Foto machen?“, hörte ich Moritz sagen.

„Mach dir keine Gedanken, Mo, ich habe alles aufgenommen“, sagte Emily stolz … bevor erneut das Knallen einer Tür und das Reißen eines Vorhangs ertönten.

„Okay, es reicht mir jetzt! Alle Bademäntel an, alle Zivilisten raus, alle Hände hoch!“, drang auf einmal eine tiefe, herrische Stimme zu mir durch. Eine Stimme, die ich kannte.

Oh, nein. Warum musste Josh mich immer in den kompromittierendsten Posen erwischen?

„Schön, dich auch hier zu haben, Joshi. Wärst du so freundlich, mir die Namen ...“

„Raus, Mo!“, fuhr Rispo ihm dazwischen. „Sofort. Für euch gilt dasselbe!“

Dem missmutigen Seufzen von Emily und Trudi nach zu urteilen, hatte er wohl mit ihnen gesprochen.

„Oh je ... oh je ...“, drang eine neue Stimme zu mir vor. Die von Marvin.

„Wenn Sie das viele Bodyglitter blendet, begleiten Sie unsere Zivilisten doch einfach nach draußen, Marvin“, sagte Rispo scharf. „Und wo zur Hölle ist Louisa? Ihr könnt mir nicht erzählen, dass sie sich den Spaß hat entgehen lassen.“

„Wir wissen es nicht. Sie war plötzlich verschwunden“, meinte Trudi. „Sie ...“

„Ich bin hier“, sagte ich unter einem Ächzen, schob mich mit ekelverzerrtem Gesicht weiter von der Heizung weg und spürte, wie die Scherben auf dem Boden mir in Rücken und Schultern stachen. Scheiße. Ich wollte keine Mordwaffe an meiner Haut kleben haben! „Hier drüben.“ Ich hob die Hand, damit man sie unter dem Kissenberg erkennen konnte und konzentrierte mich auf meinen Atem, der immer hektischer wurde.

Ein tiefes, leiderfülltes Seufzen war zu hören, im nächsten Moment riss jemand die Kissen von mir und ein dunkler Schatten fiel über mich.

Rispo stand über mir. Er verschränkte die Arme und sah mit düsterem Blick und gehobenen Augenbrauen zu mir hinab. „Na? Bildest du dich als Teppich fort?“

„Nein“, sagte ich mühsam und setzte mich auf. „Aber … aber ich glaube, ich habe die Mordwaffe gefunden.“

Kapitel 10

Es dauerte etwa zwei Minuten, bis Josh bestätigte, was ich vermutet hatte: Das war wirklich Blut an den Scherben und kein Ketchup. Außerdem waren einige andere getrocknete und verschmierte Blutspritzer und verwischte Blutspuren unter dem Kissenberg zum Vorschein gekommen. Es sah aus, als hätte jemand eine blutige Sauerei veranstaltet und dann versucht, sie fahrig mit einem trockenen Lappen zu entfernen. Nur eben nicht erfolgreich. Denn es war offensichtlich, dass hier irgendetwas Schreckliches passiert sein musste.

Wenn ich mich nicht irrte, hatten wir hier unseren Tatort gefunden.

„Der Mörder hat die Waffe zertrümmert – oder es zumindest versucht", murmelte Josh mittlerweile, mehr zu sich selbst als zu mir. „Gar keine schlechte Idee. Wenn auch sehr schlecht umgesetzt." Er holte tief Luft und hob den Blick. Einige endlose Sekunden lang sah er mich nur an, bevor er mit dem Daumen sacht über meine Wange strich und schließlich den Kopf schüttelte. „Du hast mehr Glück als Verstand", stellte er fest und wandte sich abrupt um.

Ich widersprach ihm nicht, denn irgendwie hatte er recht. Das Ganze hier war unwirklich. Manchmal hatte ich das Gefühl, dass mein Leben so skurril war, dass jemand einen Comic darüber schreiben sollte.

„Okay, Leute“, sagte er wieder lauter. „Ist hier in letzter Zeit ein Fenster oder irgendetwas anderes zerbrochen, das aus Glas ist?“

Er sprach direkt zu der Gruppe an Menschen, die noch übrig geblieben waren und nun mit hochgezogenen Schultern vor dem Bett standen.

Mo, Trudi und Emmi waren nicht mehr zu sehen. Anscheinend hatte Marvin Rispos Anweisung befolgt und sie nach draußen geleitet. Aber Alfred, Elsa und Ernst standen in Reih und Glied vor uns. Alle ein wenig ängstlich und angespannt, den Kopf eingezogen, die Gesichter Josh zugewandt. Sybille jedoch starrte mich an. Mit offenem Mund, den Zeigefinger vorwurfsvoll auf meine Brust gerichtet.

„Aber Sie sind doch meine Hypnotiseurin!“, rief sie laut, bevor irgendjemand Rispos Frage beantworten konnte.

Ich hörte Joshs Kiefer knacken, als er sich zu mir umwandte. „Du bist ihre *was?*“

„Meine Hypnotiseurin“, wiederholte Sybille verwirrt. „Was tun Sie hier?“

„Meine Güte“, murmelte Rispo entnervt und sah mich kopfschüttelnd an. „War dir eine Pseudowissenschaft nicht genug? Musst du Blumendetektivin *und* Hypnotiseurin sein?“

Meine Wangen waren mittlerweile so heiß, dass man mich als Glühbirne an die Decke hätte hängen können. Ich räusperte mich. „Ich bin keine Hypnotiseurin“, gab ich schließlich zu. „Tut mir leid, es …“ Ich brach ab, denn es gab nichts, was ich zu meiner Entschuldigung vorzuweisen hatte.

Sybille sah immer noch sichtlich schockiert aus. „Aber …“

„Können wir uns alle kurz darauf einigen, Louisa zu ignorieren?“, unterbrach Josh sie laut. „Ich habe Ihnen eine Frage gestellt: Ist hier in letzter Zeit ein Fenster oder irgendetwas anderes zerbrochen, das aus Glas ist?“

Einige Sekunden lang schien ein eiserner Mantel des Schweigens über dem Raum ausgebreitet worden zu sein. Der Blick der Senioren huschte zwischen Rispo und mir hin und her, als seien sie unsicher, ob es klug sei, den Mund zu öffnen. Doch Rispos düsterer Blick hatte bisher noch jeden zum Reden gebracht und dieser Moment war keine Ausnahme.

„Unser … unser Glasdildo ist am Dienstag zersplittert“, murmelte Ernst, der kreidebleich war. „Helga wollte zeigen, wie stabil er ist … und hat die Spitze am Bett ab-gebrochen.“ Er deutete auf das Eisengestell des Betts, das an einer Stelle deutlich eingedellt war. „Jetzt kön-nen wir ihn nicht mehr finden. Ich dachte, jemand hätte ihn weggeschmissen, aber …“ Er schluckte hörbar.

„Natürlich“, murmelte Rispo trocken und schloss kurz die Augen. „Warum auch nicht? Ich wollte schon immer mal in meinen Fall-Bericht eintragen, dass die Mordwaffe ein Dildo war. Damit endlich mein tiefster Wunsch in Erfüllung geht und ich zur Lachnummer des Präsidiums werde – obwohl ich doch schon mit ei-ner zusammen bin! Gott, ich *hasse* diesen Mord. Und wenn einer von euch mich noch einmal anlügt, bringe ich euch alle hinter Gitter!“ Sein steinerner Blick galt den alten Senioren, die mit erschrockenen Mienen zu ihm sahen. „Jeden Einzelnen. Ich habe meine Geduld endgültig verloren. Ihr sagt mir jetzt genau, was am verdammten Tag des Mordes passiert ist! Und wer Helga so gehasst hat, dass er oder sie wiederholt mit einem gläsernen Dildo auf sie eingestochen hat!"

Die Münder der Senioren öffneten sich verblüfft, doch niemand sagte ein Wort. Offenbar wussten sie nicht, wo sie anfangen sollten.

„Okay, ich mache es euch leicht", knurrte Josh. „Ich stelle Fragen, ihr antwortet. Wer aus diesem Altenheim gehört zu eurer kleinen Filmcrew? Und wer weiß davon, was ihr hier dreht?"

Rispo war so wütend, dass er vergessen zu haben schien, mich des Raumes zu verweisen, also schloss ich den Mund und machte unauffällig ein paar Schritte nach hinten, aus seinem Sichtfeld heraus.

„Nur wir gehören zur Crew. Wir und Helga", sagte Sybille und trat vor. „Ich bin die Regisseurin und außerdem für den Schnitt zuständig. Alfred und Helga waren unsere Schauspieler ... und Elsa und Ernst trugen die Verantwortung für die Maske und den Vertrieb."

„Gut. Wer wusste, wo ihr gedreht habt?"

„Fast jeder aus dem Heim kennt unser kleines Studio", sagte Sybille aufmüpfig. „Vom Pflegepersonal war nur Holger eingeweiht, aber die Bewohner ... die Bewohner wissen es alle!"

„Wie wunderbar. Das grenzt das Ganze doch direkt ... überhaupt nicht ein", bemerkte Josh genervt. „An wen vertreibt ihr eure stilvollen Filmchen?"

„An alle, die sie sehen wollen", sagte Sybille mit fester Stimme und reckte auf einmal stolz das Kinn. „Das ganze Heim ist begeistert. Wir wollten innerhalb der nächsten Wochen expandieren. Helga hat alles in die Wege geleitet.“

„In die Wege geleitet?“, wiederholte Rispo hölzern.

„Ja! Sie wollte unsere Filme bekannter machen. Die Welt besser machen. Die meisten Menschen sind viel zu verklemmt, was Sex angeht. Gerade im Alter. Wir kämpfen dafür, dass es kein Tabuthema mehr ist. Wir erfüllen einen Bildungsauftrag! Wir sind zwar alt, aber noch immer an sexuellen Themen interessiert – und niemand von uns möchte ein zwanzigjähriges Blondchen mit Riesenbrüsten herumhüpfen sehen. Wir wollen ältere Darsteller für ein älteres Publikum. Und wenn Sie uns dafür verklagen wollen, dass wir stilvolle, erotische Filme drehen, dann sind Sie keinen Deut besser als der Rest der verklemmten Masse!“

Ungeduldig schnalzte Josh mit der Zunge. „Ehrlich gesagt ist mir vollkommen egal, was ihr hier treibt“, sagte er trocken, seine Miene so neutral wie die Schweiz. Das war wirklich bewundernswert! Er war nicht einmal rot geworden, obwohl Elsa noch immer halbnackt war. „Aber jemand wurde ermordet ... und die Tatsache, dass ihr eure kleine Filmcrew hier verschwiegen habt, obwohl sie offensichtlich etwas mit dem Tod zu tun hat, lässt euch nicht gut dastehen.“

„Es ist doch offensichtlich, dass niemand von uns der Mörder ist!“, echauffierte sich Sybille laut. „Irgendjemand, der gegen Aufklärung im Alter ist, hat sie umgebracht. Jemand, der nicht wollte, dass erotische Filme für Senioren den Tribut bekommen, der ihnen gezollt werden sollte! Bei uns sucht ihr an der falschen Stelle. Wir haben zusammen mit Helga am selben Strang gezogen.“

Zustimmendes Nicken folgte.

„Niemand von uns hätte einen Vorteil aus Helgas Tod gezogen", stimmte Ernst mit ein … und mein Blick glitt zu Elsa, die sich den Glitzer aus den Haaren klopfte.

Das stimmte nicht, ging es mir durch den Kopf. Elsa, die vorher für Vertrieb und Maske zuständig gewesen war, war jetzt der Star der Filme. Und wenn man Trudis Erzählungen glauben konnte, hatte schon immer eine Fehde zwischen den beiden geherrscht. Aber ob ein wenig Neid und Eifersucht schon reichten, um jemanden umzubringen?

„Wenn es euch nichts ausmacht, werde ich entscheiden, wer von euch verdächtig ist oder nicht", sagte Rispo und knirschte mit den Zähnen. „Also, am Tag ihres Mordes, habt ihr da gedreht? War sie hier?"

„Ja, sie war hier, bevor sie starb", bemerkte Alfred kleinlaut. „Wir haben ausnahmsweise am späten Nachmittag eine Szene gedreht. Aber … wir haben sie nicht umgebracht!"

„Sie wollte noch etwas bleiben, um ein paar Kostüme anzuprobieren. Danach wollte sie aber eigentlich zusammen mit uns zu Abend essen", murmelte Ernst und senkte den Blick. „Wir haben sie gesucht, als sie nicht aufgetaucht ist, doch niemand konnte sie finden. Wir dachten dann einfach, dass sie bereits zu dem wichtigen Termin aufgebrochen ist, den sie die ganzen letzten Tage angekündigt hatte. Das nächste, was wir gehört haben, war, dass sie tot in der Sauna aufgefunden worden war."

„Habt ihr an dem Nachmittag mit der dunkelblauen Wolle gearbeitet? Gehörte das zufällig zum Kostüm?", fragte ich leise und nickte zu dem Regalfach.

„Ja“, sagte Ernst schroff. „Helga hat sie gerade an dem Tag gekauft. Wir haben mit Fesselspielen experimentiert.“

Okay. Ich war mir jetzt ziemlich sicher, dass Helga fast direkt nach dem Dreh umgebracht worden war. Ich meine ... sie hatte den Analplug noch nicht herausgenommen!

Rispo warf mir einen kurzen Seitenblick zu, bevor er laut sagte: „Dieser Termin, den Helga vor etlichen Leuten erwähnt hat. Weiß jemand von euch, was das für einer war?“

„Nein, aber es müsste auf ihrer To-do-Liste stehen“, bemerkte Ernst, dem mittlerweile die Tränen in den Augen standen. „Die hat sie immer an ihre Kleidung gepinnt.“

„Das wissen wir, aber wir konnten die Liste nicht finden“, bemerkte Josh. „Hat einer von euch sie vielleicht gelesen? Wenn sie an ihrer Kleidung hing, muss sie doch schwer zu übersehen gewesen sein!“

„Sie hat sie an ihren Rock geheftet und dann ihr Oberteil darüber fallen lassen“, sagte Sybille kopfschüttelnd. „Helga war sehr modebewusst. Die Liste sollte ihr Outfit nicht verhunzen.“

Josh seufzte schwer. „Schön. Also hat keiner von euch eine Ahnung, womit das geheime Treffen zu tun hatte?“

Die Senioren schüttelten nur die Köpfe. Josh gab ein sehr unzufriedenes Brummen von sich, holte sein Handy aus der Tasche und tippte eine Nachricht. Schließlich sagte er: „Schön. Dann vorerst noch eine letzte Frage: Welches ist der schnellste Weg von hier zur Sauna? Könnte jemand so freundlich sein, ihn mir zu zeigen?“

Alfred erklärte sich bereit, den kürzesten Weg vom möglichen Tatort zur Leichenfundstelle mit uns abzulaufen. Er ging dafür weiter den Betongang hinab und dann eine Treppe hinauf, die direkt zu einer Tür führte, die auf der anderen Seite des Innenhofs lag. Den musste man dann nur noch überqueren, um zur Sauna zu gelangen. Nichtsdestotrotz musste es ein ganzes Stück Arbeit sein, eine Leiche so weit zu schleppen … und mich wunderte es, wie wenige Spuren hinterlassen worden waren. Auch wenn Rispo das, was man sehen konnte, natürlich entdeckte.

Er leuchtete den Weg ab, während seine Lippen immer schmaler wurden, als er verschiedene Blutstropfen am Boden und schließlich auf den Stufen entdeckte.

Stirnrunzelnd betrachtete ich sie. Klar, es war schon etwas Blut, aber im Vergleich zu dem, was in der Sauna verteilt gewesen war …? Diese paar Tropfen waren lächerlich! Wie hatte es jemand geschafft, Helga den ganzen Gang entlangzutragen und nur minimale Spuren zu hinterlassen? Angesichts des Anblicks der Leiche, der sich unwiderruflich in meinen Kopf gebrannt hatte, hätte Helga viel mehr Blut verlieren müssen! Auf sie war schließlich *siebenmal* eingestochen worden!

„Und die hat keiner von euch bemerkt?", fragte Josh scharf, als wir an einem besonders großen Fleck nahe der Tür zum Hof vorbeigingen.

Alfred hob eine Schulter. „Unsere Augen sind alle nicht mehr die besten. Im Dunkeln erst recht nicht."

Rispo seufzte, ließ den alten Herren jedoch gehen, sobald wir wieder an der frischen Luft waren.

„Sie sind alle verdächtig“, murmelte er und rieb sich das Kinn. „Elsa, die eifersüchtige Freundin. Ernst, der eifersüchtige Ehemann. Sybille, die unzufriedene Regisseurin. Alfred, der … keine Ahnung, er hat harmlos gewirkt.“ Josh schüttelte den Kopf. „Dieser Fall entwickelt sich langsam zur absolut konfusen Lachnummer! Ich komm mir vor wie in einem schlechten Film. Alte Leute, die Pornofilme drehen und damit einen solchen Zorn auf sich ziehen, dass jemand die Hauptdarstellerin mit einem gläsernen Dildo ermordet?“

Meine Mundwinkel zuckten. Wenn er die Informationen so aneinanderreihte, wirkten sie … nun, wie eine sehr versaute Version von Aschenputtel. Der gläserne Schuh war eben durch den gläsernen Dildo ersetzt worden. Klang für mich nach moderner Kunst.

„Das sind Dinge, die kann man nicht erfinden“, stellte ich kopfschüttelnd fest. „Und kommt es dir auch merkwürdig vor, dass überhaupt nicht viel Blut zu sehen war?“

Josh sah mich nicht an. Er hatte die Augen verengt und ließ den Blick über den Hof gleiten. Schließlich murmelte er jedoch: „Jemand muss sie eingewickelt haben. Anders kann ich mir das nicht erklären. Das Ding ist: Wenn eine Leiche verpackt ist, ist es unglaublich schwer, sie zu transportieren. Der Weg zur Sauna ist lang, die Leute hier sind alt …“

„Und wenn sie zusammengearbeitet haben?“

Er schüttelte den Kopf. „Alle bis auf Elsa und Pfarrer Olaf haben ein nahezu wasserdichtes Alibi.“

„Na, da hast du es! Die zwei könnten zusammengearbeitet haben. Elsa aus Eifersucht, Pfarrer Olaf, weil … Pornos Gotteslästerung sind.“

„Sie hassen sich", sagte er und lachte trocken. „Haben kein gutes Haar aneinander gelassen. Olaf hat Elsa beschuldigt, die Täterin zu sein, und andersherum. Sollten sie wirklich zusammengearbeitet haben … wie dumm wäre es, Helga absichtlich zur Sauna zu tragen, die bekanntermaßen ihr Lieblingstreffpunkt mit dem Pfarrer war? Das wäre viel zu auffällig. Und keiner von beiden hätte die Leiche allein tragen können."

„Aber das ist doch die Frage, oder nicht? Warum Helga überhaupt in die Sauna tragen?"

„Weil es klug ist, Lou", sagte er schlicht. „Die Hitze und der Wasserdampf haben alle Fingerabdrücke und DNA-Spuren zerstört. Wir konnten nur …" Er brach ab. Als würde ihm erst jetzt klar werden, dass er ja nicht mit mir über den Fall reden wollte. „Das geht dich nichts an", schloss er daraufhin elegant.

Ich verdrehte die Augen. „Schön. Dann was anderes: Was tust du überhaupt hier? Ich dachte, du wärst auf einem Einsatz."

„Das hier *ist* mein Einsatz, Lou! Wir wussten, dass die Gruppe geheimnistuerischer Senioren irgendetwas für heute Nacht geplant hatte. Und dann komme ich hier an und sehe deinen Wagen auf dem Parkplatz, Mos Motorrad direkt daneben und denke mir … womit habe ich das verdient?"

Oh Gott, er klang schon wie meine Mutter. Jedes Mal, wenn Emmi und ich Gummibärchen ins Weihwasser unserer Kirche gelegt hatten, um nach der Messe zu sehen, ob sie einen Heiligenschein bekommen hatten, hatte sie diese Worte benutzt.

„Moritz ist nicht meinetwegen hier."

„Ach ja? Er meint, er hat die Info von dir."

„Nein. Er hat sie von Trudi."

„Und Trudi hat sie ..."

„Von mir", sagte ich seufzend und ließ die Schultern sinken. „Tut mir leid, wenn ich gewusst hätte, dass ihr das Ganze schon untersucht ..."

„Hättest du mir auch nicht Bescheid gesagt?", folgerte Rispo mit verengten Augen.

Hitze stieg in meine Wangen. „Ich wollte dich nicht auf den Plan rufen, ohne sicher zu sein, dass es wichtig ist."

„Du wolltest nicht, dass ich dich ans Bett kette und somit davon abhalte, herumzuschnüffeln", übersetzte er frei.

Ach, er sprach *Louisa* wirklich viel zu gut.

„Sorry", sagte ich und verzog das Gesicht. „Wenn es dir hilft: Ich habe mir diesen Abend auch etwas anders vorgestellt."

Josh nickte knapp und begrüßte dann eine Frau in einem Michelinmännchen-Anzug, die fragte, wo denn der Tatort sei, den sie sichern sollte.

Rispo wies ihr den Weg und ich nutzte die Gelegenheit, um mich umzusehen. Der Innenhof war stockdunkel. Nur ein paar Blaulichter, die vom Parkplatz herrührten, erhellten die Nacht und zeigten, dass wir längst nicht mehr allein waren.

Zwei Beamte lungerten bei den Sonnenblumen herum, weitere Menschen in Ganzkörperhandschuhen wuselten an uns vorbei – und dann waren da noch Trudi, Emily und Mo, die am Rand des Innenhofs standen und sich angeregt unterhielten.

Rispo sah ebenfalls zu ihnen hinüber und sein Kiefer verhärtete sich. Doch die Wut auf seinen Bruder konnte offenbar noch ein wenig warten, denn er murmelte: „Woher zum Teufel wusstest du, wo du suchen musstest? Meine Beamten sind hier durch die Gänge geirrt, bis du kamst."

„Die Sonnenblumen", meinte ich und hob die Achseln. „Sie waren nicht nach Westen ausgerichtet, wo sie das letzte Mal Sonnenlicht bekommen haben. Sie haben nach Norden gesehen. Zu dem Zimmer, aus dem nachts so unglaublich helles Licht kam. Und das muss schon eine ganze Weile so gehen. Den Biorhythmus einer Sonnenblume zu täuschen, ist nicht leicht."

Mit offenem Mund sah Josh mich an. „Das ist verdammt noch mal beeindruckend. Wir haben das Licht nicht einmal bewusst wahrgenommen, weil wir den Vordereingang benutzt haben."

Ich schnaubte. „Immer dieser überraschte Unterton …"

Josh seufzte, packte mich am Arm und zog mich über den Hof auf meine Komplizinnen zu. „Du wirst mir verzeihen müssen – Mordfälle mithilfe von Blumen zu lösen, ist einfach noch Neuland für mich."

Meine Mundwinkel zuckten. „Gott sei Dank hast du mich dafür."

„Ja, da wir gerade von dir sprechen", sagte er leise und blieb vor Mo und den anderen stehen, bevor er lauter hinzufügte: „Schön, euch alle auf einem Haufen zu haben. Dann muss ich nicht jeden Einzelnen darauf hinweisen, dass ihr heute Abend unsere Polizeiarbeit behindert, gefährdet und mit Füßen getreten habt." Seine Miene wurde schlagartig so hart, dass ich für einen Moment befürchtete, jemand hätte ihn versteinert. „Das geht so nicht", wisperte er bedrohlich. „Wir sind die verdammte Polizei, nicht die Teenage Mutant Ninja Turtles! Bei uns kann nicht einfach jeder mitmachen, der ein schickes Haarband trägt und genug Motivation hat. Der heutige Abend bedeutet das Ende eurer aufregenden Mörderjagd, aber vor allem das Ende eurer beider Recherchen." Er deutete auf Mo und mich. „Die Sache wird zu ernst. Ihr hört auf, in diesem Fall herumzuwühlen und so viel Staub aufzuwirbeln, dass ich nicht mehr klar sehen kann – haben wir uns verstanden?" Seine Worte ließen keinen Widerspruch zu, doch das interessierte seinen Bruder offenbar nicht.

„Und schon wieder kommandierst du mich herum, Joshi", sagte Mo bitter.

„Und schon wieder habe ich recht damit", sagte Rispo tonlos. „Warum gewöhnst du dich nicht langsam daran? Ihr stört die Polizeiarbeit. Ich werde keine Wahl haben, als euch beide festzunehmen, wenn ihr nicht damit aufhört." Sein kalter Blick galt Mo. „Lou saß deswegen schon einmal in einer Zelle. Frag sie doch mal, wie ihr das gefallen hat."

Ich hielt es nicht für klug von Josh, dieses Fass aufzumachen, denn ich war deswegen immer noch sehr wütend, doch ich kam gar nicht zu Wort.

Mos Gesicht war mittlerweile so düster, dass er mit der Nacht selbst konkurrierte. „Ich habe keinen Bock mehr, Joshi", sagte er kühl. „Darauf, dass du mir erzählst, was richtig und was falsch ist. Was ich zu tun und lassen habe. Du hast mir überhaupt nichts zu sagen."

„Frag den Staat oder Papa, Mo. Ich habe dir *alles* zu sagen."

„Ach, komm schon. Du willst mich doch nur nicht hierhaben, weil du Angst hast, dass ich dich vorführen könnte“, meinte Mo verächtlich. „Genauso wie bei Mamas Fall!“

Josh lachte laut. „Ich will dich nicht hierhaben, weil du alles verbockst, was du anfasst, Mo! Weil ich dich jedes Mal aus dem Mist retten muss, den du um dich herum anhäufst. Du und Finn seid da aus demselben Holz geschnitzt. Er hat das moralische und du das kriminalistische Feingefühl einer dummen Tomate!“

„Oh bitte, du hast in deinem Leben so viel mehr verkackt als ich“, sagte Mo herablassend.

„Ach wirklich? Wer war es denn, der mit zehn unsere Gardinen abgefackelt hat und von mir vor einer sicheren Rauchvergiftung gerettet wurde? Wer hat an den Weihnachtsmann geglaubt, bis ich ihm einen Film gezeigt habe, in dem zu sehen war, wie Papa die Geschenke unter den Baum legt? Und Herrgott, du hast mit zwölf eine Salzstange geraucht, weil du geglaubt hast, sie würde Nikotin ersetzen!“

„Nur weil *du* mir das erzählt hast!“, meinte Mo ungläubig.

Rispo hob eine Schulter. „Du kannst mir keine Vorwürfe für meine Überzeugungskraft machen.“

Mos Gesicht schwankte von weiß zu rot in unter zehn Sekunden und er machte einen bedrohlichen Schritt nach vorn. „Halt die Fresse, Josh! Du machst genauso viele Fehler wie ich. Du bist nur so viel schlechter darin, sie zuzugeben.“

„Natürlich mache ich Fehler!“, fuhr er seinen Bruder an, und sein Kiefer knackte. „Aber ich bin wenigstens Manns genug, sie selbst wieder auszubügeln. Ich muss nicht zu meinem großen Bruder rennen und um Hilfe betteln!"

„Josh", murmelte ich sanft und tastete nach seiner Hand, die zur Faust geballt war. „Du benimmst dich gerade nicht sehr rational. Das ist doch sonst meine Aufgabe."

Doch Rispo hörte mir nicht zu, sondern entriss mir lediglich seine Hand. „Und genau deswegen solltest du deine Finger von diesem und Mamas Fall lassen", sagte er heiser zu Mo. „Weil es ja doch wieder auf mich zurückfallen wird. Weil du vor meiner Tür stehen wirst, sobald du seelisch am Ende bist, weil du einsiehst, dass alle Spuren kalt sind und der Fall unmöglich zu knacken ist. Weil ich sonst wieder derjenige sein muss, der seinen Scheiß beisammenhält, während seine Familie um ihn herum zerbricht oder wegläuft oder aus Wut und Trauer und Trotz Mist anstellt. Das hatte ich schon einmal. Zehn Jahre lang. Das werde ich nicht noch einmal durchmachen! Du bist dran damit, vernünftig zu sein, Mo! Ich habe mein Soll nach Mamas Tod erfüllt."

Moritz sah aus, als habe Josh ihm eine Ohrfeige gegeben, und Emily und Trudi wichen automatisch vor Mo zurück. Denn sie standen genau in seiner Reichweite, sollte er den Ellenbogen zurückziehen, um Josh eine reinzuhauen.

„Es wird langsam langweilig, Joshi", erwiderte er zornig und sah seinem Bruder in seiner Wut so ähnlich, dass ich verwundert zwischen ihnen hin- und herblickte. „Jedes Mal, wenn einer von uns etwas tut, was dir nicht gefällt, kommst du auf ihren beschissenen Tod und die Zeit danach zurück, in der du unser aller

Held gespielt hast", fuhr Mo ihn an. „Das ist deine Ausrede für alles!"

„Ausrede?" Joshs Stimme war gefährlich leise geworden, und ich konnte seine Hände zittern sehen. Das war
überhaupt kein gutes Zeichen. „Es ist eine *Ausrede,* dass
ich seit fünfzehn Jahren dafür sorge, dass unsere Familie nicht auseinanderfällt?"

„Ja", sagte Mo regungslos. „Denn du benutzt deinen
Schmerz und all die Arbeit, die du für uns investiert
hast, *immer,* um deinen Willen zu bekommen!"

„Ja, das tue ich", sagte Josh eisig. „Du hast recht. Weißt
du auch, warum? Weil wir in einem Erdmännchen-Ge-
hege gewohnt hätten, wenn wir nach Finns Willen ge-
handelt hätten. Weil wir im Dschungel gelebt und mit
Skorpionen gespielt hätten, wenn es nach dir gegangen
wäre. Weil Jonas und Florian keine Ausbildung machen oder studieren würden, wenn es nach ihnen gegangen wäre. Weil sie mit ihrer Mundharmonika auf
Tour gegangen und von Snickers und Gurken gelebt
hätten, wenn ich kein Machtwort gesprochen hätte.
Deswegen tun wir das, was *ich* sage. Weil ich der Einzige zu sein scheine, der länger vorausplant als seine
Zehennägel lang sind! Weil es jemanden geben musste,
der rational und vernünftig war – während Papa es
nicht mehr sein konnte! Und glaub mir: Es ist nicht
mein *Wille,* hier zu stehen und diese beschissene Unterhaltung mit dir zu führen. Es war nicht mein *Wille,*
über ein Jahr lang nur drei Stunden die Nacht zu schlafen, weil ich entweder geheult oder gearbeitet habe,
weil ich meine Mutter verloren hatte und wir pleite waren. Es war nicht mein *Wille* –"

„Aber du bist nicht der Einzige, der unter ihrem Tod gelitten hat, Joshua!", unterbrach Mo ihn hitzig, seine Stimme nun so laut, dass sie von den Wänden widerzuhallen schien. Die Beamten, die bei den Sonnenblumen standen, drehten sich zu uns um. „Du bist verdammt noch mal nicht der Einzige, der ein Recht darauf hat, verbittert und frustriert und ohne Grund wütend zu sein! Ich habe Mama auch verloren. Ich vermisse sie auch. Ich leide auch darunter, dass ich nicht weiß, was mit ihr passiert ist. Ich war verdammt noch mal *dabei*, als wir sie *gefunden haben*. Das waren *wir beide* zusammen! Nicht du, nicht ich – *wir*! Mich verfolgen die scheiß Bilder genauso wie dich, also hör auf, so zu tun, als wärst du das größere Opfer!"

Schockiert öffnete ich den Mund. Was redete er da? Josh hatte seine Mutter nicht gefunden. Die Polizei hatte sie erschossen in einer Gasse aufgelesen. Die Polizei war es doch gewesen, die … die …

Doch Josh widersprach nicht. Er schüttelte nicht den Kopf. Er korrigierte Moritz nicht. Er stand einfach nur da und starrte seinen Bruder an. Sein Blick stur, sein Kiefer hart, seine Fäuste geballt.

Meine Augen fingen an zu brennen und mein Herz flatterte so hektisch in meiner Brust, dass mir schlecht wurde. Warum hatte er denn nie etwas gesagt? Warum hatte er all die Jahre nie erwähnt, dass er seine Mutter … dass er sie …

„Ja, wir haben sie zusammen gefunden", wisperte Josh tonlos. „Doch du warst derjenige, der sich das Recht genommen hat, sobald er achtzehn wurde, abzuhauen, um vor den verdammten Bildern wegzulaufen! Du warst derjenige, der alles tief vergraben, alle

Probleme ignoriert hat, während ich Seelsorger für die gesamte Familie war, während ich nachts nicht schlafen konnte, weil ihr Blut noch immer an meinen Fingern geklebt hat. Also erzähl mir nicht, dass wir dasselbe durchlebt haben! Du warst unabhängig und frei und sorglos. Du hast es dir leicht gemacht. Du bist deinen Träumen nachgejagt und hast getan, was dir gefällt, während ich gearbeitet und Feuer ausgetreten habe, wo es nur ging. Bevor ich Lou getroffen habe, wusste ich doch überhaupt gar nicht, was es bedeutet, ein eigenes Leben zu haben! Also versuch erst gar nicht, mir ein schlechtes Gewissen einzureden. Denn das wird scheiße noch mal nicht funktionieren!"

Einige endlose Sekunden lang sahen die beiden Rispos sich bewegungslos an. Als würden sie in einen Spiegel sehen und ihre Reflexion hassen. Dann murmelte Mo bitter: „Denk, was du willst, Josh. Aber du kriegst die Verantwortung nicht aufgebürdet. Nicht mehr. Du suchst sie dir. Ganz allein. Damit hat niemand von uns etwas zu tun."

Dann wandte er sich auf dem Absatz um und verschwand in die Dunkelheit des Parkplatzes.

Emily und Trudi sahen ihm mit offenen Mündern nach, doch Josh tat ihm den Gefallen nicht. Er sah in die entgegengesetzte Richtung.

„Was gibt es zu glotzen?", rief er den beiden Beamten zu, die noch immer zu uns sahen.

Hastig wandten sie die Köpfe ab und schrieben eilig irgendetwas in die Notizbücher, die sie gezückt hatten. Ich hoffte doch sehr, dass es keine Beschwerde über Josh war.

Mit trockenem Mund schluckte ich den Kloß in meinem Hals hinunter und berührte Josh sacht am Arm. „Hey", wisperte ich. „Atme. Atme ein und aus. Beruhige dich."

„Ich will mich nicht beruhigen, Lou!", fuhr er mich bissig an. „Ich will verdammt noch mal wütend sein! Weil ich das Recht dazu habe."

Wieder schluckte ich. „Natürlich hast du das, aber ... Josh. Es wird dir nicht helfen, wütend zu sein. Du tust dir damit nur selbst weh. Ich kenne dich. Du redest dich nur weiter in Rage, bis –"

„Geh nach Hause, Lou", unterbrach er mich schroff und wandte den Blick ab. „Ich habe das hier unter Kontrolle. Du hast hier nichts mehr zu suchen."

Ungläubig öffnete ich die Lippen. „Tatsächlich? Das sah nämlich –"

„Bitte", wisperte er und schloss die Augen. Seine Stimme auf einmal müde und leer. „Bitte, geh nach Hause. Ich kann nicht zwei Kämpfe gleichzeitig ausfechten. Ich habe einen Mordfall zu untersuchen. Ich muss meinen Kopf freikriegen, damit ich meinen Job machen kann. Und ich ... ich will nicht auch noch mit dir streiten. Das ertrage ich heute nicht."

Ich schloss den Mund und mein Herz wurde so schwer, dass ich es in meinen Füßen zu spüren meinte. Es tat weh. Ihn leiden zu sehen und zu wissen, dass ich ihm seine Wut und seinen Schmerz nicht nehmen konnte.

Deshalb tat ich das Einzige, was ich tun konnte. Ich nickte fest und hob vorsichtig die Hand, um über seine raue Wange zu streichen. Die einzige Anwandlung von

Zuneigung, die er jetzt noch zulassen würde. „Okay“, murmelte ich. „Ich warte zu Hause auf dich.“

„Du musst nicht ...“

„Und trotzdem werde ich es tun“, sagte ich und hob wacklig einen Mundwinkel. „Bis nachher.“

Dann schickte ich Trudi zurück ins Altenheim, nahm Emily beim Ellenbogen und schleifte sie zum Auto.

Zeit, nach Hause zu fahren.

Kapitel 11

Unsere Wohnung schien merkwürdig kalt und leer, als ich zurückkam. Dabei waren es fünfundzwanzig Grad und überall standen Pflanzen herum.

Mein Kater Twinky begrüßte mich schnurrend an der Tür, und erschöpft ließ ich mich in die Hocke sinken, um ihn zu streicheln. „Hey, Twinky", wisperte ich. „Weißt du eigentlich, was für ein schönes, sorgloses Leben du hast?"

Twinky drückte seinen Kopf gegen mein Knie und gab mir so zu verstehen, dass er sich seines privilegierten Haustierstatus vollkommen bewusst war.

Ich lächelte matt, stand wieder auf, lief zum Kühlschrank und zog ein Bier daraus hervor.

Der Abend hatte mich mit einem dumpfen Gefühl in der Brust zurückgelassen. Die blutigen Glasscherben in der Heizung. Die Senioren, die sich im Keller verschanzen mussten, um ihre Art der Kunst auszuleben. Der Streit zwischen Josh und Mo, der auf dem Frust und der Wut basierte, die sich über ein ganzes Jahrzehnt hinweg lang angestaut hatten. Das alles engte meine Atemwege ein und ließ meinen Magen zittern.

Eine Weile lang schloss ich einfach die Augen. Lehnte mich gegen die Küchenanrichte, das kühle Bier an meiner Wange, und ließ das Geschehene noch einmal durch meinen Kopf gehen.

Letztendlich blieb nur eine Sache in meinen Gedanken haften.

Er hatte sie gefunden.

Josh hatte seine Mutter tot aufgefunden.

Diese Information arbeitete sich langsam in mein Bewusstsein vor und ließ mich erschaudern. Er hatte mal erzählt, dass er wegen der Ermordung seiner Mutter Polizist hatte werden wollen. Dass sie in einer dreckigen Gasse erschossen worden war. Dass sie Enthüllungsjournalistin gewesen war und sie nicht gewusst hatte, wann sie hatte aufhören müssen, nachzubohren. Aber mit keinem Wort hatte er fallen lassen, dass er und Mo diejenigen gewesen waren, die sie entdeckt hatten. Daran hätte ich mich erinnert.

Der Kloß, der so viel dicker und schwerer war, wenn es um Josh ging als um jeden anderen, richtete sich eine schicke Ferienwohnung in meinem Hals ein.

Weil ich nicht wusste, was ich tun sollte, bis Josh nach Hause kam, beschloss ich, für ihn zu kochen. Was in meiner Welt bedeutete, dass ich den Ofen anschmiss, eine Tiefkühlpizza vorbereitete und ein weiteres Bier kaltstellte.

In den darauffolgenden einsamen Minuten lenkte ich mich mit dem Mordfall ab und versuchte all die Informationen zu verarbeiten, die ich heute neu dazubekommen hatte.

Helga hatte gemeinsam mit ihrem Ehemann und ein paar Freunden ein kleines Filmbusiness auf die Beine gestellt, das sie hatte bekannter machen wollen.

Erotische Filme für erotische Senioren. Eigentlich keine schlechte Idee, auch wenn ich mich nicht melden würde, wenn sie Leute suchten, an denen sie ihre Werke testen konnten.

Laut Sybille hatten alle Bewohner des Altenheims davon gewusst. Anscheinend hatten auch viele ihre Filme gekauft. Das hieß, es gab eine Unmenge an Verdächtigen, die Helga, den *Star* der Produktion, für ihre Arbeit hätten verachten können und möglicherweise ihren Tod gewollt hatten. Doch irgendwie erschien mir das Motiv nicht stark genug. Emily brachte ja auch nicht Graf Zahl um, weil sie Mathe verabscheute. Und ich hatte auch noch keinem Weingummiliebhaber das Leben genommen, nur weil er in seinem Leben eine Menge falscher Entscheidungen traf.

Klar, Elsa war Helgas Konkurrentin gewesen und Ernst hätte eifersüchtig sein können, aber ... ach, ich wusste es auch nicht. Kein Motiv schien zu passen. Keins schien stark genug, um jemanden vorsätzlich umzubringen.

Außerdem war da noch die Frage, warum die Leiche in die Sauna gebracht worden war.

Wirklich nur, um mithilfe der Hitze die Spuren des Mörders zu verwischen? Oder hatte jemand gehofft, dass der Mord nicht mit Helgas Pornofilmchen in Verbindung gebracht wurde, wenn man ihre Leiche weit weg vom eigentlichen Tatort fand?

Ich wusste es nicht. Genauso wenig, wie ich wusste, was es mit der Nadel auf sich hatte, mit der womöglich Helgas To-do-Liste an ihre Kleidung geheftet worden war. Die To-do-Liste, die verschwunden war. Die blöde To-do-Liste, auf der womöglich der wichtige Termin vermerkt worden war, den Helga so geheimnisvoll angekündigt hatte.

Meine Hände brauchten etwas zu tun, also lief ich zu meinem Ficus in der Ecke und beschnitt ihn. Das war eigentlich erst im Herbst nötig, aber ich war hier und hatte Zeit. Doch egal wie schnell meine Hände arbeiteten, meine Gedanken flogen immer wieder zu Josh und seinem ernsten Gesicht zurück, als Mo ihm vorgeworfen hatte, er würde den Tod seiner Mutter als Ausrede benutzen.

Scheiße.

Ich schluckte und zwang meine Gedanken zu dem anderen Mord zurück. Ich hoffte, dass er den Stein in meinem Magen kleiner werden ließ.

Helga war in dem Raum, in dem sie ihre Pornos gedreht hatte, umgebracht worden. Jemand hatte sie erstochen. Mehrfach. Dann hatte derjenige die Blutspuren provisorisch weggewischt, die Leiche eingewickelt und in die Sauna geschleppt, sie dort abgelegt, schließlich ausgezogen ... und war dann abgehauen. Die Tür hatte ein Stativ aufgehalten. Womöglich ein Stativ, das ebenfalls aus dem Filmraum stammte.

Ja, und wie half mir das weiter? Jeder hatte Zugriff zu diesem Raum gehabt!

Ich seufzte schwer. Mein Problem war, dass es zu viele Verdächtige gab ... und keiner von ihnen wirkte, als könne er eine erwachsene Frau über einen gesamten Hof schleppen. So dünn und klapprig sie auch gewesen sein mochte. Aber vielleicht unterschätzte ich die Oldies ja allesamt. Vielleicht waren sie stärker als bisher angenommen. Vielleicht hatten sich doch zwei der alten Leute zusammengetan ...

Aber warum? Warum so einen brutalen Mord begehen? Das ergab überhaupt keinen Sinn!

Ich wusste nicht, wie lange ich darüber nachdachte, doch irgendwann packte ich die Pizza in den Ofen, lehnte mich an die Küchenanrichte und starrte auf die Tür.

Es war zwei Uhr nachts und die Pizza war bereits seit einer Stunde kalt, als ich endlich Joshs Schlüssel im Schloss hörte.

Er sah so müde und erschöpft aus, dass mein Herz vor Mitgefühl anfing zu zittern.

In drei Schritten war ich bei ihm und nahm ihn in die Arme. Vielleicht tat ich es für ihn, weil er so fertig aussah und eine Umarmung sicherlich gebrauchen konnte. Vielleicht tat ich es aber auch nur für mich, weil mich seine Nähe beruhigte.

Es spielte keine Rolle. Rispo gab ein kleines Seufzen von sich, das ich so sonst nur von ihm hörte, wenn er schlief, und erwiderte die Umarmung. Seine Wange lag auf meinem Schopf und seine Hände strichen über meinen Rücken, als wäre ich diejenige, die getröstet werden musste. „Ich bin immer noch etwas wütend auf dich", wisperte er. „Du hast unseren gesamten Einsatz torpediert. Mein Boss ist ganz und gar nicht glücklich darüber."

Ich lächelte. Das war auf absurde Art und Weise beruhigend zu hören. Manche Dinge verliefen also noch in normalen Bahnen. „Ist okay", bemerkte ich. „Du kannst morgen mit mir darüber diskutieren, was ich falsch gemacht habe. Aber nicht mehr heute, ja?"

„In Ordnung."

„Ich hab dir Pizza gemacht. Sie ist jetzt allerdings genauso kalt wie das Bier, das ich dir in den Kühlschrank gestellt habe."

„Macht nichts." Josh ließ mich los, küsste mich sacht auf die Schläfe und lief zum Kühlschrank.

Unschlüssig blieb ich stehen. Die Arme verschränkt, weil ich ohne seine Umarmung ein wenig fröstelte, den Blick auf seinen Hinterkopf gerichtet, während er das Bier barg.

„Du willst über meine Mutter reden, oder?", fragte er, so als wisse er genau, dass ich ihn anstarrte.

Ich senkte den Blick. „Du ... du hast mir nie erzählt, dass du es warst, der sie gefunden hat", wisperte ich.

Josh seufzte, richtete sich auf und rieb sich mit der Hand übers Gesicht. „Was hätte es für einen Unterschied gemacht?"

„Einen großen, Josh", sagte ich leise und ging zu ihm. „Es ist schrecklich genug, sie verloren zu haben, aber dass du ... dass du sie ..." Ich stockte und atmete zitternd durch. „Du hast mir nur erzählt, dass du ihretwegen zur Polizei gegangen bist, aber nie ... Na ja, ich meine, das erklärt vielleicht, warum du ..." Wieder brach ich ab.

Josh atmete tief durch und schloss die Augen. „Ich war deswegen schon ein Jahr lang beim Psychologen, Lou", unterbrach er mich. „Ich brauche keinen weiteren Befund von dir."

„Du warst beim ... Psychologen?", sagte ich überrascht. „Ich dachte, du hältst Psychologen für pseudowissenschaftliche, gefühlsduselige Wichtigtuer."

„Tue ich auch", sagte er knapp und öffnete das Bier mithilfe seiner Handfläche und der Kante der Kücheninsel. „Aber das heißt ja nicht, dass sie nicht durchaus helfen können."

„Hat es dir denn geholfen?"

„Jap. Ich wäre wohl nicht bei der Kripo, wenn ich nicht hingegangen wäre", murmelte er, nahm sich ein Pizzastück, lief an mir vorbei und ließ sich auf die Couch sinken. Mit den Ellenbogen stützte er sich auf die Knie und starrte aus der großen Fensterfront auf der anderen Seite, die auf ein dunkles Waldstück zeigte. Die grünen Blätter der Laubbäume sahen fahl in dem spärlichen Licht aus, das eine Straßenlaterne auf sie warf. Sie wiegten sich im Wind, als würden sie uns winken. Als würden sie Hallo sagen … oder sich verabschieden.

„Ich war nicht gern da." Rispos Stimme war so leise, dass ich mir Mühe geben musste, ihn zu verstehen, also lief ich näher zur Couch. „Habe mich kaputter gefühlt, als ich sein wollte, jedes Mal, wenn ich auf dem schäbigen Sofa saß. Aber es war trotzdem gut, dass ich da war. Hat mein … gereiztes Gemüt besänftigt." Seine Mundwinkel zuckten und er warf mir einen knappen Blick zu. „Ich war ein sehr zorniger Teenager."

„Du kannst auch immer noch ein sehr zorniger Mann sein", gab ich zu bedenken, ließ mich neben ihn sinken und strich beruhigend über seinen Nacken.

Rispo drehte den Kopf und küsste meine Handfläche. „Ich bin harmlos", murmelte er und verengte die Augen. „Ich hab es überwunden."

„Was hast du überwunden? Deine Aggressionsprobleme … oder den Tod deiner Mutter?"

„Nur meine Wut. Ihren Tod … ihren Tod kann ich nicht überwinden. Ich kann ihn nur verdrängen und jeden Tag besser damit umgehen."

Ich nickte, malte Muster in seinen Nacken und sah ihn unverwandt an. „Warum hast du mir nicht erzählt, dass du sie gefunden hast, Josh?“

Er seufzte schwer. „Weil ich dein Mitleid nicht wollte.“

„Es ist *Mitgefühl*, nicht Mitleid“, korrigierte ich ihn. „Das ist ein Unterschied.“

„Für mich nicht. Für mich bedeutet es dasselbe. Dass du mich ansiehst wie einen Mann, den du gern trösten und mit Tee aufpäppeln und nicht etwa in dein Bett zerren willst. Und mir gefällt Letzteres so viel besser.“

Ich schnaubte und verdrehte die Augen. „Was spricht dagegen, dich zu trösten?“

„Nichts, Lou. Ich liebe dich dafür, dass du es jedes Mal wieder versuchst, auch wenn ich mich so furchtbar anstelle. Aber ich … ich fühle mich einfach nicht gerne hilflos. Das ist alles.“

„Glaub mir, Josh“, sagte ich weich. „Keine Sekunde lang innerhalb der letzten Jahre dachte ich, du wärst hilflos.“

„Ja. Wahrscheinlich passiert das Ganze nur in meinem Kopf.“ Er runzelte die Stirn und schlang die Pizza mit drei Bissen hinunter. Dann meinte er: „Ist eigentlich auch egal. Mamas Tod ist einfach keine schöne Anekdote, Lou. Nichts, was man mal so nebenbei beim gemeinsamen Abendessen fallen lässt.“

„Ich will trotzdem gern mehr hören.“

Josh presste die Lippen aufeinander. „Bist du verletzt, wenn ich die Geschichte für mich behalte?“

„Natürlich nicht“, sagte ich bestürzt. „Du musst mir überhaupt nichts erzählen. Falls du sie jedoch gerne mit mir teilen willst … bin ich für dich da.“

Einige endlose Momente lang sagte er nichts. Er saß einfach nur weiter da, über seine Knie gebeugt, und nahm ein paar Schlucke aus seiner Bierflasche. Er wirkte nicht unbedingt nachdenklich oder grimmig. Er wirkte … traurig. Und das war eine Emotion, die Josh fast nie zur Schau trug. Weil sie ihn viel zu verletzlich machte.

Als er dann anfing zu sprechen, wurde mein Herz so heiß, dass meine Brust wie Rudolfs Nase glühen musste.

„Sie wollte uns von der Schule abholen", murmelte er und ließ den Kopf nach hinten über die Sofalehne sinken, meine Hand noch immer in seinem Nacken. „Mama. Sie wollte mich und Mo von der Schule abholen, um danach mit uns Pizza essen zu gehen und unsere Zeugnisausgabe zu feiern … doch sie kam nicht. Wir haben zwanzig Minuten lang auf sie gewartet, haben sie angerufen, aber nicht erreicht, und uns schließlich auf den Weg nach Hause gemacht. Sie war manchmal etwas zerstreut, wir haben gedacht, sie hätte uns vergessen. Wir waren ziemlich wütend auf sie. Waren genervt davon, dass sie ihr Versprechen nicht gehalten hatte und wir keine Pizza bekommen würden. Ich war sechzehn, Mo vierzehn – Pizza stand relativ weit oben auf unserer Prioritätenliste. Wir sind unseren normalen Schulweg zurückgelaufen … und haben eine Handtasche gesehen, die aus einem öffentlichen Mülleimer ragte. Mamas Handtasche. Wir haben sie sofort erkannt. Sie hatte sie sich selbst gemacht. Aus verschlissenen Einkaufstüten zusammengenäht, weil sie es nicht einsah, Dinge wegzuwerfen, die man noch für irgendetwas gebrauchen konnte." Ein müdes Lächeln zog an seinen Mundwinkeln. „Und glaub mir, *nützliche Dinge* konnten alles sein, von löchrigen Unterhosen bis zu abgerissenen Schnürsenkeln. Meine Mutter hat noch aus jedem Müll ein Kunstprojekt gemacht. Wir haben die Tasche daraus hervorgezogen, doch sie war vollkommen leer. Kein Portemonnaie, kein gar nichts. Nicht einmal eine Büroklammer und von denen hatte sie immer etliche in ihren Taschen. Um zusammenzubringen, was zusammengehört.“ Wieder trat ein Lächeln auf seine Züge, doch es war ein trauriges Lächeln. „Also haben wir uns umgesehen. Haben uns um die eigene Achse gedreht ... und ihre Füße aus einer Gasse neben uns ragen sehen.“ Er seufzte. „Ich erspar dir die Einzelheiten. Es gab eine Menge Blut und Dreck und ... nun, sie war tot. Zweimal in den Rücken geschossen.“

Meine Augen brannten und ich nickte. „Was habt ihr getan, nachdem ihr sie gefunden habt?“

Rispo verzog zynisch den Mund. „Das, was panische Jungen, die keine Ahnung von nichts haben, so tun. Wir haben sie umgedreht und versucht sie wiederzubeleben. Es war Blödsinn, sie war tot, wir konnten nichts mehr für sie tun. Aber der Gedanke, es nicht trotzdem zu versuchen ...“ Er atmete tief durch. „Ich glaube, wir konnten nicht riskieren, uns am Ende Vorwürfe zu machen. Aber bei unserem Versuch, unsere Mutter von den Toten zu erwecken, haben wir den Tatort wahrscheinlich bis zur Unkenntlichkeit zerstört, sodass die Polizei keinen einzigen Hinweis auf ihren Mörder finden konnte.“

„Ihr wart Kinder, Josh. Natürlich habt ihr versucht, sie zu retten.“

„So jung waren wir nicht mehr, Lou." Er lachte trocken auf. „Wir hatten beide einen Erste-Hilfe-Kurs gemacht. Unser Vater hatte darauf bestanden. Du weißt ja, er ist Krankenpfleger, er meinte, es sei wichtig. Also haben Mo und ich Mamas Puls gefühlt, geguckt, ob sie atmet … gemerkt, dass sie tot ist, und trotzdem versucht sie wiederzubeleben. Aber wir standen unter Schock, ich kann es uns verzeihen. Trotzdem hätten wir es besser wissen müssen. Trotzdem hätten wir sie nicht berühren dürfen. Hätten Abstand nehmen und die Polizei rufen müssen, damit sie DNA-Spuren hätten nehmen können. Aber so … so haben sie gar nichts gefunden. Außer unserer Fingerabdrücke auf ihrer Handtasche natürlich. Die hatten wir ja auch schon kontaminiert."

Ich nickte, denn was sollte ich groß anderes tun? Keine Worte hätten die Situation besser gemacht. Keine Geste seinen Schmerz genommen oder seine Wut gelindert. Also saß ich da, strich weiter über seinen Nacken, bildete mir ein, dass ich damit helfen konnte, auch wenn ich es besser wusste. „Du meintest mal, sie war Journalistin? Und an einem Fall dran? Du glaubst also nicht, dass es ein einfacher Überfall war?"

„Nein. Sie ist irgendwem auf die Pelle gerückt … und derjenige wollte nicht, dass sie weiter herumschnüffelt."

„Was für ein Fall war das?"

Josh verengte die Augen und sah zu mir herüber. „Du hörst dich an wie Mo, Lou."

Meine Wangen liefen rot an. „Sorry. Ein Reflex, fürchte ich."

„Ja, den kenne ich", murmelte er und schloss wieder die Augen. „Es ist egal, was für ein Fall es war. Es gab keinen Verdächtigen. Keinen Skandal, der groß genug gewesen wäre, jemanden dafür umzubringen. Keine Spur, der man hätte folgen können. Rein gar nichts. Und jetzt ist es mehr als fünfzehn Jahre her, also ..." Er zuckte die Achseln, so als wolle er sagen, dass es nichts mehr gab, was er tun konnte.

Seufzend ließ ich den Kopf auf seine Schulter sinken. „Es tut mir leid", murmelte ich nach einer Weile. „Dass du so gelitten hast. Dass du es noch immer tust."

„Ich komme klar, Lou. Solange ich mich nicht wieder wie ein Besessener in Mamas Fall verstricke, ist alles gut. Ich habe lange gebraucht, darüber hinwegzukommen, dass es einen Fall gibt, den ich nicht lösen kann – und dass es ausgerechnet *dieser* Fall ist. Aber seitdem ich damit abgeschlossen habe, geht es mir sehr viel besser. Es tat mir nicht gut, zu sehr in ihrer Akte zu versinken. Ich habe alles um mich herum vergessen. Mein eigenes Leben vernachlässigt. Meine eigentliche Arbeit vernachlässigt. Ich hab in der Vergangenheit und meinen eigenen Zweifeln gelebt, und das hat mich fertig gemacht. Es ist besser, wenn die ganze Sache vergessen bleibt."

Ich nickte und verstand nun besser, warum es ihn so wütend machte, dass Moritz den Fall wieder aufrollen wollte. Er wollte seinen Bruder – und sich selbst – schützen. Er wollte nicht in der Zeit stillstehen, sondern nach vorne sehen. Und das konnte ich sehr gut nachvollziehen.

„Hast du Mo das genau so gesagt, Josh?"

„In etwa. Nur ... mit lauterer Stimme."

Ich lachte leise. „Ich glaube, er versteht, warum du nicht willst, dass er sich wieder mit dem Fall auseinandersetzt. Aber ... er ist dir sehr ähnlich. Er braucht seine eigene Zeit, um damit abzuschließen. Wenn dir jemand gesagt hätte, du solltest den Fall in Ruhe lassen, hättest du auch nicht auf ihn gehört."

„Ich weiß", sagte Rispo schroff. „Aber es wird auf mich zurückfallen. Er wird allein anfangen ... aber ich werde am Ende mit drinstecken. So läuft es immer, wenn Mo ein neues Projekt startet. Scheiße, ich habe ein halbes Jahr damit verbracht, ihm Sachen nach Südamerika nachzuschicken und die dortige Polizei davon zu überzeugen, dass er keine Gefahr für ihre nationale Sicherheit darstellt. Meine lieblichen Brüder verlassen sich zu sehr darauf, dass ich die Fetzen aufsammle, die sie hinterlassen."

Seine *lieblichen* Brüder hatten wohl alle eher das Problem, dass sie ihr Temperament nicht kontrollieren konnten und ihre Schädel dicker als Zement waren. Aber das behielt ich für mich. Josh zählte nämlich definitiv zu diesen *lieblichen* Rispos.

„Mo wird schon noch herausfinden, dass der Fall hoffnungslos ist", murmelte ich. „Ich glaube nicht, dass du irgendetwas damit zu tun haben wirst. Er ist viel zu stolz und wütend, um dich um Hilfe zu bitten."

„Ich hoffe sehr, dass du recht hast", erwiderte Josh leise.

Doch ich konnte an dem harten Zug um seinen Mund erkennen, dass er das nicht glaubte.

Nun, falls ich mich irrte ... würde ich mir darüber Sorgen machen, sobald es so weit war. Abgesehen davon glaubte ich, dass Josh sich selbst unterschätzte. Er war stärker geworden. Er war nicht mehr derselbe Mann wie vor fünf oder zehn Jahren.

Er hatte jetzt mich.

Falls er also wieder mit dem Mordfall seiner Mutter konfrontiert werden würde ... falls das je passieren sollte – was sehr unwahrscheinlich war –, würden wir schon damit klarkommen.

Was sollte schon groß passieren?

Kapitel 12

„Ich verstehe nicht. Was genau willst du von mir wissen?" Sonja, meine angestellte Floristin, sah mich verwirrt an.

„Ob du jemanden in mein Büro gelassen hast, der dort nicht hingehört", wiederholte ich lächelnd, um zu unterstreichen, dass es okay war, wenn sie einen Fehler gemacht hatte. Ich traute Sonja nicht zu, dass sie meine Website manipuliert hatte. Sie war Ende vierzig, hatte dunkelbraune, kurze Haare, ein freundliches rundes Gesicht ... und hatte mich letztens gefragt, wie sie ein YouTube-Video vorspulen konnte. Sie hatte nicht die nötige technische Expertise, um erotische Blumentänze im Internet anzubieten.

„Hat jemand etwas aus deinem Büro gestohlen?", fragte sie besorgt, und ihre Wangen bekamen hektische rote Flecken. „Sind wir in Gefahr?"

Ich winkte ab. „Nein, nichts dergleichen. Jemand hat nur ohne Erlaubnis meinen Computer benutzt, und ich würde gerne wissen, wer das war. Hat also irgendjemand in letzter Zeit versucht, in mein Büro zu gelangen? Womöglich irgendwann am Montagabend? Nachdem ich gegangen bin?"

„Nein", sagte Sonja verdattert. „Ich meine, Leonie war am Montag kurz hier, um den restlichen Papierkram abzugeben – den du übrigens noch unterschreiben musst –, aber sie war nicht in deinem Büro. Sie hat den Vertrag auf den Tresen gelegt, mich nett gegrüßt und musste dann weiter. Wirklich ein unglaublich herzliches Mädchen, die Leonie. Eine sehr kluge Wahl von dir."

Nachdenklich verengte ich die Augen. Ja, wirklich sehr klug von mir ... oder eben auch nicht.

Ich kannte sie schließlich überhaupt nicht. Was, wenn sie eine dunkle Seite verbarg? Ach, Herrgott, mein ständiger Kontakt zu möglichen Mördern machte mich allmählich paranoid.

Das war bescheuert. Was zum Teufel sollte Leonie sich davon versprechen, den Arbeitsplatz in Verruf zu bringen, bei dem sie bald angestellt sein würde?

Seufzend schüttelte ich den Kopf und beugte mich wieder zu den Rosen hinunter, die ich gerade beschnitten hatte. „Sorry, Sonja. Vergiss, dass ich gefragt habe", meinte ich. „Könntest du dich um den Kunden kümmern?" Ich nickte zu dem älteren Herrn, der soeben reingekommen war.

„Klar", sagte die Floristin, auch wenn sie mich noch immer unsicher ansah. Schließlich jedoch wandte sie sich um und ging ihrer Arbeit nach.

Es war albern gewesen, dass ich sie überhaupt gefragt hatte. Jeder der Verdächtigen könnte nachts unbemerkt in mein Büro einbrechen – schließlich hatten sie alle einen Schlüssel. Aber wahrscheinlich war es ohnehin keiner meiner Angestellten gewesen, denn ihnen allen fehlte ein Motiv ... doch wer war es dann, wenn mein Computer benutzt worden und niemand eingebrochen war?

Ach, Mist. Keiner meiner derzeitigen Kriminalfälle – die ich überhaupt nicht hatte annehmen wollen! – verlief besonders vielversprechend. Ich würde wohl oder übel mal mit Leonie reden müssen. Nur ein kleines, zwangloses Gespräch, in dem ich davon absah, beschuldigend mit dem Zeigefinger auf sie zu deuten.

Was die Sache mit dem Altenheim anging … Der Fall machte mich dezent verrückt. Ich hatte die ganze Nacht über von Sexspielzeugen geträumt, die zu Mordwaffen wurden und mich angriffen. Wahrscheinlich drehte ich langsam am Rad. Der gestrige Abend war zu aufwühlend gewesen. Blutige Glasscherben an meinem Rücken, nackte alte Leute vor meinem inneren Auge, streitende Rispos in meinen Ohren …

Josh hatte den gestrigen Vorfall ehrlich gesagt besser überwunden als ich.

Er hatte seine traurige Phase hinter sich gelassen und den heutigen Morgen damit verbracht, mir zu erklären, dass er seine gestrigen Worte ernst gemeint hatte.

„Du hältst dich raus, Lou! Ich werde dich und Mo verknacken, egal, was die Leute dann über mich sagen."

Ich hatte ihm selbstverständlich geglaubt. Josh war kein Mann leerer Worte. Selbstredend hatte ich ihm also nicht erzählt, dass ich meine Frühstückspause heute in *Erna's kleiner Laden* verbringen würde, um meine … ähm … Bastelvorräte aufzufüllen. Ich hatte keinen Glitzer und keine Wellpappe mehr. Die sollte ich endlich mal aufstocken, schließlich hatte ich das bereits seit zwanzig Jahren vor, als ich diese Utensilien das letzte Mal benutzt hatte.

Ich fühlte mich ein wenig schlecht dabei, Joshs Worte zu ignorieren, war mir aber fast sicher, dass er ohnehin damit rechnete. Deswegen hielten sich meine Schuldgefühle in Grenzen.

Abgesehen davon konnte ich mir einfach nicht helfen.

Seit ich diesen Verlobungsring gefunden hatte, erfüllte mich ein Gefühl der Dauernervosität, das mein Augenlid chronisch zucken ließ. Zu wissen, dass dieser Ring existierte, aber nicht zu wissen, wann Josh von ihm Gebrauch machen wollte, war, als würde man auf die nächste Staffel seiner Lieblingsserie warten. Brutal und zermürbend.

Die einzige Möglichkeit, mich zu beruhigen, war, mich erfolgreich abzulenken – und dafür eignete sich der Mordfall nun einmal perfekt.

Ach. Das Beste war es wohl, einfach nicht mehr an Heiratsantrag und Ring zu denken.

„Und, hat er dich schon gefragt?", wollte Ariane eine Stunde später wissen, als wir durch die Kölner Innenstadt schlenderten.

Erna's kleiner Laden befand sich keine zweihundert Meter neben der *La maisonnette du chocolat*, ihrem Laden, deshalb hatte ich beschlossen, sie als Verstärkung mitzunehmen. Ich brauchte eine Pause von Trudi und Emily.

„Nein", bemerkte ich seufzend und sah auf meinen nackten Ringfinger. „Aber er hat im Moment auch viel um die Ohren."

Innerlich rechnete ich damit, dass er mir erst einen Antrag machen würde, wenn dieser Mordfall abgeschlossen war. Er schien nämlich untypisch fest an seinen Nerven zu reißen.

„Er fragt schon noch", meinte Ariane aufmunternd und blieb vor dem Schaufenster des Bastelladens stehen. „Ich meine, er wird seine Meinung nicht plötzlich ändern."

„Na ja, vielleicht doch, wenn er erfährt, dass ich schon wieder an einem Ort bin, der mit dem Mordfall zusammenhängt", meinte ich seufzend und besah mir die Berge an Strickgarn, Glitter und Fensterfarben, die in der Auslage präsentiert wurden.

Unsicher hob Ariane die Achseln. „Ich fühle mich ehrlich gesagt auch etwas unwohl damit, hier zu sein. Ich meine, Josh ist Polizist und wenn er sagt, dass es dir verboten ist, in diesen Laden zu gehen ..."

Es wunderte mich überhaupt nicht, dass sie mir einen schuldbewussten Blick zuwarf. Ariane war nie gut darin gewesen, Regeln zu brechen. Sie ging nicht über rote Ampeln, hatte in der Uni nie einen Spicker benutzt, probierte keine Weintrauben im Supermarkt und war nur ein einziges Mal beim Falschparken erwischt worden – als ich sie dazu überredet hatte, es für eine halbe Stunde zu riskieren. Dennoch ...

„Josh kann nicht bestimmen, wo wir unser Bastelzubehör kaufen, Ari."

Sie schnaubte. „Du bastelst Blumengestecke und Ausreden zusammen. Mehr nicht."

Ich musste lachen. „Komm schon, ich will nur ein paar Fragen stellen. Helga war am Tag ihres Todes hier. Vielleicht hat sie gegenüber einer Verkäuferin ja etwas fallen lassen, was uns hilft. Ich muss diesmal auch gar nicht lügen, Ari."

Unangenehm berührt kratzte meine beste Freundin sich im Nacken, nickte aber. Ehrlich gesagt war es eine nette Abwechslung, mit jemandem unterwegs zu sein, der nicht mit Konfetti warf, sobald ich irgendwo einbrechen oder schwindeln wollte. Vielleicht hatte Ari ja einen guten Einfluss auf mich.

Im Laden roch es nach Kleister, Wolle und frischer Farbe. Überall lagen Pappbögen, Garnknäuel und Stoffrollen herum.

Ich zog eine Grimasse. Ich gehörte ungefähr so sehr in diesen Laden wie ein Stein zum Tierarzt. Das Einzige, das ich je in meinem Leben gebastelt hatte, war eine St.-Martins-Laterne, die nach fünf Minuten Feuer gefangen hatte, weil das Pappmaché in sich zusammengefallen war.

Ich lief durch die engen Gänge, Ariane im Schlepptau, die öfter mal stehen blieb, um eine der Bastelscheren in die Hand zu nehmen oder Wellpappe zu bewundern.

„Die Auswahl hier ist wirklich sehr groß", sagte sie beeindruckt, als wir aus dem Gang vor die Kassen stolperten.

„Oh, vielen Dank", sagte die Kassiererin, eine alte Dame in grünem Tweed-Ensemble, das sicherlich selbstgenäht war. Mir würde zumindest keine Kleidermarke einfallen, die freiwillig ein riesiges lila Einhorn auf seine Jacke stickte. Sie lächelte Ariane warm an. „Ich versuche immer für jedes Bastelherz etwas vorrätig zu haben."

Ariane berichtete sofort ehrfurchtsvoll, dass ihr das schon aufgefallen sei, während mein Blick über die Erscheinung der alten Dame wanderte und nach einem Namensschild suchte. Doch ich konnte keines entdecken.

„Sind Sie Erna?“, unterbrach ich Arianes Frage, ob viele Leute mit Extra-Wünschen vorbeikämen.

Widerwillig schwenkte der Blick der Kassiererin zu mir. „Ja, die bin ich.“

„Sehr gut.“

„Wieso ist das *sehr gut*?“

„Weil ich Ihnen gerne ein paar Fragen stellen würde.“

Misstrauisch verengte sie die Augen. „Zu meinem Laden?“

„Ja.“ Ich atmete tief durch und versuchte ein ernstes Gesicht zu bewahren. „Ich bin wegen der Wolle und den anderen Dingen hier, die sie an Helga Dettmann für ihre dreckigen Seniorenfilmchen verkaufen.“

Schockiert sog Ariane Luft ein. „Lou!“

Doch Erna schien nicht im Mindesten überrascht. „Oh, ist Ihnen der Glitzer wieder ausgegangen?“, erwiderte sie lediglich überrascht. „Helga hat doch erst am Dienstag eine ganze Kiste mitgenommen.“

Ich räusperte mich. „Helga war also hier? Am Dienstag? Allein?“

„Ja. Sie hat Wolle und Glitzer gekauft. Wo ist sie überhaupt?“ Sie beugte sich zur Seite, um an mir vorbeizusehen. Als erwarte sie, dass Helga durch einen der hinteren Gänge stromerte. „Normalerweise sind doch nur sie oder diese Elsa Schnabellund für alle Lieferungen zuständig.“

Schnabellund. Was für ein merkwürdiger Name. Unangenehm berührt zog ich die Schultern hoch. „Ich fürchte, Helga ist tot“, murmelte ich.

Erna machte große Augen. „Wie bitte?“

„Sie wurde ermordet. Am Dienstag.“

„Nein!“

Ich seufzte schwer. „Leider doch. Tut mir sehr leid.“

Erna legte sich eine Hand auf die Brust, ihr Mund sperrangelweit offen. „Oh Gott. War es ein schlimmer Tod?“

Ich dachte an die sieben Stichwunden. Ihre verrenkten Gliedmaßen. „Nein. Überhaupt nicht. Sie wurde an einem Ort gefunden, den sie sehr mochte.“

Ich spürte Arianes verurteilenden Seitenblick mehr, als dass ich ihn sah, doch das war mir egal. Erna würde die dreckigen Einzelheiten ohnehin nicht wissen wollen. Niemand wollte das, auch wenn jeder etwas anderes behauptete.

„Gott sei Dank“, entwich es ihr erleichtert. „Aber … was habe ich damit zu tun?“ Unsicher sah sie zu Ariane. „Bin ich eine Verdächtige in dem Fall?“

„Nein, nein“, sagte ich hastig, und widerwillig sah Erna wieder zu mir. Es war offensichtlich, dass sie mich für den Teufel und Ari für den Engel in dieser Gleichung hielt. „Ich habe nur ein paar Fragen.“

„Zum Beispiel?“

„Zum Beispiel, ob sie irgendwie geheimnistuerisch gewirkt hat? Oder sich merkwürdig verhalten hat?“

„Nein“, war die schlichte Antwort.

„Und sie war allein hier?“

„Ja.“

„Hat sie besorgt oder ängstlich gewirkt?“

„So als wolle jemand sie umbringen?“, fragte Erna verwirrt.

„Nun … ja.“

„Nein.“

Ich seufzte. „Hat sie denn sonst etwas erzählt? Irgendetwas Interessantes.“

„Was heißt denn interessant?"

„Keine Ahnung …"

„Ihre Fragen sind wirklich sehr unspezifisch, junge Dame."

Ja, sie hatte vollkommen recht. Auf einmal kam es mir dumm vor, hergekommen zu sein. Wieso sollte die Frau, die Helga ihre Wolle verkauft hatte, mehr wissen als … zum Beispiel ihr Ehemann?

„Na schön", bemerkte ich seufzend. „Hat sie vielleicht noch mit jemand anderem außer Ihnen geredet, als sie hier war?"

Erna schüttelte den Kopf. „Nein. Sie war an der Kasse und dann einmal kurz im Lager, um ein Garn auszutauschen. Normalerweise lass ich Leute dort hinten nicht rein", sie blickte zur Tür hinterm Tresen, „aber sie war eine Stammkundin und fast so was wie eine Freundin, also …" Zitternd atmete sie ein.

Mein Herz wurde schwer. Ich war heute ein wenig unsensibel. „Tut mir wirklich leid für Ihren Verlust", setzte ich deswegen hinterher. „Ich habe auch nur noch eine Frage."

Missmutig presste Erna die Lippen aufeinander und bevor sie mir sagen konnte, dass sie keine mehr beantworten würde, fragte ich hastig: „Wissen Sie zufällig noch, ob Helga etwas an ihrem Rock befestigt hatte? Einen Zettel? Und konnten Sie vielleicht lesen, was –"

„Sie meinen diese To-do-Liste, die sie immer mit sich herumgeschleppt hat?", unterbrach die Bastelfee mich unwirsch.

„Ja, exakt die."

Sie schüttelte den Kopf. „Die hatte sie nicht dabei."

Überrascht öffnete ich den Mund. „Hatte sie nicht?"

„Nein. Ich weiß noch genau, dass sie sich von mir verabschiedet hat und ich mich gewundert habe, dass ihre Umarmung überhaupt nicht geknistert hat. Das tat sie nämlich sonst immer.“

Mein Herz machte einen Hüpfer. Ich war die ganze Zeit davon ausgegangen, dass Helgas Mörder die To-do-Liste von ihrer Kleidung gestohlen haben musste. Schließlich hatte eine Nadel in der Sauna gelegen. Aber was, wenn sie den Zettel schon viel eher verloren hatte? Wenn die Nadel überhaupt nichts mehr festgehalten hatte?

Plötzlich von einer neuen Neugierde gepackt betrachtete ich hibbelig die braune Tür hinter Erna, die ins Lager führte. Sie war dort drin gewesen. Hatte sich wahrscheinlich gebückt, sich durch enge Gänge geschoben ... war vielleicht irgendwo hängen geblieben. Wer sagte, dass Helga nicht mit To-do-Liste in den Laden gekommen war und ihn ohne wieder verlassen hatte? „Ähm ... dürfen wir vielleicht mal dort hineinsehen?“, fragte ich vorsichtig, bevor ich mit meinem Blick den Boden abtastete. Als könne ich die Liste hier irgendwo entdecken.

Misstrauisch sah Erna mich an. Schließlich war ich weder Stammkundin noch Freundin. „Warum?“

„Vielleicht hat sie irgendwelche Hinweise dort gelassen.“

Pikiert schürzte die Ladeninhaberin die Lippen. „Na und?“

Ariane beugte sich vor und lächelte die Dame warm an. „Tut mir leid, ich weiß, es ist super unhöflich, so etwas zu verlangen ... aber wir fassen auch nichts an und es dauert bestimmt nur fünf Minuten. Helga ist viel zu jung gestorben. Ihr Tod ist schrecklich, doch Sie konnten möglicherweise dabei helfen, dass der Täter nicht unentdeckt bleibt. Es würde mir viel bedeuten, wenn Sie uns deswegen kurz ihr Lager ansehen ließen. Und danach würde ich gerne mal mit Ihnen über Ihre Scherenauswahl reden ... meinen Sie, sie funktionieren auch bei Blattgold? Das nutze ich, um viele meiner Pralinen zu verzieren. Mir gehört das Schokoladengeschäft zwanzig Meter weiter."

Verblüfft öffnete Erna die Lippen. „Ich denke schon, ich ..." Ihr Blick flog zu mir, dann wieder zu Ariane. Schließlich seufzte sie. „Na schön, sehen Sie sich kurz um. Sie haben fünf Minuten." Sie machte eine ungelenke Bewegung zur Tür hin.

Das ließ ich mir nicht zweimal sagen. Ich dankte ihr, umrundete mit Ariane den Verkaufstresen und schlüpfte durch die Tür. Sobald das Holzblatt hinter uns ins Schloss glitt und eine einsame Glühbirne über unseren Köpfen zum Leben erwachte, schielte ich beeindruckt zu Ariane herüber. „Du warst ehrlich und charmant ... und hast bekommen, was du wolltest."

Sie zuckte bescheiden die Achseln. „Menschen sind nicht böse, Lou. Sie wollen gerne helfen. Man muss sie nur an diesen Willen erinnern."

„Oder man muss aussehen wie ein Engel, der sie an Gott verpetzt, wenn man nicht hilft", murmelte ich.

Ariane verdrehte die Augen und strich sich die blonden Haare aus der Stirn. „Du übertreibst maßlos."

Ich nickte, doch insgeheim plante ich bereits, wie ich Arianes engelsgleiches Aussehen für meine Zwecke einsetzen könnte. Wie hatte ich nichts von ihren geheimen Kräften ahnen können?

„Fünf Minuten, Lou", erinnerte meine beste Freundin mich, als ich sie zwanzig Sekunden später noch immer anstarrte.

„Ach, richtig." Ich blinzelte und sah mich in dem kleinen, quadratischen Raum vor mir um. Die Decke war so niedrig, dass Ariane sich an der nackten Glühbirne gestoßen hätte, hätte sie den Kopf nicht eingezogen. Metallene Regale waren in Schlangenlinien aufgestellt und mit etlichen Pappboxen bestückt worden. *Aquarellfarben* und *Stoffe* sowie *Stempel* stand mit schwarzem Edding auf den braunen Behältern.

„Siehst du eine Kiste, auf der *Garn* steht?", wollte ich von Ari wissen und wagte mich tiefer in den Raum vor, den Blick ließ ich dabei zwischen den Kisten und dem Boden hin- und herschweifen. Der Raum war so vollgestellt, dass ein einfacher Zettel sich mühelos ein Jahrzehnt lang vor arglosen Angreifern verstecken könnte – und das war nicht hilfreich.

Ariane folgte mir, lugte in eine Regalreihe hier, in eine Regalreihe dort, während ich mich durch die Metallgerüste schlängelte, auf der Suche nach einem weißen Fetzen oder einer Kiste, die mit *Wolle* oder *Garn* beschriftet war.

„Hier sind welche, Lou", meinte Ari ein paar Momente später und winkte mir.

Ich schob mich neben sie ... und tatsächlich. Zwei Kisten mit der Beschriftung *Wolle und Garn* standen dort auf dem untersten Regalbrett. Stirnrunzelnd beugte ich mich hinunter und neigte den Kopf.

Da, unter dem eisernen Regal, schimmerte etwas Weißes. Ich schob eine der Kisten etwas nach hinten, um durch das Metallgitter zu sehen, das als Brett herhielt.

Tatsächlich, da lag ein Zettel. Ein weißer Papierfetzen, so groß wie meine Hand, der mit einer schrägen sauberen Schrift beschrieben war.

Aufgeregt öffnete ich die Lippen, bückte mich und tastete mit den Händen auf dem verstaubten Boden herum, bis ich den Fetzen zu greifen bekam. Das war unmöglich. Das war ... das war die verdammte Liste!

Ich konnte mein Glück kaum fassen. Wie absurd war das? Rispo würde nie wieder damit aufhören, mir zu erzählen, dass ich mehr Glück als Verstand hatte.

Mit noch immer offenem Mund richtete ich mich auf und präsentierte Ariane die Liste.

„Ist das diese To-do-Liste, die du suchst?", fragte sie ungläubig.

Ich nickte und starrte auf die Zeilen. Es waren nicht sonderlich viele.

- Neues Kostüm kaufen
- Textzeilen lernen (Elsa deswegen piesacken)
- Wolle und Glitzer kaufen (Erna nach Zustimmung fragen)
- Dreh
- gemeinsames Abendessen
- Thomas Fuhrig Termin
- Verkündung

„Was für ein Mensch schreibt sich auf seine To-do-Liste, gemein zu jemand anderem zu sein?", wollte Ariane, die über meine Schulter sah, missbilligend wissen.

„Wer ist Thomas Fuhrig?", stellte ich die Gegenfrage.

„Ich habe keine –"

„Es ist der Reporter“, unterbrach mich eine verärgerte Stimme, und ich schrak zusammen.

Erna lugte durch die Tür des kleinen Lagerraums. Offenbar hatten wir ihr zu lange gebraucht.

„Reporter?“, fragte ich überrascht.

„Ja. Der Reporter vom *Kölner Blatt*, der über ihre Pornofilmchen berichten wollte. Helga hatte gefragt, ob sie mich namentlich erwähnen kann, um so ein wenig Werbung für mich und meinen Laden zu machen.“

„Das *Kölner Blatt* wollte einen Artikel über die Seniorenpornos schreiben?“, fragte ich überrascht. „Aber Sie sagten doch, Helga hätte Ihnen nichts Interessantes erzählt.“

„Sie hätten *interessant* genauer definieren müssen“, sagte sie knapp. „Außerdem wollte die Zeitung nicht nur einen Artikel schreiben, sondern eine ganze Reihe. Helga war unglaublich aufgeregt. Sie hatte den Termin für ihr erstes Interview am Dienstagabend.“

Nun … sie würde ihn wohl nicht wahrgenommen haben. Ihr Mord war dazwischengekommen.

In meinem Kopf fingen die Rädchen an zu rattern. Das musste der sagenumwobene Termin gewesen sein, den sie überall angekündigt hatte. Der Termin, der ihrer aller Leben verändern sollte. Helga hatte sich erhofft, dass ihr Keller-Business durch die Artikelreihe im *Kölner Blatt* abheben und neue Kunden erreichen würde … und irgendwer musste Angst davor gehabt haben, dass das tatsächlich passierte. Sie war direkt vor dem Interview ermordet worden. Das konnte kein Zufall sein.

Irgendwer schien nicht damit einverstanden gewesen zu sein, dass sie sich an die Presse wandte. Aber wer? Die Filmcrew konnte es nicht sein. Sie verfolgten alle dasselbe Ziel. Wer könnte solche Bedenken dabei gehabt haben, dass die Seniorenfilme an die Presse gelangen, dass er oder sie Helga umgebracht hatte?

Stirnrunzelnd sah ich Erna an. „Wusste noch irgendwer von dem Interview? Davon, dass sie in Kontakt mit der Presse stand?"

Sie zuckte die Achseln. „Keine Ahnung. Woher soll ich das wissen?"

„Vielleicht hat sie Ihnen ja erzählt –"

„Nein, hat sie nicht. Sie hat mich gefragt, ob es für mich okay wäre, wenn sie mein Geschäft erwähnt – ich habe Ja gesagt, weil man Helga einfach nichts abschlägt, wenn es um ihre Pornos geht, sie wird da sehr schnell sehr gekränkt –, und dann hat sie mich umarmt und ist gegangen. Das war alles."

Ich verengte die Augen. „Wirklich?"

„Ja, und jetzt verlassen Sie bitte meinen Lagerraum."

Keine fünf Minuten später standen wir wieder an der frischen Luft und ich dachte noch immer fieberhaft darüber nach, was ich mit der neugewonnenen Information über die Artikelreihe im *Kölner Blatt* anfangen sollte. Irgendwer musste doch noch darüber Bescheid gewusst haben! Sicherlich hatte Helga es ihrem Ehemann erzählt. Ihrer Crew.

Doch alle hatten überzeugend erklärt, dass sie keine Ahnung gehabt hatten. Es hatte offenbar eine Überraschung sein sollen. Ich konnte es verstehen, sie hatte diese großen Neuigkeiten erst erzählen wollen, wenn alles unter Dach und Fach war. Aber wer, außer dem Reporter, hatte dann davon gewusst?

Die Vibration meines Handys riss mich aus den Gedanken, und abwesend sah ich auf das Display. Mo hatte mir eine Nachricht geschickt.

Elsa hat jedem Hampelmann erzählt, dass ich ein Interview mit ihr über die Pornofilme machen will. Das ganze Altenheim weiß jetzt davon. Ich wurde schon zur Hölle geschickt und in den Himmel gelobt. Heute Abend interviewe ich sie. Falls du mitkommen willst, sag Bescheid.

Schön zu wissen, dass er nur auf Josh und nicht mich wütend war. Außerdem keine schlechte Idee. Elsa würde möglicherweise wissen, wer mit den Erwachsenen-Filmchen nicht an die Öffentlichkeit hatte gehen wollen.

Bin dabei, tippte ich zurück. *Schreib mir Zeit und Ort.*

„Weißt du", sagte Ariane, sobald ich das Telefon wieder weggepackt hatte. „Nach all den fantastischen Geschichten, die du mir bisher über deine Mörderjagden erzählt hast, hatte ich etwas Angst davor, mitzukommen. Doch jetzt bezweifle ich, dass auch nur eine einzige der Geschichten wahr ist. Ich meine, ich hatte mir das Ganze etwas ... ereignisreicher vorgestellt."

Meine Mundwinkel zuckten. „Du vergisst etwas: Normalerweise sind Trudi oder Emily dabei. Meistens sind sie die Komponente, die etwas erst ... besonders und aufregend machen."

Verdrießlich wickelte Ariane eine Haarsträhne um ihren Zeigefinger. „Du hast mir soeben durch die Blume gesagt, dass ich jede Situation langweilig mache, Lou."

Lachend legte ich den Arm um sie. „Nein, du machst sie nur etwas … korrekter. Weniger illegal. Josh wäre begeistert! Aber das macht doch auch nichts. Das Ergebnis ist dasselbe." Ich hielt die Liste hoch.

Seufzend nickte meine beste Freundin. „Und was willst du jetzt mit dieser Information anfangen?"

„Ich weiß noch nicht genau."

Wir schlenderten die Einkaufsstraße weiter entlang, während ich darüber nachdachte, wie ich die Liste am besten für meine Zwecke benutzen konnte.

„Schnabellund ist ein witziger Name, oder?", bemerkte Ariane, sobald wir vor ihrem Laden hielten.

„Ja." Nachdenklich neigte ich den Kopf zur Seite. Sie hatte recht. Und irgendwie kam er mir bekannt vor. Aber wo hatte ich ihn schon einmal gehört?

Einige Sekunden lang grübelte ich darüber nach, dann gab ich auf und zog mein Handy aus der Tasche. Ich hatte Wichtigeres zu tun – denn mir war eine Idee gekommen, wofür ich die Liste benutzen wollte.

Rispo hob innerhalb weniger Sekunden ab.

„Bitte sag mir, dass du nicht unter einer blutigen Heizung liegst, einen abgetrennten Finger in deinem Blumenwasser gefunden hast, oder über eine Leiche gestolpert bist."

„Du könntest auch einfach ‚Hey' sagen, weißt du?", bemerkte ich knapp.

„Du könntest auch einfach aufhören, dich in Mordfälle einzumischen."

Gut, an dem Punkt kamen wir nicht weiter. „Josh, ich weiß ja, dass du heute Mittag nicht zum Doppeldate mit Emmi und Marvin kommen wolltest", kam ich direkt zum Punkt. „Aber ich glaube, ich habe etwas, das deine Meinung ändern wird.“

„Was?“

„Die To-do-Liste von Helga. Ich habe sie gefunden.“

Kapitel 13

Emily hatte eine kleine Pizzeria am Rande Nippes' in der Nähe des Zoos als Ort für unser mittägliches Doppeldate auserkoren. Sie hieß *Ciao!* und ich hatte noch nie von ihr gehört.

Als ich um zehn vor eins auf wundersame Art und Weise einen Parkplatz direkt davor ergatterte, lehnte Josh bereits mit verschränkten Armen und dunklem Blick an der Hauswand des Restaurants. Manchmal war es fast ein wenig schade um seinen Coolnessfaktor, dass er nicht rauchte. Denn so hätte er den perfekten zynischen 50er-Jahre-Polizisten abgegeben, den man in jedem Film noir bewundern konnte. So jedoch musste er eine Menge durch den Ausdruck in seinen hellbraunen Augen, die er auf Kommando schwarz werden lassen konnte, und mithilfe seiner düsteren Ausstrahlung wieder wettmachen ... was zugegebenermaßen jedoch nicht minder beeindruckend war.

Über die letzten Jahre hinweg hatte ich gelernt, seine Aura der Düsternis zu deuten und in eine von mir selbst erfundene Skala des Verderbens einzuteilen.

Wenn nur sein Blick sich zu einem warmen dunkelbraun verdüstert hatte, hieß es, dass man ihn noch mithilfe eines unschuldigen Lächelns für sich gewinnen konnte – eine Eins auf der Skala.

Wenn seine Augen jedoch kalt und schwarz waren, sich eine Falte zwischen seinen Augenbrauen gebildet hatte und sein Kiefer anfing, einen Mühlstein zu imitieren, sollte man am besten nichts sagen, den Kopf einziehen und auf das Beste hoffen – denn das war die Zehn auf der Skala des Verderbens.

Jetzt gerade hätte ich ihn bei einer soliden Sechseinhalb eingeordnet. Seine Augen waren dunkelbraun, sein Kiefer angespannt und seine Beine nur an den Knöcheln überkreuzt, damit seine Beute sich der falschen Sicherheit hingab, er könne sie nicht aus dem Stand attackieren. Die Fast-Sieben rief eine gewisse Unruhe in mir hervor, konnte meine optimistische Einstellung, dass die Situation nicht eskalieren *musste*, wenn ich mich halbwegs klug anstellte, jedoch nicht zerstören.

„Ich will die Liste haben, Lou", begrüßte Josh mich leise.

„Und ich will dein Versprechen, dass du dafür eine halbe Stunde mit uns Mittagessen gehst", erwiderte ich gelassen. Ich würde mich definitiv nicht allein zu Marvin und Emily an den Tisch setzen. Dann konnte ich gleich ein Date mit dem Blechmann und Cruella de Vil ausmachen.

„Klar", sagte er schroff. „Warum nicht? Ich muss ohnehin etwas essen und freue mich immer darüber, von meiner Freundin erpresst zu werden."

Hitze stieg in meine Wangen, und unwohl trat ich von einem Bein auf das andere. „Du siehst wütend aus", bemerkte ich kleinlaut.

„Schön, dass du nach fast zwei Jahren Beziehung endlich die Zeichen deuten kannst, Lou!", wisperte er und verengte seine Augen.

Oh, oh. Eine glatte Sieben. Jetzt war der Ausdruck eine glatte Sieben! Alarmglocken gingen in meinem Kopf los und hastig holte ich den Zettel aus meiner Tasche und reichte ihn ihm. „Ich habe ihn in *Erna's kleiner Laden* gefunden. Dort, wo die Pornosenioren ihr Garn und Glitzer kaufen. Thomas Fuhrig, der letzte Punkt auf der Liste, ist ein Reporter vom *Kölner Blatt*. Er wollte sich am Abend ihres Todes mit Helga treffen, um über ihre Filme zu sprechen."

Josh zog mir den Zettel, noch während ich sprach, unsanft aus der Hand. „Also wollte sie jemand zum Schweigen bringen", murmelte er abwesend, mehr zu sich selbst als zu mir. „Das ist doch mal ein Motiv, mit dem ich arbeiten kann." Er studierte die Liste, und ich wartete darauf, dass er fertig mit Lesen war, bevor ich sagte: „Es tut mir –"

„Deine Entschuldigungen helfen nicht mehr, Lou", unterbrach er mich kopfschüttelnd. „Ich habe diese Woche schon viel zu viele aus deinem Mund gehört. Ich fände es wirklich wunderbar, wenn du aufhören würdest, mich anzulügen und mit leeren Versprechungen um dich zu werfen. Darunter leidet nämlich deine Glaubwürdigkeit."

Seufzend fuhr ich mir durch die Haare. „Du hast recht. Ich liege falsch."

Verblüfft öffnete Josh die Lippen. „Du hasst es, wenn ich recht habe."

„Ich weiß und daran wird sich auch nichts ändern, aber ... so ist es nun einmal. Ich habe eine Menge Dinge gesagt, die ich zu dem Zeitpunkt auch so gemeint habe, aber … nun, davon kannst du dir auch nichts kaufen. Deswegen tut es mir aufrichtig leid." Ernst sah ich ihn an. „Dieser Fall ist irgendwie eskaliert", fügte ich leiser hinzu. „Ich schwöre dir, ich wollte wirklich nicht ermitteln. Aber dann hat Trudi sich ihren Undercovereinsatz in den Kopf gesetzt, Emmi war plötzlich mit von der Partie … und ich kann sie nicht einfach in ihren Tod rennen lassen, Josh."

Rispo presste die Lippen zusammen. „Jetzt weißt du endlich, wie ich mich jedes Mal fühle, wenn du ankündigst, eine neue Leiche wäre dir über den Weg gefallen."

Ja, tatsächlich verstand ich ihn und seine Frustration über mein uneinsichtiges Verhalten jetzt sehr viel besser.

„Du musst auch nicht mit essen kommen", sagte ich und hob eine Schulter. „Du hast gesagt, dass du nicht mitkommen willst, ich sollte deine Wünsche respektieren."

Josh hatte noch immer die Augen verengt, so als warte er auf den Haken – doch der würde nicht kommen. Das, was er wollte, war genauso wichtig wie das, was ich wollte. Es wurde Zeit, dass ich aus meinen Fehlern lernte.

Als Josh anscheinend keine Anzeichen eines Betrugsversuchs in meiner Miene entdeckte, seufzte er schwer und stieß sich von der Wand ab. „Ich bin hier, ich muss was essen … warum nicht mit deiner reizenden Schwester und meinem hilflosen Partner eine Pizza bestellen?"

Meine Mundwinkel hoben sich sofort. „Wirklich?"

Er verdrehte die Augen über meine offensichtliche Freude, trug jedoch die Ansätze eines Lächelns auf dem

Gesicht. „Gott, ich werde es so bereuen ... aber ja. Gehen wir was essen."

Grinsend drückte ich seine Hand. „Die Pizza geht auch auf mich."

Belustigt hob er eine Augenbraue. „Das stand ja wohl außer Frage. Aber wir reden hier nur von einer halben Stunde, Lou! Dann werden Marvin und ich uns entschuldigen und Thomas Fuhrig verhören. Und du bist nicht eingeladen, ist das klar?"

Ich nickte. Das hörte sich fair an. Wir würden dann wohl sehr, sehr schnell unser Essen bestellen müssen.

„Gut." Josh drückte ebenfalls meine Hand, und mein Herz wurde wieder etwas leichter, auch wenn gleichzeitig eine dumpfe Sorge auf meinen Magen drückte. Ich hatte das ungute Gefühl, dass meine Chancen, diese Woche noch einen Antrag von ihm zu bekommen, mit jeder Sekunde sanken. Also fragte ich beiläufig, während Josh mir die Tür aufhielt: „Sag mal, unser Essensdate am Samstagabend ... steht das noch?"

Überrascht über den plötzlichen Themenwechsel hob Josh die Augenbrauen. „Natürlich. Warum sollte es nicht stehen?"

Meine Wangen wurden heiß. „Na ja, ich dachte, vielleicht hast du es dir ja ... anders überlegt."

Er schüttelte den Kopf. „Wenn wir den Fall bis dahin gelöst haben, findet es statt. Wenn nicht, müssen wir es vielleicht auf Sonntag verschieben. Aber ich habe langsam eine ungefähre Vorstellung davon, wer sich als Verdächtiger eignet ... also, hoffen wir das Beste."

„Wirklich?", fragte ich interessiert. „Wer ist denn im Moment die Nummer eins auf deiner Verdächtigenliste?"

Mitleidig sah Josh mich an. „Du könntest mich genauso gut fragen, warum Jonas sich eine Dauerkarte fürs Ballett zum Geburtstag wünscht. Denn diese Antwort kann und werde ich dir genauso wenig geben."

Hach, einen Versuch war es wert gewesen.

Die Tür des Italieners fiel hinter uns ins Schloss und ich reckte das Kinn, um nach meiner Schwester Ausschau zu halten.

Ciao! war ein Restaurant, das in keinem Stadtführer erwähnt werden würde. Die Wände waren in einem mediterranen Terrakottafarbton gestrichen, die roten Papiertischdecken knisterten, als wir uns an ihnen vorbeidrängten, und die Speisekarten waren billig einlaminiert und trotzdem mit Flecken übersät. Alles in allem kein Ort, den ich für ein erstes Date ausgewählt hätte. Aber es konnte ja nicht jeder bei seinem ersten Treffen im Gartencenter in Bocklemünd Waffeln essen gehen.

Emily und Marvin saßen bereits an einem quadratischen Tisch in der Mitte des Raumes, der von allen Seiten aus gut zu sehen war. Ich wunderte mich fast ein wenig über Emilys Platzwahl, da sie sonst gerne in einer Nische saß, von der aus sie Menschen unauffälliger beobachten konnte, hatte jedoch keine Zeit, länger darüber nachzudenken, da sie uns hektisch heranwinkte.

„Hey", sagte sie überschwänglich fröhlich, als wir sie erreichten. „Schön, dass ihr kommen konntet."

Ich nickte und lächelte Marvin freundlich zu. „Ja, ich finde es auch schön." Es war keine wirkliche Lüge. Ich mochte Emily, ich mochte Marvin, Josh mochte ich meistens auch – es gab keinen Grund, warum das keine vergnügliche halbe Stunde werden sollte.

„Wir können nicht lange bleiben", erfüllte Josh seine Rolle als Spielverderber. „Wir haben eine neue Spur, der wir nachgehen müssen, Marvin."

„Wirklich?" Sein Gesicht erhellte sich. „Das ist ja wunderbar. Worum handelt es sich denn bei der Spur?"

„Das können wir nach dem Essen besprechen", meinte Josh und winkte bereits einem vorbeihetzenden Kellner. Seine Ankündigung, dass er nur eine halbe Stunde bleiben würde, hatte er offenbar ernst gemeint. Denn bevor ich den Mund öffnen konnte, bestellte er für den ganzen Tisch vier Cola und vier Pizza Margherita.

„Hey!", beschwerte sich Emily. „Ich wollte Nudeln."

„Es ist absurd, in einer Pizzeria Nudeln zu bestellen, Emily", unterrichtete er sie trocken. „Das ist, als würde man einen Burger beim China-Imbiss kaufen."

Emily verdrehte die Augen, widersprach jedoch nicht. Stattdessen legte sie den Kopf schief und ließ den Blick aufmerksam durch den Raum schweifen. So als wolle sie auch noch die letzte Unebenheit der Terrakotta-Raufasertapete studieren.

Marvin sah sie unsicher an und blickte dann hilfesuchend zu mir. Vermutlich hatte er erwartet, dass sein Date sich mit ihm beschäftigen würde. Aber er war offensichtlich noch nie mit einer Frau wie Emily Manu ausgegangen.

Hastig räusperte ich mich.

„Marvin, erzähl doch mal was über dich", sagte ich freundlich. Der Recherchist war wie ein Reh mit Schleife. Man konnte ihm unmöglich etwas Böses wollen und hatte das starke Verlangen, sich um ihn zu kümmern. „Ich weiß gar nichts über dich, außer dass du bei deiner Mutter wohnst.“

„Oh.“ Er lief puterrot an und sah flüchtig zu Josh. „Nun, Kommissar Rispo sagt immer, dass er nichts über meine persönlichen Lebensumstände hören will, also ...“

Augenverdrehend gab ich Josh unter dem Tisch einen leichten Stups gegen das Schienbein. Es war so typisch von ihm, seinen Mitarbeitern dämliche Regeln aufzudrücken. Er zuckte jedoch nicht einmal zusammen, sondern starrte in seinen Schoß. Dort hatte er Helgas To-do-Liste positioniert, die ihn offenbar viel mehr als jedes mögliche Tischgespräch interessierte. Von ihm konnte ich keine Hilfe erwarten.

„Nun, Josh ist jetzt aber nicht im Dienst“, bemerkte ich aufmunternd. „Also, erzähl ruhig. Was ist zum Beispiel deine ... größte bisherige Errungenschaft.“

„Oh.“ Nachdenklich kratzte er sich am Kinn, das noch immer auf seinen ersten Bartwuchs hoffte. „Meine Mutter sagt mir eigentlich immer, es würde sich nicht gehören, allzu viel über sich selbst und seine eigenen Fähigkeiten zu reden. Das könnte arrogant wirken. Als wäre man ein Angeber.“

„Glaub mir, Marvin“, sagte ich ernst. „*Niemand* hier hält dich für einen Angeber.“

„Na gut. Wenn du es so sagst ...“ Er räusperte sich. „Also, ich denke, besonders stolz bin ich auf meine Magickartensammlung – ich habe die siebtgrößte Deutschlands.“ Mit neugewonnenem Selbstvertrauen setzte er sich aufrechter hin. „Oh, und dann ist da natürlich noch mein deutscher Meistertitel im Taekwondo.“

„Du hast die siebtgrößte –" Ich brach ab und blinzelte perplex. „Moment. Was? Du bist … deutscher Meister?"

„Nicht der amtierende", sagte er hastig. „Dieses Jahr bin ich auf den zweiten Platz gerutscht. Aber das war schon in Ordnung, mein Gegner war wirklich toll. Wie er seine Chagi, also seine Tritte, eingesetzt hat, war überragend. Einfach tolle Fußarbeit."

„Aber …" Verblüfft sah ich ihn an. „Ist Taekwondo nicht ein Kampfsport?"

„Eine koreanische Kampfkunst. Ich bin sehr gut im Nahkampf." Bescheiden hob er die Schulter. „Deswegen wollte ich wohl auch immer Polizist werden. Um meine Kräfte fürs Gute einzusetzen." Nervös lachte er auf. „Aber dann saß ich ja hinterm Schreibtisch und … das hat auch Spaß gemacht! Heutzutage bedroht man Täter ja auch eher mit Schusswaffen, als dass man in einen ernsten Faustkampf gerät. Aber auf der Polizeischule war ich immer der Beste in Nahkampfübungen."

„Was?" Josh tauchte aus der Versenkung auf, Unglaube auf seinen Zügen.

„Schön, dass du auch da bist, Josh", sagte ich freundlich. „Marvin hat mir gerade von seinem deutschen Meistertitel in Taekwondo erzählt."

„Nein", sagte Rispo schlicht.

„Ähm, doch." Marvins Wangen waren so rosa wie Rapunzels Prinzessinnenkleid.

„Sie sind deutscher Meister in einer Kampfsportart?" Josh starrte ihn wie vom Donner gerührt an, während ich interessiert Marvins schmale Statur betrachtete, die von seinem übergroßen Hemd verschluckt wurde. Versteckte er unter all den viel zu großen Klamotten etwa Muskeln? Das war kaum vorstellbar. Und überhaupt … Wie konnte er so viele Schwierigkeiten mit Frauen haben?

Aber die Frage erklärte sich wie von selbst. Er war schüchtern. Schrecklich schüchtern und unbedarft.

„Na ja, nicht der amtierende“, wiederholte er und hob bescheiden die Schultern. „Ich erzähle es nicht viel herum. So interessant ist es ja nun auch wieder nicht.“

Kopfschüttelnd sah ich ihn an, ein Lächeln umspielte meine Mundwinkel. „Gleich erzählst du noch, dass du unglaublich gut Gitarre spielst und einen Flugschein hast.“

Seine Ohren färbten sich so pink wie sein Gesicht. „Nein. Ich spiele Schlagzeug und, wenn ich fliege, wird mir übel.“

„Schlagzeug?“, hakte ich mit offenem Mund nach. „Du spielst das allgemein coolste Instrument der Welt?“

„Nein, nein. Gitarre und Klavier werden meistens als cooler angesehen“, sagte er hastig und winkte ab.

„Wieso weiß ich davon nichts, Marvin?“, fragte Rispo ungläubig. „Sie haben nie auch nur erwähnt …“

„Na ja, Sie haben sich sehr klar ausgedrückt, was persönliche Geschichten zu meinen Freizeitbeschäftigungen angeht“, bemerkte er kleinlaut.

„Ja, aber das habe ich gesagt, als Sie mir von Ihrer Ameisenfarm und Ihrem letzten *Dungeons & Dragons*-Abenteuer erzählt haben!“

„Nun …“ Der schüchterne Marvin schien mit jedem unserer Worte tiefer in seinen Sitz zu sinken. Als wäre es ihm unangenehm, dass wir beeindruckt von ihm waren. „Ich wollte nicht unhöflich wirken und mich über Ihre Anweisung hinwegsetzen.“

Vielsagend sah ich Josh an. „Ich sag dir immer wieder, dass du die Leute von der Polizei nicht so einschüchtern solltest", bemerkte ich, bevor ich mich an meine Schwester wandte. „Hast du das gehört, Emily?"

„Was?" Emmis Kopf fuhr herum. Sie hatte Marvin gar nicht beachtet, sondern sich stattdessen noch immer im Restaurant umgesehen.

„Er ist deutscher Meister im Taekwondo und spielt Schlagzeug." Es war, als sähe ich auf einmal einen vollkommen neuen Mann vor mir. Warum hatte Marvin nicht das Selbstbewusstsein eines ... nun Macho-Idioten? Und wieso hatte ich mir nicht viel eher mehr Mühe gegeben, ihn besser kennenzulernen? Das erschien mir jetzt wie ein starkes Versäumnis. Er war immer so unscheinbar und leise. Ich hatte gar nicht darüber nachgedacht, dass man ihm nur über seine Schüchternheit hinweghelfen musste, um sein Selbstbewusstsein zu stärken.

„Gibt es noch etwas Cooles, was du uns verschwiegen hast, Marvin?", wollte ich kopfschüttelnd wissen. „Ist deine Mutter Astronautin und dein Bruder Chuck Norris?"

„Nein. Meine Mutter ist Lehrerin und ich habe nur eine jüngere Schwester", sagte er vorsichtig. „Sie heißt Kim und ..."

„Kim!" Abrupt schlug ich mir mit der flachen Hand gegen die Stirn. Kim! Kim Schnabellund! Daher kannte ich den Namen. Die Aushilfe in der *Bumsbude* trug denselben Nachnamen wie Elsa. Wie hatte ich das vergessen können? Das konnte kein Zufall sein.

„Ähm, kennst du sie?", fragte Marvin verwundert.

Hastig schüttelte ich den Kopf und sah zu Rispo, der mich mit verengten Augen betrachtete. „Nein. Nein, nein. Aber …“

„*Emily?*“

Eine neue Stimme mischte sich zu den unseren, und überrascht wandte ich den Kopf. Eigentlich war mir schon klar, wer da vor mir stand, bevor mein Blick auf sein Gesicht traf – und ein wenig ärgerte ich mich darüber, dass ich überrascht war. Ich hätte Emily besser kennen müssen.

„Oh, klasse“, murmelte Josh und drückte mein Knie. Wie als Warnung, dass ihm sehr wohl bewusst war, wer ihm das hier eingebrockt hatte.

Ich sah jedoch nur perplex zwischen dem Neuankömmling und meiner Schwester hin und her, bevor mein Blick zur Eingangstür huschte. Welche Fluchtwege standen mir zur Wahl? Hatte die Toilette ein Louisa-großes Fenster, durch das mein gebärfreudiges Becken passte?

Joshs Griff um mein Knie wurde fester. „Denk nicht mal dran“, wisperte er schroff, bevor er lauter hinzufügte. „Hey, Finn. Was tust du hier?“

„Ja, genau“, setzte ich hinzu. Denn wenn Finn ging, konnte ich bleiben und niemand würde verletzt werden. „Ich dachte, du machst eine Ausbildung beim Zoo. Musst du nicht gerade … Affen entlausen oder so?“

„Ja, ich arbeite im Zoo“, sagte er. Seine Stimme sehr langsam, sein Blick unverwandt auf Emily gerichtet. „Aber wir gehen öfter hier zu Mittag essen. Ist der einzig vernünftige Laden in Reichweite.“

An Emilys Unschuldsmiene erkannte ich, dass sie sich diesem Umstand überaus bewusst gewesen war, als sie dieses Restaurant vorgeschlagen hatte.

„Das ist ja ein Zufall", sagte sie dennoch mit fröhlicher, engelsgleicher Stimme. „Darf ich dir Marvin vorstellen, Finn? Mein Date?"

Sie nickte zu dem Recherchisten, der kalkweiß angelaufen war.

Finns Gesicht verdüsterte sich wie das einer weißen Katze, die einen Fisch in einem Ascheberg vermutete, und sein Blick flog zu Marvin. „Aha", sagte er schroff.

„Emmi", meinte ich entnervt. „Was soll denn das? Wir fühlen uns alle bereits unwohl, deine Restaurantwahl hätte nicht noch weiter dazu beitragen müssen."

„Ich dachte, ich mache das Essen noch ein wenig interessanter", sagte sie unschuldig und fuhr an Finn gewandt fort. „Marvin ist nicht nur Polizist, er ist auch Weltmeister im Taekwondo."

„Deutscher Meister", korrigierte er sie sofort.

„Deutscher Weltmeister", spezifizierte Emily daraufhin.

„Finn", sagte Josh kopfschüttelnd. „Geh zurück zu deinen Freunden, ja? Ich musste diese Woche schon unverhältnismäßig oft die Wörter Dildo und Analplug in irgendwelche Akten eintragen – ich will nicht auch noch eine Schlägerei zwischen meinem Bruder und einer rachsüchtigen Frau verhindern müssen. Mein Schwachsinnsbarometer ist dafür einfach schon zu ausgereizt."

Finn ignorierte ihn gekonnt. Er starrte noch immer Emily an, die ihm rigoros den Rücken zuwandte und sich zu Marvin hinüberbeugte, eine Hand auf seinem Arm.

„Erzähl mir etwas über dich, Marvin", bat sie ihn, so als wäre sie die letzten zehn Minuten lang überhaupt nicht anwesend gewesen. „Du wohnst noch bei deiner Mutter, oder? Das finde ich unglaublich … faszinierend."

„*Er* darf bei seiner Mutter wohnen?", fuhr Finn dazwischen, sein Gesicht puterrot. Zusammen mit Marvins weißem Teint hätte es eine wundervolle Bahnschranke ergeben. „Aber wenn ich sage, dass wir bei meinem Vater einziehen könnten, bin ich auf einmal bescheuert?"

Emily sah nicht auf. Stattdessen blickte sie noch immer erwartungsvoll zu dem Polizisten, der mit seinem Stuhl zu verschmelzen schien.

Ich stöhnte und kniff die Augen zusammen, damit ich Rispos „Ich habe es dir doch gesagt"-Blick entgehen konnte. Zeit für einen Fluchtversuch. „Ich muss auf Toilette", sagte ich hastig und wollte aufstehen, doch Rispos Hand schraubte sich wie eine Daumenzange um mein Handgelenk.

„Oh, nein", knurrte er. „Du lässt mich nicht allein."

„Aber ich muss aufs Klo."

„Musst du nicht."

Nein, musste ich nicht. „Doch!"

Joshs Blick war so düster, dass ich ihn gern mit Bleiche eingerieben hätte. „Lou. Das hier war deine Idee, ich werde deinen Mist nicht schon wieder auslöffeln."

Widerwillig ließ ich mich wieder sinken.

„Was soll das denn heißen: Mist auslöffeln?", wollte Emily feindselig wissen. „Weißt du, ihr Rispos tut immer so, als wäre die Familie Manu durchgeknallt und eine Zumutung, dabei seid ihr so viel schlimmer! Ihr seid es, die nicht erwachsen werden können."

„Ich trenne meinen Müll, lache nicht mehr bei dem Wort Analplug und habe eine Steuernummer, Emmi – wenn das nicht erwachsen ist, weiß ich auch nicht", zischte Finn.

„Oh bitte, darum geht es nicht! Es ist eure emotionale Reife, von der ich rede."

Ungläubig weitete Finn die Augen. „*Emotionale Reife*", wiederholte er mit hoher Stimme. „Weil ihr beide ja so

gefühlsstabil seid." Sein Zeigefinger schwankte zwischen mir und meiner Schwester hin und her. „Ich meine ... ihr seid verrückt!" Seine Stimme hätte nur noch von der Hupe eines Schiffdampfers übertönt werden können und mittlerweile sah das gesamte Restaurant zu uns hinüber. „Ihr Manu-Frauen denkt nicht nach. Ihr handelt und seid dann überrascht, wenn es Konsequenzen gibt."

Ich schnaubte laut. Möglicherweise fühlte ich mich von seinen Worten ein wenig angegriffen. „Das von dir, Finn? Dem Typen, der in zehn verschiedenen Bars Hausverbot hat, weil er sich mit jedem prügelt, der seine Nase komisch rümpft?"

„Na und? Ich habe bei jeder Schlägerei damit gerechnet, dass ich dafür angeschrien und verknackt werde! Ihr jedoch ... wenn ihr Mist baut ... dann lächelt ihr süß und macht große Augen und erwartet, dass man euch verzeiht." Er holte tief Luft und Josh neben mir stöhnte leise. „Ihr bringt uns dazu, euch zu lieben ... und dann, nachdem ihr unseren Kopf bis zur Unkenntlichkeit verdreht und uns in euer Chaos gezogen habt, lasst ihr uns fallen oder zwingt uns dazu, unsere Moralvorstellungen aufzugeben oder zehntausend Pflanzen bei uns zu beheimaten! Und wenn wir etwas dazu sagen, dreht ihr am Rad!"

„Deine Moral–"

„Oh bitte, ich habe keine Moralvorstellungen", unterbrach Finn mich wütend. „Ist doch offensichtlich, dass ich von Joshi gesprochen habe!"

Auffordernd wandte ich mich Rispo zu, der auf einmal unglaublich interessiert an einem grünen Fleck neben seinem auf dem Tisch liegenden Handy war.

„Willst du dazu nichts sagen?", wollte ich erwartungsvoll wissen.

Er hob die Schultern.

„Josh!"

Er seufzte schwer und sah missmutig zu Finn auf. „Wieso ziehst du mich da mit rein?"

„Wenn sie sich verbünden, sollten wir das auch tun", sagte er hitzig.

Rispo kratzte sich am Kopf, blickte zu Emily, deren Augen die Tore zur Hölle waren, blickte zu mir ... und sagte schließlich: „Na ja, Lou ... er hat ein wenig recht. Die Manu-Frauen tendieren dazu, manchmal etwas durchzudrehen."

Ich zeigte ihm den Mittelfinger. „Bevor wir euch kennengelernt haben, waren wir noch völlig normal, Josh! Ihr seid es, die uns vom rechten Pfad abbringen! Wir sind eigentlich sehr anständige Menschen und tun kaum verwerfliche Dinge."

Emily nutzte diesen Moment, um mit einem Buttermesser nach Finn zu werfen. „Du und deine Brüder sind die Einzigen, die so denken!", schrie sie ihn an. „Oder Marvin?" Mit angespannter Miene wandte sie sich dem Recherchisten zu. „Wirke ich etwa verrückt?"

Marvin machte einen Gesichtsausdruck, der vermuten ließ, dass er die Beantwortung dieser Frage schwieriger fand als ein Puzzle mit drei Millionen Teilen.

„Du musst das nicht beantworten, Marvin", sagte ich seufzend. Er war der einzig vernünftige Mensch an diesem Tisch. Dafür sollte er belohnt werden.

„Aha!", sagte Emily und funkelte mich an. „Weil du mich auch für verrückt hältst."

Die ehrliche Antwort auf diese Frage hätte einen Feuersturm unbändigen Ausmaßes heraufbeschworen, deswegen war ich froh, als Joshs Handy klingelte und ich einen Grund hatte, auf den Tisch zu sehen.

Der Name *Moritz (Bruder)* blinkte auf. Josh jedoch schien nicht erleichtert ob dieser Ablenkung. Er drückte den Anrufer lediglich weg, bevor er mit seiner strengen Cop-Stimme sagte: „Beruhigt euch, okay? Sonst müssen Marvin und ich euch wegen Erregung öffentlichen Ärgernisses festnehmen."

„Das ist so typisch, Josh! Du bist nie auf meiner Seite!", fuhr Finn ihn an.

„Ich bin auf gar keiner Seite", stellte Josh lapidar fest.

„So schade", bemerkte Emily süßlich. „Du hast gerade den epischen Moment verpasst, in dem du ‚*Ich bin auf der Seite des Gesetzes!*' hättest sagen können. Wer weiß, wann du das nächste Mal so eine Möglichkeit bekommst?"

„Ich werde diesen tragischen Verlust verkraften", bemerkte er trocken. „Und Finn … setz dich wieder zu deinen Zoo-Leuten, okay?"

Sein Bruder öffnete aufmüpfig den Mund – und diesmal war es mein Handy, das uns unterbrach.

Dankbar zog ich es aus meiner Jeanstasche und bemerkte überrascht, dass auch bei mir der Name *Moritz*
aufleuchtete.

„Geh nicht ran", meinte Josh warnend. „Es wird ohnehin nicht –"

Doch er brach ab, denn ich hatte bereits abgehoben.
Ich würde mich nicht in ihre Streitereien mitreinzie-
hen lassen. Das reichte mir schon bei Emily und Finn.

„Hallo?", meldete ich mich.

„Hey, Lou", erwiderte Mo gelassen. „Ich habe eine
kurze Frage … was tut man, wenn gerade jemand versucht hat, einen umzubringen, und sein Polizistenbru-
der nicht ans Telefon geht? Ich habe gehört, du hast in
dem Bereich Erfahrung?"

Kapitel 14

Als wir keine zwanzig Minuten später im Belgischen Viertel hielten, in dem das *Kölner Blatt* seinen Sitz hatte, grummelte mein Magen. Erstens, weil ich Hunger hatte – die Pizza war nicht rechtzeitig gekommen und Emmi hatte meinen Keksvorrat gegessen –, und zweitens, weil Finn unglaublich verletzt und Emmi unglaublich wütend ausgesehen hatten, als wir gefahren waren. Mir gefiel nicht, dass die zwei einen Kleinkrieg gegeneinander führten, der nur in Feuer, Unglück und Racheakten enden konnte. So oft ich auch geglaubt hatte, dass sie ein katastrophales Paar abgaben, so sehr wünschte ich mir jetzt, dass sie sich einfach wieder zusammenrauften. Zusammen waren sie eine Zumutung für die Stadt und das Rechtssystem gewesen – aber glücklich. Ehrlich gesagt war mir auch gar nicht klar, warum sie nicht zurück zu dem Punkt konnten, an dem sie gewesen waren, bevor sie die irrsinnige Idee hatten, heiraten zu wollen. Da war ihre dysfunktionale Beziehung doch noch annehmbar hysterisch und absurd gewesen. Doch das waren Sorgen für einen anderen Tag. Der Mordanschlag auf Moritz schien etwas dringender.

Rispo parkte als waschechter Polizist mitten auf der Straße, da ich jedoch weder eine autoritäre Polizeimarke noch Ausstrahlung besaß, stellte ich mich als gekonnte Kölnerin in eine Parkverbotszone, die ich vom Eingang des *Kölner Blatts*, vor dem Moritz saß, gut im Blick hatte.

Emmi war nicht mitgekommen, sie meinte, das Date hätte sie angestrengt und sie wolle sich ausruhen. Den Spruch hatte sie von unserer Mutter, aber ich hatte ihn ihr durchgehen lassen. Dass Josh dabei war, der dunkelrot angelaufen war, als ich ihm Mos Nachricht weitergegeben hatte, war schlimm genug.

Mo jedoch wirkte nicht halb so aufgebracht wie sein Bruder. Er saß seelenruhig auf der niedrigen Mauer vor dem Verlagsgebäude, die Hände locker über den Knien verschränkt, den Kopf in den Nacken gelegt, die Augen vor der Sonne zusammengekniffen. So als wolle er noch etwas entspannen, bevor der Ernst des Lebens ihn wieder einholte.

Nein, er sah nicht aus wie ein Mann, den gerade ein Auto versucht hatte zu überfahren. Aber wenn man seinen Worten Glauben schenkte, dann war genau das passiert.

Verstohlen sah ich mich auf der Straße um. Ich wusste nicht, wonach genau ich suchte – vielleicht nach verräterischen Bremsspuren oder einem kaputten Mülleimer –, doch ich wurde nicht fündig. Die Straße wirkte unschuldiger als ein Neugeborenes in Nonnenkluft.

Marvin lächelte mir freundlich zu, doch Rispo ignorierte mich – wenn es nach ihm ginge, wäre ich gar nicht mitgekommen – und steuerte stattdessen geradewegs auf Mo zu. Der blickte auf, als Joshs Schatten über ihn fiel.

„Oh, du bist gekommen", bemerkte er trocken. „Deine brüderliche Fürsorge rührt mich, Joshi."

„Nun, du hast Glück. Es ist mein Job, dich anzuhören. Sonst wäre ich vielleicht gar nicht hier", erwiderte Josh ungerührt.

„Ah, das erklärt die Sache natürlich. Dein Job war schließlich schon immer das einzig Heilige in deinem Leben."

Ich seufzte und verdrehte die Augen. Ich wusste, dass Josh sich Sorgen machte. Seine Schultern waren angespannt, die Finger in seinen Hosentaschen verkrampft. Aber natürlich konnte er das nicht vor Mo zugeben. Dem Mann, der ihn bezichtigt hatte, den Tod seiner Mutter als Ausrede zu benutzen.

Wirklich ... und da erzählte er mir, dass ich dazu tendierte, durchzudrehen?

„Bist du sicher, dass es eine Attacke auf dein Leben war?", wollte Josh wissen.

Mo zeigte ihm den Mittelfinger, und erst jetzt fiel mir auf, dass seine Handflächen aufgeschürft waren. „Ich kann einen unaufmerksamen Autofahrer und einen Verrückten, der aufs Gas drückt und gezielt auf mich zu über den Bordstein brettert, sehr wohl voneinander unterscheiden, Josh. Danke für dein Vertrauen."

„Also war es ein Mann?", sagte Rispo unbeeindruckt, holte einen Block aus seiner Jeanstasche hervor und schlug die ersten Seiten um.

„Keine Ahnung", sagte Mo schroff. „Die Sonne hat geblendet, ich habe kein Gesicht gesehen."

„Konntest du ein Nummernschild erkennen?"

„Das vordere war abmontiert und ob hinten eins dran war, kann ich nicht sagen. Als das Auto wegfuhr, lag ich flach hinter dieser Mauer." Er klopfte auf den Stein, auf dem er saß.

„Und ich dachte, Journalisten müssten besonders aufmerksam sein“, sagte Josh beiläufig.

„Fick dich, Joshi“, stellte Mo sachlich fest. „Zumindest weiß ich, dass es ein dunkelgrüner Toyota war. Aber keiner von diesen Geländewagen. Er war … kleiner. Unschuldiger.“

„Schön.“ Josh presste die Lippen aufeinander, notierte sich etwas und sah schließlich auf. „Dann erzähl doch mal, Mo: Was genau ist passiert? Und wer hasst dich so sehr, dass er dich tot sehen will?“

„Außer dir jetzt?“, meinte Mo interessiert.

„Ich bitte dich. Wenn ich dich tot sehen wollte, *wärst* du tot, Mo. Ich würde nicht halbherzig versuchen, dich zu überfahren. Da gibt es wahrlich bessere Wege.“

Sein Bruder schnaubte. „Schön zu wissen. Ich hab Lou schon gesagt, was passiert ist: Ich bin aus dem Verlag gekommen, hab auf dem Handy meine Nachrichten durchgescrollt, um zu sehen, was es Neues gibt, da höre ich plötzlich einen aufheulenden Motor und quietschende Reifen. Ich sehe auf, ein Auto rast auf mich zu. Ich denke mir: *Alter, hier ist eine Dreißiger-Zone*, springe auf den Bürgersteig … da reißt der Verrückte das Lenkrad rum und hält weiter auf mich zu. Also hechte ich hinter die Mauer und als ich wieder dahinter hervorkomme, ist das Auto weg.“

Josh nickte abwesend und widmete sich wieder seinem Notizblock. „Okay. Aber du hast noch immer nicht gesagt, wer einen Grund hätte, dich umzubringen.“

„Ich bin ein Engel, Josh“, sagte Mo und klimperte mit den Wimpern. „Die Welt und ihre Schöpfer lieben mich. Das Attentat muss was mit dem Fall zu tun haben. Anders kann ich mir das nicht erklären.“

Joshs Kiefer knackte. „Mit welchem Fall, Mo? Dem von Helga Dettmann oder dem von Mama?"

Mo rieb sich mit der Faust übers Kinn. „Dettmann, okay? Ich bin bei Mamas Fall noch nicht wirklich weit gekommen."

„Ich bin entzückt. Und bist du dir da so sicher? Dass es mit dem Dettmann-Fall zusammenhängt? Wenn ich mich recht erinnere, hat schon mal jemand versucht, dich umzubringen …"

„Das war in der zwölften Klasse!", meinte er ungläubig. „Und Jenny wollte mich mit der Schere aufspießen und verletzen – nicht etwa töten."

„Trotzdem schläfst du gerne mit irgendwelchen Frauen, um sie nie wieder anzurufen, also …"

„Es ist keine Frau, Josh!", fuhr Mo ihn an. „Ich hatte seit Monaten keinen Sex, wenn du es so genau wissen willst. Auch wenn ich dein Interesse an meinem Liebesleben beunruhigend finde. Der Fall jedoch …"

„Aber was zum Teufel hast du herausgefunden, was niemand wissen soll?", unterbrach ich ihn verwirrt. „Was weißt du, was niemand anderes weiß?"

„Das ist *mein* Job, Lou", sagte Josh harsch.

„Na, dann mach ihn doch", erwiderte ich ungeduldig. „Bisher verschwendet ihr nämlich sehr viel Zeit damit, euch gegenseitig anzuzicken."

Josh sah mich an, als wäre ich eine Fliege, die lästig um seinen Kopf herumschwirrte. Tatsächlich war das mir in diesem Moment jedoch egal, denn ich hatte recht. Die beiden verhielten sich wie Fünftklässler, die beweisen wollten, wie knallhart sie waren.

„Das ist ja das Ding, Lou", sagte Mo und verschränkte die Arme. „Ich weiß nichts, was niemand anderes weiß.

Wirklich nicht. Alles, was ich herausgefunden habe, habe ich an dich weitergeleitet."

Joshs Augenbrauen zogen sich zusammen, bevor er wisperte: „Moment ... *Mo* ist deine Quelle?", sagte Josh scharf. „Die Quelle, die du befragst, wenn ich dir nicht helfe?"

Darauf würde ich jetzt nicht eingehen. „Es muss irgendetwas geben, was du weißt", widersprach ich. „Du –"

„Der Artikel", sagte Josh schroff.

Verwundert sah ich zu ihm auf. „Was?"

„Mo wollte einen Artikel schreiben. Über die Pornofilmchen der alten Leute", stellte er klar. „Das wird der Grund sein. Jemand will nicht, dass über ihn in der Zeitung gelesen wird. Deswegen wollte er dir Angst einjagen oder dich umbringen."

Verblüfft kratzte Mo sich am Kopf. „Wieso glaubst du das?"

„Weil Helga am Tag ihres Todes einen Termin bei einem Kollegen von dir hatte. Das wird kein Zufall sein. Sagt dir der Name Thomas Fuhrig etwas?"

„Ähm ja, klar. Er ist für Lifestyle und Stadtleben zuständig, er ... er wollte einen Artikel über Helga schreiben?"

„Ja. Aber es kam wohl nie dazu, was? Also, wer wusste alles, dass du einen Artikel über die Pornos schreiben willst, Mo?" Seine Stimme war eine Spur professio-neller geworden, aber noch immer recht rau und angespannt.

„Keine Ahnung. Alle Oldies aus dem Altenheim ... und diejenigen, denen sie es erzählt haben?"

„Das könnten eine Menge Leute sein, Rispo", machte sich Marvin bemerkbar. „Die Alten reden wirklich gerne und viel."

„Das ist mir auch klar, Marvin. Vielen Dank."

„Nun … vielleicht sollten wir, wenn wir schon einmal hier sind, auch diesen anderen Reporter vom *Kölner Blatt* befragen?", schlug Marvin vor. „Er wird uns vielleicht mehr zu dem Artikel und darüber, was drinstehen sollte, erzählen können?"

„Das ist eine brillante Idee, Marvin", sagte Rispo und nickte. „Wären Sie so freundlich, drinnen nach Thomas Fuhrig zu fragen? Ich werde Mo währenddessen noch ein wenig weiter verhören."

„Oh, natürlich." Marvin streckte die Brust raus und verschwand im nächsten Moment im Gebäude, welches das *Kölner Blatt* sein Zuhause nannte.

„Es gibt nichts weiter aus mir rauszuholen, Joshi", bemerkte Mo. „Wirklich. Ich weiß nicht mehr als Lou – und sie wurde ja auch nicht angegriffen, oder?"

„Nein, ausnahmsweise nicht", sagte er schroff. „Nicht, dass das nicht noch kommen könnte. Aber ich möchte wissen, was für Recherchen du schon für den Artikel angestellt hast. Wen du deswegen befragt hast …"

„Noch niemanden! Heute Abend sollte das erste Interview stattfinden."

Rispo nickte knapp, so als würde ihn das nicht überraschen. „Dann passt du besser auf. Irgendjemand da draußen will nicht, dass die Seniorenfilmchen an die Öffentlichkeit dringen. Stellt sich nur die Frage: Wer?"

„Kim!", sagte ich sofort. „Kim Schnabellund. Das Mädchen, das bei dem Sexshop arbeitet, von dem Helga ihren Analplug hat. Das war es, was ich vorhin im

Restaurant noch erzählen wollte." Ich räusperte mich. „Sie ist die …"

„… Enkelin von Elsa?", schloss er düster. „Ja, ich weiß. Wir haben schon mit ihr geredet und sie hat zugegeben, ihn Elsa einmal als Gag-Geschenk mitgebracht zu haben. Elsa hat ihn dann für ihre Filmarbeit an Helga weitergegeben."

Beeindruckt sah ich ihn an. „Wie …"

„Es ist mein *Job,* das zu wissen, Lou! Herrgott, wie können alle immer vergessen, dass ich gut in dem bin, was ich tue. Ich weiß mehr über den Fall als ihr beide. Denn es ist *meine Aufgabe,* den Mörder zu finden. Nicht *eure.* Meine!"

„Keine Sorge, Mann", meinte Mo und hob die Hände. „Wir nehmen dir schon nicht den Job weg. Brauchst keine Panik zu bekommen, dass wir dein wunderschönes strahlendes Kommissar-Licht überschatten."

Es war womöglich gut, dass Marvin in diesem Moment zurückkam, einen kleinen, bebrillten Rothaarigen im Schlepptau, der uns neugierig betrachtete.

„Hab ihn gefunden, Boss!", sagte Rispos Kollege stolz. „Er stand mit Helga Dettmann in Kontakt. Ich habe ihn schon danach gefragt."

„Haben Sie ihn auch gefragt, warum er uns nicht kontaktiert hat, sobald er von Helgas Tod erfahren hat?", wollte Rispo wissen und hob auffordernd eine Augenbraue.

Der rothaarige Mann drehte sich um, so als erwarte er, dass noch eine andere, viel interessantere Person hinter ihm stand. Dann murmelte er in Mos Richtung: „Redet er mit mir?"

Mo grinste. „Ja. Joshi steht nicht so auf Begrüßungen. Sie würden ihn zu menschlich erscheinen lassen."

„Oh."

Rispo seufzte schwer, gab seinem deutlich zu erahnendem Drang, Mo zu erwürgen, nicht nach und meinte stattdessen schlicht: „Herr Fuhrig, Sie stehen in enger Verbindung zu einem grausamen Mord. Die Frau, mit der Sie sich für ein Interview treffen wollten, wurde erstochen. Und die Tatsache, dass Sie womöglich einer der letzten Menschen waren, die mit ihr Kontakt hatten, aber es nicht für nötig hielten, die Polizei darüber zu unterrichten, sobald Helgas Tod publik wurde –"

„Okay, passen Sie auf." Der Journalist hob beide Hände in die Höhe und riss die Augen auf. „Bevor ich hier noch zum Mordverdächtigen werde: Ich wusste nicht, dass Helga Dettmann tot ist. Ich habe es erst gerade erfahren, als ihr freundlicher Kollege mich darauf hinwies." Er machte eine ausladende Geste zu Marvin hinüber.

„Ihr Tod stand überall in den Zeitungen, Herr Fuhrig", bemerkte Josh trocken.

Schnaubend tippte der Journalist sich gegen die Stirn. „Ich lese doch keine Zeitung! Bin doch nicht verrückt. Wenn ich mich ernstzunehmendem Journalismus aussetze, deprimiert mich das zu sehr, als dass ich diesen Scheißjob vernünftig weitermachen könnte. Wie soll ich über Hausmütterchen berichten, die Waschbären aufpäppeln, wenn ich sehe, dass andere Journalisten über coole Mordfälle auspacken?"

Kopfschüttelnd sah Josh ihn an.

Ich wusste, was er dachte. Der Typ war ein Idiot, aber äußerst glaubwürdig in dieser Rolle.

„Okay, sie wussten nichts von dem Mord“, fasste Josh noch einmal tonlos zusammen.

„Richtig.“ Erleichtert ließ der Reporter die Schultern sinken. „Sonst hätte ich natürlich sofort als Erstes bei der Polizei angerufen, um …“ Er runzelte die Stirn. „Nein, ehrlich gesagt weiß ich immer noch nicht, was ich Interessantes berichten könnte.“

„Sie wollten ein Interview mit der Verstorbenen führen“, half Marvin ihm auf die Sprünge.

„Jaja, klar. Aber …“ Er zog eine Grimasse. „Na ja, die Geschichte ist im Nachhinein betrachtet nicht sonderlich interessant. Helga Dettmann hat mich vor einer Woche angerufen, sie hätte eine tolle Geschichte zu erzählen, über die wir unbedingt berichten müssten. Nun, wenn ich ehrlich bin, kriege ich andauernd solche Nachrichten. Die Leute können einfach interessant von langweilig nicht unterscheiden.“

„Und trotzdem haben Sie eine fremde, alte Dame ernst genommen und ihr versprochen, einen Artikel über sie zu schreiben?“, fragte Josh stirnrunzelnd.

Fuhrigs Gesicht leuchtete auf. „Na, hören Sie mal! Helga wollte ein Interview über Seniorenpornos geben. Natürlich habe ich gesagt, dass ich darüber schreiben will!“ Unverständnis zeichnete seine Züge. „Das ist besser als Katzenvideos und ein Politik-Sexskandal zusammen!“

„Ich werde Ihnen da einfach glauben müssen“, meinte Josh. „Also gut, Sie haben sie getroffen, und …“

„Nein. Dazu kam es nicht.“ Er winkte ab. „Unser erstes Treffen sollte am Dienstagabend sein, doch sie ist nie aufgetaucht. Ich war ehrlich gesagt ziemlich wütend, dass sie mich versetzt hat. Aber jetzt, da ich weiß, dass sie tot ist ..." Er zuckte die Achseln. „Nun, es erscheint mir wie ein guter Grund, einen Termin ausfallen zu lassen."

„Wie poetisch", stellte Rispo trocken fest. „Aber als sie nicht zu ihrem Termin erschienen ist ... haben Sie keine Nachforschungen angestellt, warum sie nicht gekommen ist?"

Thomas Fuhrig schnaubte laut. „Ich dachte, sie wird es wohl einfach vergessen haben. Sie ist alt. Das Gedächtnis alter Leute ist nicht besonders verlässlich. Und ehrlich gesagt habe ich ihr Versäumnis als Zeichen gesehen, dass an ihrer Geschichte doch nicht so viel Wahres dran sein konnte. Wir haben das ständig. Alte Leute, die sich mit irgendwelchen haarsträubenden Erfindungen ins Rampenlicht drängen wollen. Verwirrte Frauen und Männer, die Geschichten über Aliens auspacken, nur um in die Zeitung zu kommen."

„Okay, wir haben verstanden", sagte ich missmutig. „Sie sind kein Freund von Menschen über sechzig. Aber was genau hat Helga Ihnen für einen Artikel versprochen? Worüber wollte sie alles reden?"

Offensichtlich hatte ja jemand versucht, sie davon abzuhalten. Es musste also irgendetwas Skandalöses sein.

„Sie wollte über *alles* reden", sagte Fuhrig langsam. „Wie sie ihr Business aufbauen. Wie sie sich finanzieren. Wer ihre Zielgruppe ist. Worum es in ihren Pornos geht. Wie sie an Schminke und Kostüme gelangen und welche Storylines sie sich ausgedacht haben. Wer sie bei ihrem Vorhaben unterstützt ... was man halt so bei einem Interview über Seniorenpornos wissen will."

„Wer wusste von diesem Interview?", fragte Rispo, sein Kiefer noch immer angespannt.

Der Rothaarige zuckte die Schultern. „Keine Ahnung. Ich hatte es noch niemandem erzählt. Wollte mich nicht zur Lachnummer machen, falls sie doch noch einen Rückzieher macht oder die Geschichte gar nicht so interessant ist wie versprochen. Also wissen es wohl nur die Leute, denen sie es erzählt hat."

„Aber sie hat es anscheinend für sich behalten", sagte Rispo leise. „Zumindest behaupten alle, dass sie nicht wüssten, welch wichtigen Termin Helga am Tag ihres Todes hatte."

„Na, dann kann ich ihnen auch nicht helfen", sagte der Journalist entschuldigend. „Ich –"

„Oh, warte!", unterbrach ich ihn und verengte die Augen. „Doch, es wusste noch jemand anderes von dem Interview."

Alle wandten sich abrupt mir zu. „Wovon redest du, Lou?", wollte Josh ungeduldig wissen.

„Nun ... Erna wusste Bescheid."

Rispo presste die Lippen zusammen. „Und wer ist Erna, Lou? Die Kontaktperson deines Heimatplaneten?"

Ich verdrehte die Augen. „Du musst nicht gleich gemein werden. Erna ist die Inhaberin von *Erna's kleiner Laden*. Da, wo die alten Leute ihr Glitzer herbekommen haben. Sie wusste von dem Interview. Helga hatte es ihr erzählt und sie gefragt, ob sie in dem Artikel Werbung für sie machen dürfe."

Rispo sah mich eine Weile nachdenklich an, dann nickte er langsam und machte sich eine Notiz in seinem Block. „Okay ... das ist interessant."

Verwirrt sah ich ihn an. „Ist es?“

„Ja“, meinte er schlicht, wandte mir dann jedoch seinen Rücken zu. „Sie kommen mit zur Wache, Herr Fuhrig. Wir müssen Ihre Aussage aufnehmen“, sagte Josh, zum ersten Mal wieder vollkommen im Cop-Modus. „Dasselbe gilt für dich, Mo.“

Mo verzog das Gesicht. „Aber –“

„Jaja. ‚*Ich möchte nicht, ich will nicht, warum muss ich?*‘ Buhu. Steigt beide einfach ins Auto ein.“

Mit diesen Worten wandte er sich um und lief zu seinem Wagen. Marvin blieb unschlüssig stehen und bemerkte: „Sie haben den Kommissar gehört …“

Thomas Fuhrig sah genervt, aber nicht sonderlich wütend deswegen aus. Mos Miene jedoch war so missmutig, dass ich ihm gerne einen Lutscher geschenkt hätte. „Da wird man beinahe überfahren und muss zur Strafe auch noch in einem stickigen Zimmer sitzen und einem inkompetenten Idioten die Geschichte noch einmal erzählen.“

„Das Leben ist nicht fair, Mo“, bemerkte ich schlicht. „Und könntest du aufhören, Josh seines so schwerzumachen? Er tut nur seinen Job. Steig ins Auto ein, lass deine Aussage aufnehmen, und pass auf, dass du nicht umgebracht wirst, in Ordnung?“

„Jaja“, grummelte er, bewegte sich jedoch zu Rispos Audi A5.

Marvin seufzte erleichtert auf. „Danke, Lou. Das war sehr hilfreich.“ Er hob die Hand zum Abschied, doch ich hielt ihn an der Schulter zurück.

„Marvin … warum ist es interessant, dass Erna von dem Interview wusste?“, wisperte ich.

Der Recherchist machte große Augen. „Ähm ... keine Ahnung. Ich hoffe, das wird Rispo mir gleich noch erzählen.“

Seufzend ließ ich ihn los. „Na schön. In Ordnung. Und tut mir leid, dass das Date vorhin so schlecht gelaufen ist“, murmelte ich.

Er winkte ab. „Ach, ich hatte schon schlimmere.“

Das war beeindruckend und sehr traurig zugleich. „Okay. Emily ist einfach nicht das richtige Mädchen für dich. Du brauchst jemand ... Nettes.“

Er nickte und lief rosa an. „Vielleicht.“

„Nicht vielleicht, sondern auf jeden Fall“, sagte ich mit fester Stimme. „Du bist ein fantastischer Typ, Marvin! Und wenn du jemals wieder Probleme mit einer Frau hast oder nicht weißt, wie du sie um ein Date bitten oder überhaupt ansprechen sollst ... ruf mich an, okay? Ich helfe dir.“

Verblüfft öffnete er die Lippen. „Wirklich?“

„Ja.“ Ich lächelte breit. „Sag nur Josh nichts. Er meint immer, ich würde mich zu sehr in die Leben anderer einmischen, und ich möchte ihm keinen Anlass geben, zu denken, dass er recht hat. Das tut seinem Ego nicht gut.“

Marvin lachte unsicher auf. „In Ordnung.“ Im nächsten Moment lief er den anderen zum Wagen hinterher.

Ich sah ihm nach und fragte mich, wie schwer es wohl sein würde, eine Frau für Marvin zu finden. Schwerer, als Trudi davon abzuhalten, Fallschirmspringen zu gehen, konnte es doch nicht sein ... oder?

Kapitel 15

Es war noch relativ früh. Nicht einmal drei Uhr. Ich hatte also noch Zeit, bis Mo am Abend Elsa interviewen wollte, und ich war unsicher, was ich mit den restlichen Stunden anfangen sollte.

Eigentlich hätte ich gerne mit Kim geredet. Elsas Enkelin. Sie gefragt, ob sie mehr wusste, als es den Anschein gemacht hatte. Aber das war wahrscheinlich ein sinnloses Unterfangen, denn Josh hatte gesagt, dass er bereits mit ihr gesprochen hatte. Wenn man sich auf etwas bei ihm verlassen konnte, dann dass er gründlich war. Das war im Verhörraum wie im Schlafzimmer eine seiner besten Eigenschaften. Er würde alles aus Kim herausgekitzelt haben, was zu finden war.

Ich könnte natürlich einfach zurück zu meinem Laden fahren und Sonja und Moni unter die Arme greifen oder aber auch den Papierkram beenden, der liegengeblieben war. Aber ehrlich gesagt war mein Adrenalinspiegel zu hoch, um meinem normalen Job nachzugehen. Zu viele ungelöste Rätsel schwebten in meinem Kopf umher und brachten mich vollkommen durcheinander.

Ich hasste es, Dinge halbfertig zurückzulassen. Denn sie verfolgten mich, bis ich mit ihnen abgeschlossen hatte, und gaben mir ein Gefühl der Unruhe, das mir auf Gemüt und Herz schlug.

Als wüsste man die ganze Zeit, dass zu Hause ein Tausend-Teile-Puzzle wartete, dem nur noch zwei Teile hinzugefügt werden mussten.

Also beschloss ich, dass meine normale Arbeit warten konnte und ich stattdessen einem der zwei großen Rätsel, die wie ein riesiger Amboss über meinem Kopf hingen, auf den Grund gehen würde.

Keine dreißig Minuten später befand ich mich deswegen in einer alten Wohnbausiedlung in Königsforst, in der meine Noch-nicht-Azubine Leonie wohnte. Sie lebte noch bei ihren Eltern, in einem weißen Haus mit rotem Dach und makellos geschnittenen Rhododendronbüschen im Vorgarten.

Ich war es für diese Woche leid, Lügen zu erzählen und mir mit haarsträubenden Ausreden Zugang zu Zimmern oder Informationen zu verschaffen. Nachdem ich heute Zeit mit Ariane verbracht hatte, fragte ich mich, ob man mit Güte und Freundlichkeit nicht genauso weit kam wie mit Lügen und Erpressung. Zumindest wenn es darum ging, ein achtzehnjähriges Mädchen danach zu fragen, ob es meinen Blumenladen aus Spaß in ein Stripuniversum verwandelt hatte.

Ich mochte Leonie. Sie erinnerte mich ein wenig an eine unschuldigere und freundlichere Version von mir selbst. Immerhin wusste sie schon in so jungen Jahren, dass sie eine große Leidenschaft für Pflanzen aller Art pflegte. Das war eine wundervolle Eigenschaft. Umso schlechter fühlte ich mich, als ich mit der Intention an ihre Tür klopfte, sie einer Straftat zu bezichtigen.

Aber was sollte ich tun? Mir gingen die Verdächtigen aus. Ich musste jeder Spur nachgehen. Das sagte zumindest Rispo immer, wenn er nachts im Schlaf redete.

Ich konnte dumpfe Schritte hören und erkannte durch das quadratische Fenster, das in die Eingangstür eingelassen war, eine kleine, gedrungene Frau, die mich neugierig betrachtete.

„Hallo", sagte sie, als sie die Tür öffnete. „Kann ich Ihnen helfen?"

Ich spürte, wie mir das Blut in den Kopf schoss, nickte jedoch tapfer. Ich würde voll und ganz die Wahrheit sagen. „Ja. Hey. Ich bin Louisa Manu, mir gehört *Louisa's Flower Power,* der Blumenladen, in dem Leonie bald ihre Ausbildung beginnt."

„Oh, natürlich." Ihre Miene erhellte sich. „Leonie hat mir schon so viel über Sie erzählt. Sie bewundert Sie wirklich sehr. Ist begeistert davon, dass Sie in so jungen Jahren einen eigenen Laden eröffnet haben. Sie freut sich sehr darauf, bei Ihnen anzufangen." Sie senkte die Stimme. „Um ehrlich zu sein, war sie nie wirklich begeistert, in die Schule zu gehen. Ich hatte immer Angst, dass sich diese Einstellung in ihrem Berufsleben nicht ändert, aber seit sie diesen Ausbildungsplatz bei Ihnen hat, ist sie Feuer und Flamme ... also: Vielen Dank!"

Ihr Lächeln war so warm und freundlich, dass mir ein wenig übel wurde. Was tat ich hier? Leonie konnte unmöglich die Schuldige sein.

Mörder und Betrüger kommen in den unerwartetsten Aufmachungen, Lou, sagte meine geistige Cop-Stimme, die sich verstörend nach Rispo anhörte.

Ich seufzte innerlich und räusperte mich. „Das freut mich sehr", sagte ich aufrichtig. „Ich bin auch ziemlich begeistert von Ihrer Tochter. Könnte ich sie wohl kurz einmal sprechen? Es dauert auch nicht lang."

„Oh, natürlich. Worum geht es denn?", fragte ihre Mutter, bevor sie sich umdrehte und laut rief: „Leonie, kommst du kurz einmal runter?" Dann fügte sie leiser hinzu: „Sie spielt gerade oben Klavier. Sie ist großer Beethoven-Fan." Ein stolzes Glitzern funkelte in ihren Augen.

Ich schluckte. Natürlich. Die Blumenheilige spielte Klavier und liebte klassische Musik. Wenn das nicht nach einer Cyberverbrecherin schrie, dann wusste ich auch nicht.

„Ich hab nur ein paar Fragen", sagte ich und winkte ab.

„Na gut ... Leonie! Leonie, kommst du?" Nichts rührte sich und Leonies Mutter seufzte auf. „Ich gehe sie kurz holen und schicke sie runter", sagte sie dann und verschwand eine Treppe zu ihrer Linken hinauf.

Ich blieb ein wenig nervös und mit Steinen im Magen zurück. Wie formulierte man besonders höflich, dass man den anderen für einen versauten Verbrecher hielt? Klang schmutziger Vagabund besser? Oder vielleicht unanständiger Schuft?

Ich wollte gerade mein Handy aus der Tasche holen, um im Synonym-Woxikon nachzuschlagen, welche freundlichen Formulierungsalternativen es für Verbrecher gab, da hörte ich ein Poltern auf der Treppe und im nächsten Moment sprang Leonie von der letzten Stufe in mein Sichtfeld.

„Oh, Frau Manu", sagte sie überrascht. „Was machen Sie denn hier?"

Ja, das war eine gute, unangenehme Frage.

„Ich bin hier, weil ... weil ich etwas überprüfen muss", sagte ich schließlich lahm.

„Stimmt etwas mit meinem Papierkram nicht?“ Besorgt trat Leonie von einem Fuß auf den anderen. „Ich habe mir wirklich Mühe gegeben, alles vernünftig auszufüllen, aber wenn ich noch etwas nachreichen –“

„Nein. Nein, das ist es nicht“, sagte ich hastig und hob beschwichtigend eine Hand. „Es geht um etwas anderes.“ Mein Kopf war mittlerweile so heiß, dass ich befürchtete, dass sich gerade ein eigenes Sonnensystem darum bildete. „Ehrlich gesagt ist es mir etwas unangenehm, aber ... kann es sein, dass du meine Website gehackt und dort erotische Blumentänze zum Verkauf angeboten hast?“ Die letzten Worte sagte ich so schnell ich nur konnte.

Meiner Logik nach war es weniger schmerzhaft, dieses bestimmte Pflaster schnell und nicht langsam abzureißen.

Doch ich irrte mich.

Mein unangenehmes Gefühl, dass ich hier gerade büschelweise Haare ausriss, nahm nur noch zu, als ich in Leonies Gesicht sah.

„Ich ... *was?*“ Ihre Augen waren so groß, dass die Mietpreise darin skandalös hoch sein mussten. Sie sah einfach nur herzergreifend unschuldig aus.

Ich zog eine Grimasse. „Tut mir wirklich leid, Leonie. Ich will dir nicht zu nahetreten und ich glaube auch nicht wirklich, dass du etwas damit zu tun hast, aber du besitzt einen Schlüssel zu meinem Laden und irgendjemand hat sich am Montagabend in mein Büro gestohlen und meine Website ... angepasst. Ich muss jeden danach fragen.“

Ich hätte es nicht für möglich gehalten, doch ihre Augen weiteten sich noch etwas mehr. „Jemand hat ero–, erotische Blumentänze auf Ihrer Website angeboten?", wiederholte sie. „Aber … wer würde so etwas denn tun?"

Okay, herzukommen war eine furchtbar blöde Idee gewesen. Natürlich hatte Leonie nichts damit zu tun. Ich wusste schon gar nicht mehr, warum ich sie überhaupt verdächtigt hatte.

„Nun, das will ich herausfinden", sagte ich hastig und schluckte. „Aber vergiss es. Natürlich warst du es nicht. Ich … entschuldige."

Leonie starrte mich mit geöffnetem Mund an. „Sie müssen mir glauben, Frau Manu. Ich würde doch niemals … erotische … also …" Die Arme lief noch ein wenig dunkler an und konkurrierte nun mit einer Schale Erdbeeren.

„Natürlich. Ich verdächtige dich auch gar nicht mehr", ruderte ich hastig zurück. „Es ist nur … irgendwer muss es gewesen sein und … nun."

„Aber ich habe doch gar kein Passwort, ich … wie sollte ich denn wissen, wie ich Zugriff auf die Website bekomme?" Sie schüttelte den Kopf. „Ich bin kein Hacker."

Seufzend nickte ich. Sie hatte recht. Derjenige, der meine Website mit erotischen Blumentänzen verschandelt hatte, musste Hackerfähigkeiten haben. Oder das Passwort wissen. „Tut mir wirklich leid, Leonie", versicherte ich ihr. „Vergiss, dass ich hier war." Entschuldigend hob ich die Hand und eilte dann zurück durch den Vorgarten zu meinem Auto, das ich um die Ecke geparkt hatte.

Seufzend setzte ich mich in den Wagen und trommelte mit den Fingern auf das Lenkrad. Oh Gott. Das war peinlich und unnötig gewesen. Natürlich hatte

Leonie nichts damit zu tun. Ich wusste schon gar nicht mehr, wie ich überhaupt auf die hirnrissige Idee gekommen war, sie zu verdächtigen.

Frustriert rieb ich mir mit der Faust über die Stirn. Ich war keinen Schritt weiter. Das war doch wirklich zum Mainzelmännchen melken! Ich verstand es nicht.

Mir gingen allmählich die Verdächtigen aus. Bei der Sache mit meiner Website sowie bei dem Mordfall von Helga Dettmann.

Im Fall Dettmann schien es unmöglich, dass einer der Senioren sie eigenhändig umgebracht hatte. Sie war zu schwer, der Weg von dem provisorischen Filmstudio zur Sauna zu weit. Jeder hatte höchstens ein halbherziges Motiv. Niemand schien sich nah genug zu stehen, um gemeinsame Sache zu machen.

Was den Hacker meiner Website anging ... Stöhnend sank ich mit der Stirn auf das Lenkrad. Da war ich noch an genau demselben Punkt wie zu Anfang der Woche. Wenn meine Website wirklich von meinem Computer aus geändert worden war, dann war die Liste an Verdächtigen sehr, sehr kurz. Und meine Angestellten hatte ich eigentlich alle ausgeschlossen. Überhaupt: Wer würde so was lustig finden? Meinen Laden mit erotischen Tänzen in Verbindung zu bringen?

Talia mit ihrem Tulpentanz. Ruby mit ihrem Rosenbad. Calendula-Candy ...

Unfreiwillig zuckten meine Mundwinkel. Ja, die Namen waren schon recht witzig, aber auch sehr speziell. Eigentlich kannte ich nur eine Person, die darüber lachen konnte, wenn mich eine Reihe von frivolen Anrufen ...

Abrupt riss ich den Kopf nach oben und mein Mund klappte auf.

Nein.

Nein! Sie würde nicht …

Doch eine leise Stimme in meinem Kopf wies mich umgehend darauf hin, dass sie sehr wohl würde.

Das konnte nicht ihr Ernst sein! Und *meiner* eigentlich auch nicht. Meine Güte, wie blöd war ich gewesen?

Wütend ballte ich die Fäuste. Ich hatte eine Person, die noch immer einen Schlüssel zu meinem Laden besaß, vollkommen vergessen. Eine Person, die sehr gut mit Computern umgehen konnte. Eine Person, deren Humor fragwürdig war.

Wütend presste ich die Lippen zusammen und rammte den Schlüssel ins Zündschloss. Das Blut rauschte in meinen Ohren, und als ich aufs Gas trat, quietschten meine Reifen. Oh, sie konnte was erleben! Diesmal würde ich kein Auge zudrücken. Diesmal würde ich sie ganz bestimmt nicht davonkommen lassen. Und ich wusste auch schon genau, was ich ihr sagen würde …

Kapitel 16

„Du warst es!", fuhr ich Emily an und drängte mich in ihren Flur, bevor sie mir die Tür vor der Nase zuschlagen konnte.

„Du hast meine Website zu einem erotischen Treffpunkt gemacht! Du hast dir all diese blöden Namen ausgedacht und meinen Laden lächerlich gemacht. Du hast mich auf Leonie und meine Mitarbeiter gehetzt!" Wütend deutete ich mit dem Zeigefinger auf sie. „Du warst es!", wiederholte ich laut. „Du hast meine Website zum Hurenhaus gemacht! Es ist dein Humor, du kennst meine Passwörter ... meine Güte, Emily! Was für ein Theater? Und *wofür,* zum Teufel? Nur, damit du mich noch ein wenig an der Nase herumführen kannst? Warum kannst du nicht endlich erwachsen werden? Und warum muss ich deine kleinen Scherze immer ausbaden?"

Erschrocken riss meine Schwester die Augen auf. Einige Sekunden lang starrte sie mich wortlos an, offenbar zu überrascht von meinem Angriff, um einen gescheiten Gedanken zu formen. Schließlich schloss sie die Tür, so als hätte sie plötzlich innerhalb der letzten Minuten Scham entwickelt, und stammelte: „Ich ... na ja ... Was?"

„Oh, bitte!" Verächtlich schnaubend stürmte ich in ihr Wohnzimmer. „Tu nicht so unschuldig. Du bist in mein

Büro eingebrochen, hast meine Website gehackt und sie nach deinem Belieben umgestaltet.“

„Nein! Hab ich nicht“, sagte Emmi hastig und schluckte sichtbar. „Also, deine Website gehackt. Es ist kein Hacken, wenn man das Passwort kennt. Und eingebrochen bin ich auch nicht. Ich habe deine Website von mir zu Hause aus modelliert. Ich habe dir nur erzählt, dass es jemand in deinem Büro gemacht hat, damit … damit …“

„Damit *was?*“, schrie ich sie an. „Damit ich auf meine Mitarbeiter losgehe und nicht auf die Idee komme, dass meine unreife Schwester es war, deren Leben ein Chaos, deren Ziele fragwürdig und deren Charakter moralisch verwerflich ist? Damit ich meine Zeit damit verschwende, nach einem Schuldigen zu suchen, während er die letzten Tage über vor meiner Nase auf und ab gehüpft ist?“ Mein Gesicht musste mittlerweile so rot sein, dass ich ein einwandfreies Stoppschild abgegeben hätte, doch das war mir egal. „Was stimmt nicht mit dir, Emily? Du weißt, was mir der Laden bedeutet. Du weißt, wie wichtig es für mich ist, dass er erfolgreich ist. Du weißt, wie viel Arbeit und Schweiß und Herzblut ich jeden Tag dort reinstecke. Wie konntest du so gemein zu mir sein? Was, wenn ich das mit der Website wochenlang nicht entdeckt hätte? Es hätte ein echter Schaden entstehen können. Leute hätten ihren Job, ich meine verdammte Existenzgrundlage verlieren können!“

Emily war mit jedem meiner Worte bleicher geworden, doch jetzt schüttelte sie vehement den Kopf. „So schlimm war es nicht. Wirklich. Die Kerle, die dich angerufen haben, sind Freunde von mir gewesen. Keine tatsächlichen Kunden. Die Website war nur für eine Stunde online. Ich habe sie hochgestellt, meine Freunde anrufen lassen und dann schnell dafür gesorgt, dass du es mitbekommst und sie wieder einfrierst. Und dann ... dann habe ich noch am selben Tag die Website wieder hochgestellt. Nur in besser. Wirklich, ich schwöre dir –"

„Das ist mir *egal,* Emily*!*", rief ich wütend und stemmte die Hände in die Seiten, auch wenn ich gleichzeitig etwas erleichtert war. Doch das würde ich ihr sicherlich nicht zeigen. „Denn es ändert nichts daran, dass du es getan hast. Gott! Du denkst einfach nicht nach!" Ich fasste mir an den Kopf. „Finn hat recht. Du bist durchgeknallt. Dir sind Konsequenzen egal. Du machst Witze auf Kosten anderer und wunderst dich dann, warum sie nicht lachen. Und wofür? Damit du heimlich über mich und meine Dummheit lachen kannst?"

„Nein!" Emilys Stimme war mittlerweile so laut wie meine, auch wenn sie um einiges deutlicher zitterte. „Ich ... ich wollte dir doch nur beweisen, dass ich auch gut in etwas bin. Und dass die Azubine, die du so toll findest, nicht so überzeugend ist, wie du bisher angenommen hast."

„Aber *warum,* Emmi? Du kennst Leonie doch gar nicht! Warum willst du, dass sie schlecht wegkommt? Warum sollte dir das wichtig sein? Ich meine ... dir ist *nichts* wichtig." Freudlos lachte ich auf. „Du trittst Finn, der dich offenbar noch immer liebt, mit Füßen. Du gehst nicht zu deinem Job – und erzähl mir nicht, dass du schon wieder frei hast! Du schwänzt ihn schon seit Tagen. Wieso kannst du nicht ein einziges Mal das

Richtige tun, wieso ..." Doch ich brach ab. Ich war unfähig, weiterzusprechen. Denn Emily tat etwas Schreckliches.

Etwas, das mich tief erschütterte. Etwas, das ich ihr nie zugetraut hätte.

Sie fing an zu weinen.

Tränen strömten an ihren Wangen hinab und tropften von ihrem Kinn. Ihre Schultern wurden von leisen Schluchzern geschüttelt und ihr Mund hatte sich zu einer Grimasse der Verzweiflung verzogen.

Mit offenem Mund starrte ich sie an. Unfähig, etwas zu sagen oder zu tun. Meine Schwester weinte nicht! Nie. Sie war tough. Sie war härter als Granit und erhabener als König Salomon.

Doch jetzt gerade wirkte sie überhaupt nicht stark. Jetzt gerade wirkte sie so furchtbar verletzlich, dass sich mein Herz schmerzhaft zusammenzog und meine Wut mit einem Mal verblasste. Jeder hässliche rote Fetzen verflüchtigte sich langsam und zäh.

„Emmi", sagte ich besorgt und trat einen Schritt auf sie zu. „Was ... warum ..."

„Du hast recht, Lou", unterbrach sie mich hicksend und presste beide Fäuste gegen ihre Augen. „Ich kann nichts richtig machen. Ich bin ein Desaster! Früher dachte ich immer, du wärst es, weil du alles so ernst nimmst und dir ein langweiliges Leben wünschst ... aber mittlerweile hast du es echt beisammen und ich ..." Wieder schluchzte sie. „Und ich weiß überhaupt nichts mehr – bis auf die Tatsache, dass ich alles falsch mache und verbocke."

Bestürzt riss ich die Augen auf. „Du ... aber ... was ist denn los? Ich habe dich hundertmal gefragt, ob es dir gut geht, und du meintest immer ...“

„Oh, natürlich meinte ich das!“, sagte sie halb lachend und halb weinend. „Wer gibt schon gerne vor der Vorzeigeschwester zu, dass sein Leben scheiße ist?“

Behutsam legte ich eine Hand auf ihren Rücken. „Dein Leben ist nicht scheiße.“

„Doch!“ Sie riss die Fäuste von ihren Augen. „Doch, das ist es!“ Ihre Iriden schimmerten hell und standen noch immer unter Wasser. „Du hast ja keine Ahnung, Lou! Alles ist ... durcheinander. Ich hasse meinen Ausbildungsplatz. Ich hasse den blöden Blumenladen, in dem ich arbeite! Sie sind dort alle gemein zu mir und behandeln mich wie den letzten Trottel. Nur weil ich Azubine bin und einmal stoned zur Arbeit kam.“

Ich seufzte schwer. „Emmi, du kannst eben nicht unter Drogeneinfluss ...“

„Ja, das weiß ich auch!“, erwiderte sie ruppig und wischte sich die Tränen weg. „Aber es war der Morgen, nachdem ich die Hochzeit abgeblasen habe, und ... ich war durch den Wind, okay? Ist ja auch egal. Ich hasse die Stelle so oder so. Die alte Dame, die den Blumenladen leitet, hat überhaupt keinen Spaß bei nichts und lässt ihre Laune an mir aus. Das ist frustrierend! Außerdem vermisse ich Finn, und ich weiß nicht, ob es die richtige Entscheidung war, die Hochzeit abzublasen. Aber er hat gar nicht wirklich um mich gekämpft! Er redet nun immer davon, dass er zumindest mit mir befreundet bleiben will und ... was für ein Idiot ist er bitte?“ Neue Tränen fanden den Weg ihre Wangen hinab und schließlich gab sie es auf, sie wegzuwischen und ließ einfach die Hände sinken. „Ich will nicht mit ihm *befreundet* bleiben, Lou“, sagte sie mit zitternder Stimme. „Ich habe genug Freunde. Ich will mehr für ihn sein. Aber wenn ich ehrlich bin, war unsere Beziehung eine einzige Katastrophe, wir haben andauernd gestritten und …“ Sie schüttelte den Kopf. „Ich weiß es nicht. Ich weiß *nichts* mehr. Ich weiß nicht, was ich will oder wer ich bin. Ich fühle mich nirgendwo mehr wohl. Nicht hier in der Wohnung, die mit tausend Erinnerungen an Finn vollgesogen ist. Nicht in dem dummen Laden. Nicht mit mir selbst. Ich … ich weiß überhaupt nicht, was für ein Mensch ich sein will.“ Die Verzweiflung, die bei diesen Worten mitschwang, war so greifbar, dass sie mir ebenso gut in Form eines Hammers gegen die Schläfe hätte fliegen können. „Ich dachte immer, wenn ich älter bin, wird mir schon klar, was für ein Leben ich mir vorstelle. Ob ich ewig rumreisen will. Sesshaft werden will. Aber stattdessen wird alles immer nebeliger. Und ich habe so große Angst, die falsche Entscheidung getroffen zu haben und noch weitere zu treffen, dass ich einfach … gar keine mehr treffe! Denn normalerweise sind meine Fehler leicht auszubügeln, aber die Sache mit Finn … und die Sache mit meiner Ausbildung …“ Sie schloss die Augen, ließ sich auf ihr Bett sinken und schlang die Arme um ihren Kopf.

Mein Mund wurde trocken, weil er noch immer offen stand, und hastig sank ich neben sie. Ich hatte meine Wut endgültig vergessen. Der rote Knoten in meiner Brust hatte sich längst aufgelöst und war in brennendem Mitgefühl durch meinen Körper geschwappt. Ich wusste, wie schwer es Emily fiel, ihre Gefühle mit mir zu teilen. Sie war nicht der emotionale Typ. Sie schluckte ihre Sorgen runter, vergaß sie schlichtweg oder entschied, dass sie nicht so wichtig wären.

Doch so aufgelöst wie jetzt hatte ich sie noch nie erlebt.

„Meine Güte, Emmi ... wie hast du all das nur in dir aufstauen können, ohne zu platzen?" Ich legte einen Arm um sie und zog sie eng an mich. Egal wie oft sie sich über mich lustig machte oder mich aufregte. Sie war immer noch meine kleine Schwester. Es war meine Aufgabe, sie zu beschützen.

„Keine Ahnung", schluchzte Emily, die Ellenbogen mittlerweile auf ihren Knien. „Ich kann mit niemandem darüber reden. Nicht mit Mama, weil ich dann vor ihr zugeben müsste, dass ich alle Entscheidungen hinterfrage, die ich je in meinem Leben getroffen habe, und sie dann wüsste, dass sie zu Recht besorgt um mich ist. Nicht mit Finn, weil es ... weil es *wehtut* mit ihm zu reden. Nicht mit Jannis, weil er das perfekte kleine Leben führt und mich das deprimiert, und nicht mit dir ... weil du mich ohnehin für eine verantwortungslose Kuh hältst, die keine Ahnung von nichts hat."

„Das stimmt nicht, Emily", sagte ich sanft und strich ihr über den Kopf. „Manchmal bist du verantwortungslos ... aber doch niemals eine Kuh."

Sie lachte zittrig auf, hielt den Kopf jedoch noch immer gesenkt.

„Und egal, was ist, Emily ... du kannst immer mit mir sprechen. Ich meine – warum hast du nicht einfach gesagt, dass dir deine Arbeitsstelle nicht gefällt, wenn es dich so sehr belastet?"

„Weil ich nicht immer der Versager sein möchte, Lou", sagte sie, tauchte aus der Versenkung auf und sah mich mit tränennassem Gesicht an. „Denkst du, ich wüsste nicht, wie Mama, Papa, Jannis und du hinter meinem Rücken über mich reden? Die durchgeknallte Emmi, die nicht erwachsen wird. Die naive Emily, die nichts durchzieht. Die verblendete Emmi, die niemals zufrieden ist und von einem verantwortungslosen Abenteuer ins nächste stolpert. Wenn ich euch gesagt hätte, dass ich überlege, eine weitere Ausbildung abzubrechen – die vierte! –, hätte euch das doch nur in eurem Denken bestätigt." Sie holte tief Luft und sah mich unsicher an. „Ich weiß, dass ich manchmal etwas … durchgeknallt bin. Aber ich gebe mir wirklich Mühe! Und das mit Finn … das mit Finn war keine fixe Idee. Ich habe ihn wirklich geliebt. Ich … ich meine, ich liebe ihn wahrscheinlich immer noch. Ich hab nicht nur sein Herz gebrochen, weißt du?"

Ich seufzte, zog ein Taschentuch aus meiner Handtasche und reichte es ihr. „Aber wenn du ihn liebst, Emmi, solltest du ihm vielleicht noch eine Chance geben, anstatt zu versuchen, ihn eifersüchtig zu machen. Vielleicht fragt er, ob ihr nicht zumindest befreundet bleiben könnt, weil er Angst hat, dich überhaupt nicht mehr in seinem Leben zu haben."

Sie zuckte die Schultern. „Ich weiß es nicht. Finn ist nicht gerade gut darin, Entscheidungen zu treffen. Und er *muss* sich entscheiden. Ich kann nicht mit ihm zusammen sein, solange er sich nicht sicher ist, ob ich sein Kumpel oder die Liebe seines Lebens bin." Zitternd atmete sie ein. „Keine Ahnung. Ich würde mir trotzdem gern die Zeit nehmen und darüber nachdenken, aber er lässt mich nicht in Ruhe. Ständig steht er vor meiner Tür."

„Dann musst du ihm klare Anweisungen geben, Emmi."

Sie schnaubte laut. „Hast du schon einmal versucht, einem Rispo eine Anweisung zu geben? Das ist, als würde man einen Löwen bitten, Vegetarier zu werden!"

Seufzend ließ ich die Schultern sinken. „Ich finde trotzdem, dass ihr euch mal in Ruhe zusammensetzen und darüber reden solltet."

Sie verzog das Gesicht. „Immer willst du reden."

„Ja. In Zeichensprache bin ich schließlich grottig", sagte ich knapp. „Und es hilft, miteinander zu sprechen, Emmi. So ist es nun einmal. Lass Finn dir doch erklären, wie er die Sache sieht. Dann kannst du immer noch entscheiden, ihn aus deinem Leben zu kicken."

Emmi seufzte so schwer, dass ich mich nicht gewundert hätte, wenn sie in Ohnmacht gefallen wäre. Doch stattdessen schien die plötzliche Sauerstoffzufuhr ihr neue Energie zu geben.

Sie setzte sich aufrechter hin, reckte das Kinn und warf mir einen vorsichtigen Blick zu. „Tut mir leid, dass ich deine Website manipuliert habe", murmelte sie. „Und dass ich Leonie beschuldigt habe. Ich dachte, wenn du sie rauswirfst und keine Azubine mehr hast, hätte ich als Ritter in strahlender Rüstung einspringen, meinen Ausbildungsplatz wechseln und wieder für dich arbeiten können. Mir macht das Arbeiten mit Blumen schon Spaß. Ich bin auch ganz gut darin, und all die blöden lateinischen Namen habe ich aus Versehen auch gelernt."

„Aus Versehen?"

Ihre Mundwinkel zuckten. „Du redest wirklich viel von Blumen, Lou, und man versteht dich manchmal nicht, wenn man die lateinischen Namen nicht kennt."

Ich zog eine Grimasse. Tatsächlich hatte Josh sich letztens noch beschwert, dass ich nachts andauernd: „Was für ein wunderschöner Magnoliopsida", murmelte und ich doch bitte normale Worte benutzen sollte, damit er nicht ständig googeln musste, mit welcher Pflanze ich ihn in meinem Traum gerade betrog.

Ich lächelte über ihre Worte und ein wenig auch über mich selbst, bevor ich mir durch den Kopf gehen ließ, was sie da gerade gesagt hatte.

„Du willst für mich arbeiten?", fragte ich schließlich leise.

Sie zog eine Grimasse. „Ich würde natürlich viel lieber *mit* dir arbeiten, aber ich sehe schon, dass du da kleinkariert sein und den Boss raushängen lassen wirst."

Ja, das würde ich. Denn wenn ich es nicht tat, machte meine Schwester, was sie wollte. Nichtsdestotrotz ...

Seufzend ließ ich den Arm um ihre Schulter sinken. „Ich werde Leonie nicht absagen. Sie ist ein nettes Mädchen, sie hat sich den Ausbildungsplatz verdient."

Emilys Mundwinkel sanken nach unten. „Ja, das dachte ich mir."

„Aber", setzte ich langgezogen hinzu und räusperte mich. „Aber, ich könnte dich als zweite Azubine anheuern." Ich wusste, dass ich diese Worte an irgendeinem Punkt bereuen würde, aber es war mir egal. Ich konnte Emily helfen und das würde ich tun.

Emilys Augenbrauen fuhren nach oben und ein Hoffnungsschimmer glänzte in ihren Iriden. „Das würdest du tun?"

„Ja." Ich verengte die Augen. „Der Vertrag mit dem Beerdigungsinstitut bietet eine neue, regelmäßige Einnahmequelle und ich könnte es mir leisten, dein zweites Ausbildungsjahr zu übernehmen. Aber nur, wenn du mir ein paar Sachen versprichst."

„Was zum Beispiel?"

„Du wirst nicht bekifft zur Arbeit kommen. Du wirst nicht zu spät kommen. Du wirst auf mich hören ... und du bist ab jetzt für die Website zuständig. Denn, meine Güte, wer hätte ahnen können, zu was du in der Lage bist?"

Sie lächelte vorsichtig. „Ich hab mir mit dem YouTube-Kram eine Menge angeeignet."

Ich verengte die Augen und musterte sie. „Zum Beispiel, wie man eine IP-Adresse zurückverfolgt?"

„Nee", sagte sie und ihre Mundwinkel zuckten. „Das habe ich mir ausgedacht. Ich bin klug, aber kein Voll-Nerd. Aber die Website allein designt habe ich schon."

„Nun, das ist beeindruckend, Emmi", sagte ich wahrheitsgemäß.

„Na, irgendwas muss ich ja können, wenn ich in den meisten anderen Bereichen versage", meinte sie bitter.

„Das stimmt doch gar nicht", widersprach ich sofort. „Du kannst eine Menge Dinge gut, Emmi. Ich meine ... niemand verkauft so gut wie du. Du kannst Kunden um deinen kleinen Finger wickeln. Außerdem ..." Fieberhaft sah ich mich im Zimmer um und kam mit dem Blick auf ihrem erleuchteten Computerbildschirm zum Stehen. „Außerdem machst du coole Videos!", sagte ich triumphierend und blickte auf das pausierte Bild, das mich stark an eine Aufnahme meines Hinterkopfes erinnerte. Stirnrunzelnd betrachtete ich es näher. „Bin ich das?"

„Ja. Das sind die Aufnahmen von Donnerstagabend."

„Donnerstagabend?"

„Na, als wir im Altenheim eingebrochen sind", bemerkte sie, wischte sich eine letzte Träne aus dem Augenwinkel und setzte sich an den Schreibtisch. „Das ist die Stelle, an der du uns in die Garderobe geschickt hast, um uns loszuwerden."

Ein leichter Vorwurf schwang in ihrer Stimme mit, doch darauf achtete ich nicht. Ich war zu sehr von ihren restlichen Worten abgelenkt. „Garderobe?", sagte ich überrascht. „Was denn für eine Garderobe?"

„Die Garderobe der Pornosenioren", antwortete Emily schlicht und griff nach der Maus. „Sie haben in diesem Raum all ihre Kostüme und so aufbewahrt." Sie drückte auf Play, und mein Hinterkopf setzte sich in Bewegung. Zum ersten Mal dachte ich, dass es vielleicht doch sinnvoll von Emily gewesen war, sich so lange mit der Nachtsichtfunktion ihrer Kamera zu beschäftigen. Denn das Bild war gestochen scharf und deutlich aufgehellt.

„Das ist der Raum, den ich untersuchen will", ertönte meine Stimme, bevor kurz mein Profil zu erkennen war. *„Er müsste leer sein."*

Die Kamera schwenkte auf eine Tür, die im nächsten Moment bereits von Trudi aufgedrückt wurde. Ich war nicht mehr zu sehen, stattdessen erkannte man dunkle Schemen, bevor Trudi offenbar den Lichtschalter fand und eine nackte Glühbirne über ihrem Kopf flackernd zum Leben erwachte.

Ein Pfiff ertönte, der wahrscheinlich von Mo kam, dicht gefolgt von einem leisen Lachen. „Ich habe eine Menge erwartet ... aber nicht das", murmelte er – und ich musste ihm recht geben.

Die Sammlung an Leder, Samt und Spitze, die zum Vorschein kam, war beeindruckend. Nicht einmal in Hugh Hefners Playboyvilla hätte ich so viele Krankenschwester- und Domina-Outfits erwartet. Drei Wände des quadratischen Raumes waren mit Kleiderstangen zugestellt worden, auf denen sich die Kostüme reihten und um einen Platz buhlten. Tüll quoll zwischen schlichten Abendkleidern und überhaupt nicht schlichten, neonfarbenen Netzstrümpfen hervor.

Meine Güte, wie hatten sie sich die alle leisten können?

Das mussten mindestens fünfzig Kostüme sein! Als kölsches Mädchen war mir bewusst, wie der Preis für vernünftige Verkleidungen durch die Decke schießen konnte. Allein die Mietkosten für das Altenheim mussten doch ein riesiges Loch in die Portemonnaies der Senioren reißen. Da würde nicht viel übrig bleiben. Und die Pornoproduktion hatte ansonsten doch relativ Low-Budget gewirkt.

Trudi kicherte laut und lief in den Raum hinein, um sich durch die Kostüme zu wühlen. Kindliche Euphorie war auf ihrem Gesicht zu erkennen. So als würde sie vor Löwen- und Schmetterlingskostümen stehen. Nicht etwa vor einem Ganzkörperlatexanzug, der nur an Topmodels oder einem Skelett gut aussehen konnte.

„Deswegen ist der Laden also so teuer. Kostenlose Kostüme sind im Preis mit inbegriffen", sagte Trudi zufrieden.

Emmi lachte stumm, was man vor allem daran merkte, dass das Bild zu vibrieren schien. „Ich glaub nicht, dass das Seniorenheim hiervon weiß. Das wäre schon mega absurd. Oder?"

„Keine Ahnung, aber wo ist eigentlich Louisa?", ertönte Mos dumpfe Stimme und kurzzeitig schwenkte die Kamera zu ihm, während Emily sich – inklusive der Kamera – suchend nach mir umsah.

„Weiß nicht", meinte sie. „Sie war doch gerade noch da."

Die Kamera fuhr wieder zu Trudi herum, die fröhlich in den Kostümen stöberte, hier eine Nonnenkluft herauszog, dort ein pinkes Etwas hervorz–, ich stutzte.

„Moment", sagte ich hastig. „Spul noch mal ein paar Sekunden zurück."

Emily grinste. „Hast du etwas gefunden, mit dem du Josh überraschen willst?"

Ich verdrehte die Augen. Bis jetzt hatte Rispo noch kein Interesse an Latex geäußert und ich war froh drum. „Nein, es geht um das pinke Lederensemble …"

„Was ist damit?", wollte meine Schwester verwirrt wissen, tat mir jedoch den Gefallen, spulte zurück und …

„Da!", sagte ich aufgeregt, und Emily drückte auf Pause. „So was in der Art kennen wir doch."

Mit geöffneten Lippen stand ich vom Bett auf und beugte mich über Emilys Schulter, um den Lederdress genauer betrachten zu können.

Er war knallpink und schien allein aus ledernen Striemen und Fetzen zu bestehen, die den Träger wie ein eingepacktes Paket aussehen lassen mussten.

„Tun wir?", fragte Emily langsam.

„Ja", murmelte ich und mein Herz beschleunigte sich. „So etwas Ähnliches hing in der *Bumsbude*. Du weißt schon, der Laden, aus dem der Analplug stammt. Nur mit weniger Fetzen, dafür mehr Striemen."

„Und?", fragte Emmi verständnislos. „Ist das wichtig? Sicherlich verkaufen unglaublich viele Sexshops so ein Kostüm, Lou."

„Nein", sagte ich und dachte an die grellgelben Wörter, die über dem Lederensemble gehangen hatten. „Die *Bumsbude* näht seine eigenen Kollektionen, die nur bei ihnen erhältlich sind und ... hey, das ist auch aus der Bumsbuden-Kollektion!" Ich deutete mit dem Finger auf einen gelben Latexanzug mit schwarzen Streifen über den Brüsten. „Sie müssen es da gekauft haben. Das kann kein Zufall sein."

Mein Gehirn sprang an und ratterte im Schnelldurchlauf alle Informationen durch, die ich über die Kostüme hatte, welche die Pornosenioren benutzten. Sybille hatte da doch was erwähnt.

Helga war dafür zuständig gewesen. Sie hatte die Kostüme ausschließlich in einem bestimmten Geschäft besorgt. Doch Sybille hatte nicht gewusst, welches das gewesen war. Denn Helga hatte das Wissen nicht mit ihnen teilen wollen. Aus welchem Grund auch immer. Doch an dem Tag, an dem sie umgebracht worden war, war sie nicht zu ihrem sonstigen Laden gegangen.

,Aber gestern meinte sie, der sei keine Option mehr und wir müssten woanders hin.'

Vielleicht, weil sie sich mit jemandem aus dem Laden zerstritten hatte?

Hektisch schlug mein Herz in der Brust und erneut ließ ich mich auf Emilys Bett sinken. „Das sind so viele

Kostüme“, wisperte ich. „Helga muss sich fast jede Woche ein neues besorgt haben.“

„Aber ... in der *Bumsbude*?“ Emily schien noch immer nicht überzeugt. „Ich meine, die Inhaberin und dieses Dreadlock-Mädchen haben doch gemeint, dass sie Helga nicht kennen. Und wenn in meinen Sexshop jede Woche eine sehr hübsche, alte Dame kommen würde, dann würde mir das schon auffallen.“

Sie hatte recht. Sie hatte vollkommen recht. „Nun, sie müssen gelogen haben“, sagte ich schlicht. „Zumindest eine von ihnen. Helga war allein für die Kostüme zuständig. Niemand anderes wusste, wo sie sie besorgt. Sie muss sie selbst gekauft haben, und entweder Kim oder Aline müssen sie bedient haben.“

Aufregung und Euphorie strömten durch meine Adern. Das war ein Anhaltspunkt, mit dem ich endlich etwas anfangen konnte! All die Kostüme und das Sexspielzeug mussten schließlich irgendwo herkommen.

„Aber warum lügen?“, fragte Emily verwirrt. „Warum sollten sie nicht zugeben, dass Helga dauernd in ihrem Laden war? Da ist doch nichts Schlimmes bei.“

Ich verengte die Augen. „Nein, auf den ersten Blick ist es das nicht.“

„Aber auf den zweiten?“

Lächelnd hob ich die Schultern und sprang auf. „Ich habe keine Ahnung. Finden wir es heraus!“

Kapitel 17

„Ich war ehrlich gesagt etwas überrascht darüber, dass du die Sache mit den erotischen Blumentänzen nicht sehr viel witziger gefunden hast", meinte Emily eine halbe Stunde später nachdenklich, als wir mit meinem Passat auf den Hohenzollernring bogen, an dem die *Bumsbude* lag. „Es war einer meiner besseren Einfälle. Ich habe einen ganzen Abend gebraucht, um mir die ganzen coolen Namen auszudenken. Mir gefällt Calendula-Candy am besten. Aber bis zur Sonnenblumen-Sonja bist du ja gar nicht gekommen. Für sie und die Orchideen-Olga hättest du etwas weiter herunterscrollen müssen."

Ich schnaubte laut – auch, weil ich die Namen doch relativ witzig fand. „Ich hätte mich mehr darüber amüsiert, wenn es nicht meine eigene Website gewesen wäre", unterrichtete ich sie. „Das Image, das du mir mit diesen Blumentänzen gegeben hast, war einfach nicht gut, weißt du? Du kannst mich nicht mit solch dreckigen Dingen in Verbindung bringen und hoffen, dass ich darüber erfreut bin. Wenn das an die Öffentlichkeit gelangt, bin ich ruiniert! Wenn das –" Abrupt hielt ich inne. Moment mal. „Es würde mich ruinieren, Emily", bemerkte ich langsam und hielt an einer Ampel.

„Das hast du schon gesagt."

„Ja, aber … Helga hat bei dem Bastelladen gefragt, ob sie Werbung für sie machen soll. Ob sie den Laden in dem Interview erwähnen soll." Meine Stimme wurde eine Oktave höher und drei Stufen aufgeregter. „Was, wenn Helga auch der *Bumsbude* vorgeschlagen hat, dass sie namentlich im Artikel erscheinen? Was denkst du: Wäre es hilfreich fürs Image, dass jeder potenzielle Kunde, wenn er an Sexspielzeug denkt, automatisch eine sehr alte Frau oder einen alten Mann im Kopf hat?"

„Na ja, wahrscheinlich nicht", meinte Emily und zuckte die Achseln. „Außer du bist eine alte Frau oder ein alter Mann. Aber sooo krass schlimm ist das nun auch wieder nicht, oder? Eigentlich ist ja jede Werbung gute Werbung."

Da hatte sie auch wieder recht. Es war ein kleines, aber nicht sehr ausgereiftes Motiv. „Keine Ahnung."

„Vielleicht hat Kim sie auch umgebracht – als Liebesbeweis für ihre Großmutter. Weil Elsa Helga doch so gehasst hat."

Bei dem Gedanken wurde mir ganz unwohl. „Da geht die Familienliebe aber etwas zu weit, findest du nicht?"

„Ja, schon. Aber ein anderes Motiv will mir nicht einfallen", meinte Emily schlicht. Ich hatte sie über alle Entwicklungen des Falls unterrichtet, und dass sie dennoch ebenso wenig den Durchblick hatte wie ich, frustrierte mich. Es war, als würde ein riesiges Loch in der Logikkette klaffen. Motiv und meine Vorstellung vom Tathergang waren beide noch unglaublich schwach.

„Wir werden wohl einfach nachfragen müssen." Die Ampel vor mir sprang auf Grün und ich drückte wieder aufs Gas.

„Puh", machte Emily und blies Luft in ihre Wangen. „Einfach bei der möglichen Mörderin nachfragen? Also, ich weiß ja, dass du davon überzeugt bist, man könnte immer über alles in Ruhe reden, aber hältst du das für so klug?"

„Mhm", machte ich, parkte vorwärts in eine freie Lücke ein und wiegte den Kopf hin und her. „Keine Ahnung. Ich bin mir auch nicht sicher, dass eine der beiden Helga wirklich umgebracht hat. Josh meint, jemand hätte die Leiche einwickeln und dann in die Sauna tragen müssen, um angesichts ihrer Wunden so wenige Blutspuren zurückzulassen ... und fandest du, dass sie stark genug für diese Aufgabe aussahen?"

„Nein."

„Eben."

Ich schaltete den Motor ab und wir stiegen aus.

Es war später Nachmittag und die Straßen waren gerammelt voll von Jugendlichen, die dem Wochenende entgegenfieberten, Müttern, die Kinderwagen über den Bordstein schoben, und Bankern, die im Anzug den Weg nach Hause suchten.

Keiner von ihnen warf der gegenüberliegenden *Bumsbude* auch nur einen Blick zu. Die ausgestellten Peitschen interessierten niemanden. Die mit Blumen in Szene gesetzte Reizwäsche auch nicht. Köln besaß von solchen Läden einfach zu viele, als dass sie interessant gewesen wären.

Emmi und ich schlenderten zur nächstbesten Ampel, und schließlich standen wir unschlüssig vor dem großen Neonschild, das die *Bumsbude* in all ihrem Glanz anpries.

Das Gebäude, in dem möglicherweise eine Mörderin arbeitete, schien auf einmal überhaupt nicht mehr so einladend und unschuldig wie noch vor ein paar Tagen. Stattdessen schien die Fassade dunkler, das Schaufensterglas milchig, als wolle jemand nicht, dass man hindurchsehen konnte, und die Eingangstür überhaupt nicht willkommensheischend.

„Ich will ehrlich gesagt nicht allein reingehen", murmelte Emily aus dem Mundwinkel und sprach damit aus, was ich dachte. „Das letzte Mal, als wir irgendwo allein reingegangen sind, sind eine Menge Schüsse gefallen." Zögerlich zog sie die Hände in ihre Ärmel und sah auf ihre Schuhe. „Ich bin ja voll dafür, möglichst viel Abenteuer in meinem Leben zu genießen … aber beinahe zu sterben und panische Angst zu haben, gehört wirklich nicht dazu. Das macht Falten, Lou!"

Ich nickte, denn insgeheim gab ich ihr recht. Das letzte Mal war Rispo in Gewahrsam gewesen und ich hatte ihn nicht um Hilfe bitten können. Ich hatte keine andere Wahl gehabt, als allein reinzugehen und nachzusehen, was vor sich ging. Jetzt jedoch sah die Lage ganz anders aus.

Seufzend zog ich mein Handy aus der Tasche und drückte die Schnellwahltaste eins. Rispo hatte letztes Jahr meinen Lieblingspizzaservice vom Podest gestoßen. Er würde nicht entzückt sein, dass ich weiter im Mordfall herumgestochert hatte – wenn auch völlig unfreiwillig! –, aber es war klüger, ihn um Hilfe zu bitten. Er hatte schließlich eine Waffe, die er bereit war, abzufeuern. Alles, was ich hatte, war ein Schokoriegel in meiner Hosentasche, den ich nicht bereit war, zu opfern.

„Hey", meldete er sich nach dem zweiten Klingeln.

„Oh. Hey. Du begrüßt mich normal. Du hast dazugelernt."

„Ja. Ich dachte, wenn ich dir mit gutem Beispiel vorangehe, folgst du mir vielleicht."

Meine Mundwinkel zuckten. „Ich glaube, das tue ich. Ich rufe nämlich an, weil ich vor der *Bumsbude* stehe und den leisen Verdacht habe, dass sich eine Mörderin darin befindet … und ich dachte, dass es klüger wäre, nicht ohne polizeiliche Unterstützung hineinzugehen."

„Tatsächlich … dachtest du das?"

„Ja."

„Das ist sehr vernünftig und einsichtig von dir."

„Ich weiß." Stolz reckte ich die Brust.

Rispo schnaubte. „Na, so selbstzufrieden, dass du einmal in deiner Karriere als Blumendetektivin das Richtige tust, musst du jetzt auch nicht sein."

Überrascht sackte ich wieder in mich zusammen. „Was? Woher …"

„Ich stehe hinter dir, Lou."

Überrascht drehte ich mich um – und tatsächlich: Rispo und Marvin hatten keine zehn Meter weiter geparkt und lehnten an seinem schwarzen Audi A5.

Marvin sah mit hochgezogenen Schultern zu Emily, Rispos mäßig interessierter Blick jedoch lag auf mir. Er sah nicht einmal besonders überrascht aus, mich hier vorzufinden. Mit den Händen in den Hosentaschen schlenderte er auf mich zu. Nur eine einzelne Augenbraue, die nach oben zuckte, bedeutete mir, dass er gern wüsste, was ich hier tat.

„Eine der beiden Mitarbeiterinnen der Bumsbude hat gelogen", sagte ich laut. So als würde das alles erklären. Ich legte auf und ließ das Handy sinken, während Josh knapp nickte.

„Ja, ich weiß."

„Aber woher weißt du es?"

„Woher weißt *du* es?", stellte er die Gegenfrage.

„Ich kann beweisen, dass Helga eine Menge Kostüme in dem Laden gekauft hat."

„Ah", bemerkte er. „Nun, ich kann beweisen, dass A-line Maybach einen dunkelgrünen Toyota fährt und versucht hat, meinen Bruder umzubringen."

„Oh." Das war zugegebenermaßen etwas beeindruckender. „Also bist du hier, um sie festzunehmen?"

„Erst einmal will ich sie befragen. Einige Sachen ergeben noch keinen Sinn", meinte er. „Ehrlich gesagt war es sehr unüberlegt von Frau Maybach, zu einer so primitiven Mordwaffe wie einem Auto zu greifen und dann nicht einmal zu treffen. Ich glaube, sie bekommt Panik – doch dass sie so schnell ihre Nerven verliert, passt irgendwie nicht zu der Tatsache, dass sie siebenmal auf das Opfer eingestochen und es dann seelenruhig in die nächstbeste Sauna verfrachtet hat."

„Oder es passt sogar sehr gut, weil sie wegen irgendetwas ihre Beherrschung verloren hat und dann komplett ausgerastet ist", gab ich zu bedenken.

Josh seufzte. „Ja. Oder das."

„Okay. Also, gehen wir rein und fragen sie einfach danach?", wollte ich wissen.

„*Wir?*", fragte Josh schnaubend.

„Na ja. Da ich schon einmal hier bin …“ Ich hob die Schultern. Jetzt, da Rispo vor mir stand, fühlte ich mich auf einmal um einiges mutiger.

Müde rieb sich Josh über die Stirn. „Ernsthaft? Nach all dem, was dir schon in geschlossenen Räumen zusammen mit Mördern passiert ist, willst du immer noch mit reinkommen?“

„Natürlich“, sagte ich perplex. „Es muss ja auch gar nicht gefährlich werden … dieser ganze Fall war doch eher etwas mild, findest du nicht? Und wenn es dir hilft, kann ich mich einfach zum Schatten machen. Niemand wird bemerken, dass ich überhaupt dabei bin.“

„Ein Scheinwerfer kann kein Schatten sein, Lou“, bemerkte Josh tonlos.

Ach, er redete Blödsinn. Ich war kein Scheinwerfer. Höchstens eine Energiesparlampe.

„Also, ich bleib draußen!“, meldete sich Emily zu Wort. „Ich … pass auf, dass niemand wegläuft.“ Sie setzte eine wenig überzeugende selbstsichere Miene auf. Ich wusste genau, dass sie aus Angst, verletzt zu werden, draußen bleiben wollte, doch ich machte ihr keinen Vorwurf. Manche Menschen hatten einfach einen besseren Überlebensinstinkt als ich.

„Ich dachte nicht, dass ich das mal sagen würde, Lou“, meinte Josh langsam. „Aber sei mehr wie deine Schwester!“

„Aber sie gibt es doch schon einmal. Wieso sollte ich mich da als billige Kopie versuchen?“, fragte ich scheinheilig. „Komm schon, nimm mich mit, was kann schon Schlimmes da drin passieren? Du bist bewaffnet, wir wollen ein paar Fragen stellen. Easy-peasy.“

Josh schüttelte stoisch den Kopf. „Nein. Kannst du vergessen. Du bist keine Polizistin, du stellst unpassende oder dreiste Fragen ... du bleibst hier.“

Ich presste die Lippen aufeinander. „Wann sage ich jemals etwas Unangebrachtes?“

Rispos Mundwinkel zuckten. „Richtig. Du bist eine schweigsame Blume mit dem Taktgefühl einer Heiligen. Marvin“, wandte er sich an seinen Partner. „Könnten Sie den Hinterausgang sichern? Nur, falls jemand versucht, zu fliehen?“

Der Polizist nickte gewissenhaft, zog sich die Hose hoch und eilte im nächsten Moment um das Gebäude herum.

Josh wartete ein paar Momente, wahrscheinlich bis er sicher sein konnte, dass Marvin in Position war, dann nickte er. „Schön. Beweg dich nicht vom Fleck. Ich mache diesem Mist-Fall jetzt den Garaus.“ Er nahm die drei Stufen zum Laden, und frustriert folgte ich ihm mit meinem Blick.

„Was stört dich an diesem Mordfall am meisten?“, wollte ich wissen, bevor er die Tür öffnete. „Der Dildo als Tatwaffe, die dreckigen Seniorenfilmchen, der unbestimmte Tatort oder die zermürbenden alten Leute?“

Mit hochgezogenen Augenbrauen wandte Josh sich zu mir um, die Hand an der Klinke. „Ich denke, du hast dir deine Frage gerade selbst beantwortet, Lou“, bemerkte er und drückte die Tür auf.

Eine helle Glocke erklang, dann war Josh verschwunden.

Einige Sekunden lang sahen Emmi und ich uns unschlüssig an, die Hände in den Hosentaschen vergraben, die Schultern hochgezogen.

„Es ist wahrscheinlich sowieso langweilig da drin“, sagte Emily nach ein paar Minuten. „Josh wird ihnen Fragen stellen und vielleicht jemanden festnehmen. Uninteressant.“

Das sah ich ganz anders, doch ich nickte pflichtbewusst – als ein hoher Schrei uns zusammenfahren ließ.

Ich riss den Kopf zur Eingangstür herum, aus deren Richtung der Laut gekommen war, und war im nächsten Moment bereits am Treppenabsatz.

„Lou, nein! Bleib hier“, rief Emily panisch und griff nach meinem Arm. „Josh meinte, du sollst draußen bleiben.“

Ich schluckte und schüttelte den Kopf. „Ich kann nicht. Was, wenn er Hilfe braucht?“

„Er ist Polizist und bewaffnet, er ...“

„Er ist allein und Marvin steht am Hinterausgang, von dem aus er nichts hören kann!“, erwiderte ich hitzig, riss mich los und rannte die Stufen hoch.

Zwei Sekunden später stieß ich die Tür auf und sah mich hektisch im Verkaufsraum um. Doch der Laden war gespenstisch leer. Kein Kunde besah sich die mächtige Dildo-Sammlung. Niemand betreute die Kassen. Auch Rispo konnte ich nirgends entdecken. Das einzig Auffällige war der Geruch. Als ich das erste Mal hier gewesen war, hatte es nach Duftkerzen und muffigem Stoff gerochen. Jetzt jedoch übertünchte ein beißender Gestank alles andere. Ich sog Luft ein, um den Geruch näher zu bestimmen, während mein Blick an der Verkaufstheke hängen blieb, deren Tür nur angelehnt war.

Wieder ertönte ein Schrei, gefolgt von einer zweiten hysterischen Frauenstimme. Doch sie waren so hektisch und durcheinander, dass ich die Worte, die sie sich entgegenschrien, nicht verstehen konnte. Den hohen Tönen nach zu urteilen, schienen sie jedoch nicht besonders freundlich zu sein.

Aber wo blieb die Männerstimme? Die ruhige, gelassene Männerstimme?

Mein Herz sprang hoch, pochte schmerzhaft in meinem Hals und in meinen Ohren, während ich in langen Schritten den Raum durchquerte. Mit trockenem Mund und zitternden Händen umrundete ich den Tresen, und wartete noch immer auf Joshs tiefe Stimme, die mir versicherte, dass alles okay war.

Angewidert rümpfte ich die Nase, als der Gestank schlimmer wurde, je näher ich der angelehnten Tür kam. Gott, es roch bestialisch hier! Nach ... Tankstelle, wenn ich es mir recht überlegte.

Ein ungutes Gefühl machte sich in mir breit, erfüllte meine Brust mit schwarzem, beklemmendem Rauch, als ich endlich die Tür erreichte. Auf Zehenspitzen, weil es mir ein Gefühl falscher Sicherheit gab.

„... verrückt geworden! Einfach verrückt geworden!“, kiekste eine weibliche Stimme.

„Ich bin nicht *verrückt*! Jetzt gerade sehe ich das erste Mal klar!“, rief eine andere zurück. „Meine Möglichkeiten haben sich erschöpft und es ist nur eine einzige übriggeblieben!“

„Frau Maybach, beruhigen Sie sich ...“ Da war sie, Joshs Stimme.

„Nein! Werde ich nicht! Ich bringe uns alle um, bevor ich mich beruhige, ich ...“

Ich stieß die Tür auf und trat in den Raum. Nicht hektisch oder ruckartig. Langsam, bedacht. Ich hatte Angst, dass ich die dahinter wartenden Personen erschrecken und so zu Taten animieren könnte, die sie später bereuen würden.

Mit nur einem Blick erkannte ich, dass es sich bei diesem Raum um eine Art Nähstube handelte. Kleiderstangen säumten die Wände, Stoffe türmten sich zu einem Berg zu meiner Rechten auf, zwei Nähmaschinen standen neben Reihen von buntem Nähgarn auf einem braunen Tisch.

Die Szene, die sich uns in diesem Zimmer bot, drängte einen großen Kloß meinen Hals hinauf.

Aline Maybach und Kim Schnabellund standen sich mit roten Köpfen gegenüber. Kim stocksteif, Aline hysterisch mit den Armen schwenkend, in dem sie einen schwarzen Kanister trug, aus dem eine goldene Flüssigkeit über Kims Füße, den Teppichboden und alle Stoffe im näheren Umkreis schwappte.

Josh stand keinen Schritt von mir entfernt – die Augen verengt, die Waffe erhoben – und beobachtete die beiden Frauen, die kaum Notiz von ihm zu nehmen schienen.

Als die Tür jedoch mit einem Krachen gegen die dahinterliegende Wand schlug, schrie Kim laut auf. Die Arme fest um den Oberkörper gezogen, fuhr sie zu mir herum. Aline jedoch sah nicht zu mir herüber. Sie ließ den Kanister fallen und hechtete zum Schreibtisch, auf dem eine dünne, flackernde Kerze in einem flachen Sockel stand.

„Sie ist verrückt!", rief Kim aufgebracht. „Sie sind Polizist! Jetzt tun Sie doch endlich etwas. Sie können sie verhaften. Die Furie hat überall Benzin verteilt und will den Laden abfackeln."

„Ich hab dir gesagt, dass du draußen bleiben sollst, Lou“, sagte Josh angespannt, dessen grimmiger Blick zu mir geflackert war, und hob die Waffe höher.

„Nein!“, schrie Frau Maybach und sah ihn zornig an. Die Kerze mittlerweile in ihren Fingern. „Nein! Keine Bewegung! Wenn Sie Ihre Waffe abfeuern, lass ich das hier fallen und werde alles niederbrennen. Ich habe dreißig Liter Benzin vergossen, wie lange wird es wohl dauern, bis wir in einem Inferno festsitzen?“ Sie riss die Augen auf, wie um die Ernsthaftigkeit ihrer Worte zu unterstreichen, und deutete auf die feuchten Kostüme, den nassen Boden und Kims getränkten Hosensaum.

Sofort ließ Josh die Pistole sinken.

Ich verstand. Ob sie das Zimmer zerstörte, war egal … aber wie schnell würde Kims Kleidung wohl Feuer fangen? Und wie schnell würde sich das Feuer verbreiten? Der Boden, die Wände, die Stoffe … alles schien mit Benzin getränkt und leicht brennbar. Ich hatte keine Zweifel, dass Frau Maybach mindestens dreißig Liter verteilt hatte.

Mein Magen zog sich zusammen und ich blickte zu Josh, der ungerührt zu der Ladeninhaberin sah. Er wirkte nicht ängstlich oder sonderlich aufgeregt. Seine Miene war steinern und beinahe gleichgültig.

„Frau Maybach“, sagte er sanft, steckte seine Waffe zurück in das dafür vorgesehene Holster an seinem Gürtel und hob beide Hände. „Lassen sie die Kerze sinken. Das hier hilft niemandem.“

„Woher wollen Sie das wissen?“, blaffte sie und die Schmetterlingsspange in ihren braunen Haaren wippte aufgeregt auf und ab. „Mir bleibt doch überhaupt gar keine andere Wahl!“ Wild fuchtelte sie mit der Kerze herum, die bedrohlich in ihrer Halterung schwankte und einen dünnen Lichtglanz hinter sich herzog. „Heute Abend wird dieser dumme Reporter Elsa interviewen und sie wird meinen oder Kims Namen fallen lassen, ihm wird klar werden, woher diese blöden alten Leute die ganzen Kostüme haben ... und dann sitze ich in der Patsche! Also ... so wie ich das sehe, läuft mir die Zeit davon, und das hier ..." Sie hielt die Kerze höher. „Wird mir neue verschaffen!"

„Wie?", fragte Josh ruhig.

„Was?" Verwirrt sah sie ihn an, bevor ihr Blick zu mir und wieder zurück zu ihm flackerte.

„In welcher Weise wird es Ihnen Zeit verschaffen, den Laden abzufackeln?"

„Tun Sie nicht so blöd. Ich sitze eindeutig am längeren Hebel! Ich werde mich langsam aus dem Zimmer bewegen, sie alle hier einsperren und dann abhauen. Ich will euch ja nicht einmal umbringen. Ich will nur weg. Ich hab gehört, Mexiko ist schön."

„Ich muss Sie enttäuschen, Frau Maybach", sagte Rispo langsam, und in seiner Stimme schwang ehrliche Reue und Mitgefühl mit. „Das wird nicht funktionieren. Ich bin nicht allein hier. Mein Partner wartet draußen."

Frau Maybachs Lippen fingen an zu zittern und ihre Wangen leuchteten noch eine Spur röter. „Das ist so typisch!" Ihre Augen wurden glasig, und jetzt konnte ich deutlich Tränen in ihnen erkennen. „Nie habe ich Glück. Immer muss alles schiefgehen! Egal wie viel Mühe ich mir gebe. Egal, was für Risiken ich eingehe." Sie zog geräuschvoll ihre Nase hoch. „Ich dachte, der Markt für maßgeschneiderte erotische Kostüme müsste riesig sein! Und am Anfang hat das auch wunderbar geklappt, aber mittlerweile …“ Sie presste die Lippen zusammen. „Ach, ist auch egal. Das Leben hat es auf mich abgesehen. Ich meine: Da versuche ich Helga davon abzubringen, mit dem einen blöden Reporter zu reden und bringe sie aus Versehen um … und schon sprießt der nächste aus dem Boden, der jemand anderen befragen will. In welcher Welt ist das fair?“

„Sie haben *was*?“ Kim sah glaubhaft schockiert aus.

„Sie hat mich provoziert, okay?“, fuhr Aline sie an. „Ich habe ihr tausendmal gesagt, sie solle mich nicht weiter wütend machen … aber hat sie auf mich gehört? Nein! Sie hat weiter gefaselt, dass ich eine Heuchlerin sei und ich ihre dreckigen Filme nur wegen des Geldes unterstützt hätte, nicht etwa, weil ich hinter der Idee stünde … und natürlich hatte sie recht. Herrgott, was denkt sie sich denn? Dass ich begeistert sein würde, wenn sie ganz Köln berichtet, dass mein Laden alte Leute für gebrechlichen Sex ausstattet?“

„Also haben Sie sie umgebracht, weil sie Ihren Laden gegenüber dem Reporter erwähnen wollte?“, fragte Rispo, seine Stimme noch immer ruhig.

„Es ist das, *was* sie erwähnen wollte, okay?“ Fahrig strich sie sich durch die Haare, bevor sie mehrfach schluckte. „Ich bin wirklich kein schlechter oder aggressiver Mensch. Ich bin sehr vernünftig – solange man mich gut behandelt. Aber Helga ist so verdammt stur gewesen … dabei hat sie nicht einmal wirklich verstanden, was es für mich bedeuten würde, wenn sie der Presse erzählt, was für einen Deal wir hatten. Sie hat auch noch gedacht, sie würde mir einen Gefallen tun.“

„Und was für ein Deal war das?“

Aline zog die Schultern hoch, und ich hielt den Atem an, als die Kerze bei der ruckartigen Bewegung wieder auf dem Sockel wackelte. „Ich bin nicht stolz darauf, okay? Aber wir hatten wirklich Geldprobleme, und die Senioren konnten es sich nicht leisten, Sachen zu kaufen, also ... haben sie sie gemietet."

Verblüfft öffnete ich die Lippen. „Sie haben Kostüme und Sexspielzeug *vermietet?*", sagte ich ungläubig.

„Lou ...", murmelte Rispo warnend, und Frau Maybachs Blick flackerte hektisch zu mir herüber, so als hätte sie ganz vergessen, dass ich auch noch da war.

„Sie waren alt", sagte sie mit hoher Stimme. „Sie wussten doch gar nicht, dass ein Tanga oder ein Dildo nicht von mehreren Leuten benutzt werden sollte. Ich habe ihnen den Deal gemacht, weil ich es süß fand, was sie getan haben – und ich das Geld brauchte. Aber ich konnte ihnen keine neuen Gegenstände schenken und kaufen wollten sie ja auch keine ... deswegen ... nun, habe ich ihnen alte, reklamierte Spielzeuge gegeben ... und neue ausgeliehen, damit ich sie danach noch verkaufen konnte. Für eine kleine Summe konnten sie sie haben. Es war ein faires Angebot."

„Sie haben ihnen Sachen gegeben, die schon *benutzt* waren?", sagte Kim ungläubig und sprach mir damit aus dem Herzen.

Ich war mir ziemlich sicher, dass das einige Hygienevorschriften brach.

„Nicht alle!", sagte sie hastig und riss die Augen auf. „Nur ein paar. Und die Sachen, die sie wieder zurückgegeben haben, habe ich gewaschen und desinfiziert, bevor ich sie weiterverkauft habe. Es war also völlig harmlos! Aber wenn die Presse davon Wind bekommen hätte ..." Sie biss sich schuldbewusst auf die Unterlippe. „Das wäre geschäftlicher Suizid gewesen! Mein Laden steht für junge, sexy Leute, die ein wenig mehr Spaß haben wollen. Wenn das *Kölner Blatt* seine Finger an die Story bekommen hätte, wäre ich zum Spott der Stadt geworden. Und Helga wollte dem Typen auch noch Fotos geben! Von den alten Kostümen, dem gebrauchten Spielzeug ... Ich wäre ruiniert gewesen. Niemand will Sexspielzeug kaufen, das schon einmal in einer sehr alten Vagina gesteckt haben könnte! Ganz abgesehen davon, dass mir das Gesundheitsamt auf den Hals gehetzt worden wäre." Zitternd atmete sie ein und flehentlich sah sie zu Rispo. „Sie müssen mir glauben, ich bin ein guter Mensch in einer schlechten Situation! Ich hatte nie vor, sie umzubringen. Es war ein Unfall. Sie hat mich einfach so verdammt wütend gemacht. Ich habe sie gebeten, es zu lassen. Meinen Laden einfach aus der Sache rauszulassen, weil es peinlich für mich wäre. Es war eine freundliche Bitte, der jeder normale Mensch nachgekommen wäre – aber Helga war besessen von ihren Seniorenpornos. Sie war offenbar gekränkt, denn danach wollte sie mich erst recht erwähnen und ... da bin ich ausgetickt!" Sie griff sich an den Kopf und ließ die Kerze ein wenig sinken. „Der Laden steht doch ohnehin schon vor dem Ruin! Da brauchte ich nicht noch einen Todesstoß."

„Nein", sagte Kim kopfschüttelnd und machte einen Schritt auf Aline zu. „Nein, nein. Das stimmt doch gar nicht. Es kommen immer noch Aufträge rein und diese maßgeschneiderten Kostüme bringen viel Geld."

„*Was* für Aufträge, Kim?" Alines Gesicht war mittlerweile so rot und verzerrt, dass es wie die Flamme in ihrer Hand zu flackern schien.

„Na ja, meine Großmutter hat zum Beispiel am Dienstagabend ein spezielles Kostüm in Auftrag …"

„Und *ein* Auftrag soll mich jetzt retten, oder was?" Spucke flog aus Alines Mund, leider blieb die Flamme der Kerze jedoch intakt. „Nein. Ich beende das hier ein für alle Mal. Ich kann nicht jeden Reporter umfahren, der über diese blöde Pornosache berichten will. Das hier ist meine einzige Möglichkeit." Fieberhaft runzelte sie die Stirn, bevor sie langsam nickte. „Ja, wahrscheinlich muss ich euch doch umbringen. Also, ich will nicht … aber was soll ich tun? Ich fackele den Laden zusammen mit euch ab, streiche die Versicherungssumme ein und setze mich nach Mexiko ab …" Ihre Lippen wackelten immer heftiger und ein paar Tränen kullerten über ihre Wange. „Ich bin ein guter Mensch. Ich bin ein guter Mensch …" Die Worte waren wie ein Mantra, das sie sich selbst einzureden versuchte. Doch ihre zitternden Hände verrieten, dass sie sich nicht ganz glaubte. „Ich meine, ich habe nur ein paarmal zugestochen, ich … ich wollte sie eigentlich eher warnen als umbringen, aber …"

„Ein paarmal?", rutschte es mir ungläubig heraus. „Siebenmal ist ein bisschen mehr als ein paarmal!"

Aline Maybach blinzelte mehrmals und sah mich schließlich verwirrt an. „Siebenmal?", wiederholte sie tonlos. „So ein Blödsinn. Höchstens zweimal. Und das zweite Mal war auch eher ein Versehen. Ich habe sie nicht getroffen, okay? Sie hat sich gewehrt. Und der blöde Dildo, den ich gegriffen habe, ist immer wieder abgerutscht und kam furchtbar schlecht durch die Kleidung durch.“

Verblüfft öffnete ich den Mund. „Aber ...“ Ich brach ab, denn Rispo hatte meine Hand genommen und sie fest gedrückt.

Mein Blick fuhr zu ihm, und erst jetzt bemerkte ich, dass er Aline Maybach aufmerksam betrachtete und die Augen verengt hatte. „Wie haben Sie die Leiche in die Dampfsauna bekommen, Frau Maybach?“, wollte er langsam wissen.

„Was?“, fragte sie perplex.

„Wie Sie die Leiche in die Sauna bekommen haben.“

„Wovon reden Sie? Ich habe Helga in dem Sexraum liegen lassen. Warum sollte ich ihre Leiche bewegen wollen? Damit hätte mich ja sonst wer sehen können.“

„Natürlich“, murmelte Josh neben mir und seufzte leise. „Natürlich. Wieso habe ich daran nicht gedacht? Deswegen waren kaum Blutspuren auf dem Weg zur Sauna. Deswegen sah die Sauna aus wie ein Saustall.“

Verwirrt sah ich zu ihm hinüber. Ich hatte keine Ahnung, wovon er da redete.

Aline Maybach ging es da offensichtlich ganz ähnlich, denn wütend funkelte sie ihn an. „Was faseln Sie da!“, wollte sie schneidend wissen.

Josh blinzelte und katapultierte sich offenbar damit aus seinen Gedanken, die Hände jetzt wieder erhoben, machte er einen Schritt nach vorn. „Frau Maybach“, sagte er sanft, in der freundlichen, lieben Stimme, die er normalerweise nur für seine Hanteln übrig hatte. „Lassen Sie die Kerze sinken. Sie haben Helga Dettmann nicht umgebracht.“

Sie machte große Augen. „Was? Doch, natürlich! Ich habe auf sie eingestochen!“

„Ja. Sie haben sie verletzt ... aber nicht umgebracht. Helga hat noch gelebt, als Sie vom Tatort geflohen sind.“

Ich konnte die Sexshop-Besitzerin stark schlucken sehen. „Nein, sie hat sich nicht mehr bewegt. Sie ...“

„Sie wird ohnmächtig gewesen sein – aber nicht tot. Lassen Sie die Kerze sinken, pusten Sie sie aus. Lassen Sie sich von mir festnehmen. Sie werden nicht für Mord ins Gefängnis kommen. Nur für Körperverletzung und versuchte Brandstiftung. Wir müssen nicht einmal erwähnen, dass sie uns allen damit gedroht haben, uns umzubringen. Die Strafe, die Sie bekommen werden, ist halb so schlimm.“ Er winkte ab. „Damit kommen Sie klar. Sie verbringen ein paar Jahre im Gefängnis, in denen Sie sich Gedanken über ihr Leben und was Sie damit anfangen wollen machen können ... und dann, wenn Sie rauskommen, wartet ein Neuanfang auf Sie. Das ist es doch, was sie wollen, oder nicht?“

Unsicher trat sie von einem Bein auf das andere. „Ich weiß nicht.“

„Doch, das wissen Sie“, widersprach Rispo sanft. „Das ist ein guter Deal. Sie werden Ihr schlechtes Gewissen und Ihre Schuld sowie Ihren Laden auf nur einen Schlag los. Kein Stress mehr, keine nervigen Kunden. Nur Ruhe, die Sie gut nutzen können. Es gibt Schlimmeres, Frau Maybach. Drei unschuldige Menschen in Brand zu stecken, zum Beispiel.“

„Außerdem ist es in Mexiko unglaublich heiß“, murmelte ich. „Wollen Sie dort wirklich Ihr Leben verbringen?“

Abwesend schüttelte Frau Maybach den Kopf, bevor sie Rispo erneut in die Augen sah. „Ich … ich habe sie nicht umgebracht?", wisperte sie unsicher.

Rispo schüttelte den Kopf. „Nein."

Ich verzog skeptisch das Gesicht.

Ängstlich flackerte Frau Maybachs Blick zu mir. „Sie glaubt Ihnen nicht!"

Rispo warf mir einen warnenden Blick zu, bevor er mit seidiger Stimme sagte: „Sie hat keine Ahnung. Meine Meinung ist die Einzige, die zählt. Ich bin der leitende Ermittler, ich weiß, was passiert ist. Sie haben überreagiert. Sie hatten einen schlechten Tag und haben auf Helga eingestochen. Doch Sie wollten sie nicht umbringen. Sie waren nur wütend. Das ist in Ordnung. Schlecht, aber kein Mord. Mit einem guten Anwalt sind Sie im Nu wieder aus dem Gefängnis draußen."

Ich wusste nicht, ob das die Wahrheit oder eine Lüge war, doch Aline Maybach schien ihm zu glauben. Mit tränenfeuchten Wangen machte sie einen Schritt zum Schreibtisch, stellte die Kerze ab und pustete sie aus.

„Okay", schniefte sie, wandte sich um und streckte ihre zitternden Hände nach vorn. „Dann verhaften Sie mich."

Kapitel 18

Ich hatte in meinem Leben schon schlimmere Schock-momente gehabt, doch etwas wacklig war ich dennoch auf den Beinen, als Marvin die in Handschellen gelegte Frau Maybach entgegennahm und in einen Streifen-wagen verfrachtete, der vor dem Sexshop vorgefahren war.

Er hatte die lauten Stimmen vom Hinterausgang aus vernommen und Verstärkung gerufen, sodass der La-den innerhalb weniger Minuten von Beamtinnen und Beamten wimmelte, die sich um die aufgelöste Kim, die neugierigen Gaffer vor der Tür und das Absperren der Räumlichkeiten kümmerten.

Der ein oder andere grüßte mich, während ich mit trockenem Mund und klopfendem Herzen Emily durch das Schaufenster winkte, um ihr zu bedeuten, dass es mir gut ging, und dann den Schokoriegel aus meiner Je-anstasche holte. Es war, als hätte ich ihn genau für die-sen Moment aufbewahrt.

Es war merkwürdig gewesen. Mit Rispo im selben Raum hatte ich nur halb so viel Angst um mein Leben gehabt wie sonst immer, wenn ich allein mit einem Verrückten eingepfercht gewesen war. Sobald ich die Schokolade gegessen hatte, ging es meinen zitternden Beinen wieder etwas besser. Das braune Gold half nicht nur gegen Dementorenangriffe.

Josh jedoch schien überhaupt nicht beeindruckt von den letzten zwanzig Minuten. Er beachtete das Gewusel um sich herum gar nicht. Mit verengten Augen stand er im Verkaufsraum und sah auf seine verschränkten Arme hinab. So als würde er eine besonders schwere Matheaufgabe lösen oder mithilfe seiner Gedanken Kohle zu Diamanten pressen wollen.

Ich berührte ihn sacht am Arm und blinzelnd hob er den Blick. Müde lächelnd sah ich zu ihm hoch. „Du glaubst wirklich nicht, dass sie Helga umgebracht hat, oder?", stellte ich fest.

„Nein", sagte er schlicht und fuhr sich durch die Haare. „Ich glaube, dass Helga verletzt war ... und jemand anderes den Nagel in ihren Sarg gehämmert hat. Und zwar in der Sauna. Alles andere ergibt keinen Sinn. In der Sauna waren zu viele Blutspritzer. Das hat mich schon von Anfang an gestört. Die Innenseite der Kleidung, die wir gefunden haben, war blutig ... was darauf hingewiesen hat, dass der Tatort ein anderer ist. Denn Helga muss angezogen gewesen sein, als sie angegriffen wurde. Doch das Blut in der Sauna selbst ..." Er schüttelte den Kopf. „Nein. Helga wurde zweimal attackiert. Einmal am Filmset, ein anderes Mal in der Sauna."

„Aber von wem?"

„Ich habe meine Vermutung", murmelte er. „Doch mir fehlt ein letzter Beweis. Irgendetwas, was Kim oder Aline gerade gesagt haben, passt nicht ganz ..."

„Was denn?"

„Keine Ahnung, aber mein Nacken kribbelt und ich habe da ein Gefühl ..." Ein entschlossener Ausdruck

erschien auf seinem Gesicht, bevor er sich plötzlich umwandte und zu den Kassen lief.

Meine Güte, er musste diesen Fall wirklich abgrund-
tief hassen. Wenn er schon mit seinen eigenen Gefüh-
len in Kontakt war, um ihn zu lösen?

Ich folgte ihm und beobachtete neugierig, wie er den
Schreibtisch unter die Lupe nahm. Wie er mit der Hand
über die lederne Unterlage fuhr und einen Block durch-
blätterte, der auf der Arbeitsfläche lag.

„Wonach suchst du?", wollte ich wissen.

„Ich weiß es, wenn ich es sehe", sagte er abwesend
und zog die Schubladen des Schreibtischs heraus. Er
begann, sie systematisch zu durchstöbern, während ich
unterdessen meinen Blick weiter über die Fläche, die
Kasse und alles, was sich darauf befand, schweifen ließ.

Da standen ein Nadelkissen und eine Rolle Klebe-
band. Ein Post-it-Block, der jedoch leer war, ein Telefon ... nichts Außergewöhnliches.

Mein Blick glitt höher, einfach weil ich mir selbst
wichtige Dinge immer irgendwo auf Augenhöhe auf-
hing, und so blieb ich an einer Tischlampe hängen, die
direkt neben der Kasse stand. Eine Reihe von Post-it-
Zetteln hing daran, allesamt in einer schluderigen
Schrift vollgekritzelt.

Das Datum der nächsten Stofflieferung. Mails, die
noch dringend beantwortet werden mussten. Und etwas anderes.

Stirnrunzelnd streckte ich die Hand aus und riss den
letzten Post-it von der Lampe. Ich studierte das Ge-
schriebene, bevor ich mein Handy aus der Tasche zog
und checkte, was für ein Datum heute war.

Meine Augenbrauen flogen in die Höhe. Das war interessant.

„Josh ...“, murmelte ich und stieß ihm sacht mit dem Ellenbogen in die Seite. „Sieh mal.“

Fragend wandte er sich zu mir um und ich hielt ihm den Zettel hin. Er überflog die Zeilen ... und ein grimmiges Lächeln erschien auf seinen Zügen. „Ja, das dachte ich mir“, murmelte er und zog mir den Zettel aus der Hand. „Na dann ... Lust, Trudi einen Besuch abzustatten?“

Angesichts der Tatsache, dass ich innerhalb der letzten Woche dreimal im *Seniorenheim Himmelspforte* gewesen war, hätte man meinen sollen, dass mich die blütenweiße Fassade und die pompöse Einrichtung nicht mehr ganz so beeindruckte. Doch das täuschte. Ich hatte noch nie den Vordereingang benutzt, und als ich jetzt zusammen mit Rispo und Marvin die Eingangshalle betrat, pfiff ich anerkennend durch die Zähne. Das hieß, ich spuckte ein wenig auf den Boden. Pfeifen war keine meiner Stärken.

Der Marmorboden glänzte wie eine frisch polierte Glatze, die bemalte Stuckdecke wurde nur von der sixtinischen Kapelle in den Schatten gestellt, und der protzige goldene Rezeptionstresen war so wuchtig, dass allein sein Anblick mich beinahe umwarf.

Eine zierliche Brünette mit hohem Pferdeschwanz und wortwörtlich weißer Weste saß dahinter. Sie sprang auf, sobald die Tür hinter uns zufiel.

„Kommissar Rispo“, sagte sie hektisch. „Ich dachte, Sie hätten Ihre Ermittlungen hier abgeschlossen.“

„Das dachte ich auch", sagte er schroff. „Aber es kommt vor, dass ich mich irre."

Dieses Zugeständnis fand die Rezeptionistin nur halb so beeindruckend wie ich, denn sie sagte lediglich: „Das ist ja schön und gut, aber die Senioren essen gerade zu Abend, wenn Sie also später wiederkommen ..."

Rispo beachtete sie gar nicht, er war bereits an ihr vorbeigegangen.

„Sie können nicht einfach durchgehen", echauffierte die Dame sich. „Sie müssen sich hier vorne anmelden!"

Josh lief weiter.

„Na gut, ausnahmsweise. Aber was soll ich denn als Besuchsgrund eintragen?", rief uns die Rezeptionistin hinterher.

„Festnahme eines Ihrer Bewohner wegen Mordes", rief Rispo genervt zurück.

„Oh, aber das kann ich doch nicht so schreiben", hörte man das Mädchen noch sagen, dann war sie außer Reichweite.

Josh lief so zielsicher durch die Gänge, dass Marvin und ich kaum hinterherkamen. „Ich werde mich möglicherweise das erste Mal vor Glückseligkeit betrinken, wenn dieser Fall vorbei ist", murmelte er, und meine Mundwinkel zuckten.

„Das würde ich begrüßen", unterstützte ich ihn sofort. Ich hatte ihn noch nie betrunken erlebt, und diesen Umstand zu ändern, stand definitiv noch auf meiner Bucket-List.

„Das wäre sehr unprofessionell", gab Marvin zu bedenken.

Josh schnaubte nur. „Alles an diesem Fall war unprofessionell."

Wir hatten die Tür, die zum Speisesaal führte, erreicht, und ich wollte schon stehen bleiben, weil Josh sicherlich erst darüber nachdenken wollte, wie er die Verdächtige möglichst ohne größeres Aufsehen festnehmen konnte, doch ich irrte mich. Sein Geduldsfaden war nun wohl endgültig gerissen, denn ohne viel Federlesens stieß er die Tür auf und schritt in den brechend vollen Raum.

Dutzende runde Tische standen dort, alle ausnahmslos besetzt. Mein Blick flog durch den Raum, auf der Suche nach der Mörderin …

„Das kann doch nicht wahr sein", presste Josh zwischen den Zähnen hindurch. „Was macht denn der Hampelmann hier?"

Ich folgte seinem Blick und war nicht überrascht, dass er damit seinen Bruder meinte, der zusammen mit Trudi, Elsa und Ernst an einem runden Tisch saß und sich die Paella schmecken ließ, die heute offenbar auf der Speisekarte stand.

„Er will ein Interview mit Elsa führen", murmelte ich.

Josh lachte trocken auf. „Nun, das wird wohl leider ins Wasser fallen." Er lief weiter in den Raum hinein, ignorierte die neugierigen Blicke, die ihm folgten, als wäre er ein roter Laserpunkt an der Wand, und sagte schließlich laut: „Elsa Schnabellund. Sie sind festgenommen wegen des Mordes an Helga Dettmann."

Dutzende Köpfe fuhren in die Höhe. Elsas war keiner davon. Sie war schwer damit beschäftigt, Paella auf ihre Gabel zu schaufeln.

Ein lautes Stimmengewirr brach los, und Josh verdrehte die Augen. Er lief noch ein paar weitere Meter auf Elsas Tisch zu. „Elsa“, sagte er lauter. „Sie sind festgenommen.“

Diesmal hörte sie ihn. Verwirrt hob sie ihr Kinn.

„Was?“, fragte die alte Dame und neigte den Kopf. „Ich habe Sie nicht verstanden. Sprechen Sie doch bitte lauter.“

Rispo murmelte irgendetwas Unverständliches, von dem ich mir sicher war, dass es seinen Platz in der Hölle sicherte, bevor er den Raum endgültig durchquerte und erneut den Mund öffnete. „Ich werde Sie festnehmen, Elsa“, sagte er so laut, dass auch noch die letzte Person im Raum – und wahrscheinlich auch die Rezeptionistin in der Eingangshalle – es hörte. „Wegen Mordes an Helga Dettmann.“

„Nein!“, sagte Trudi, die Schwierigkeiten hatte, die Begeisterung aus ihrer Stimme zu verbannen. „Wie spannend.“

„Oh, fuck“, stellte Mo passend fest.

„Was?“, fragte Ernst schockiert und starrte mit offenem Mund seine Sitznachbarin an. „Das kann doch nicht sein! Das ist albern.“

„Ich fürchte nicht“, sagte Rispo, seine Stimme jetzt etwas sanfter. „Wir wissen, dass sie schuldig ist, Herr Dettmann. Tut mir leid.“

Alle Gesichter im Raum wandten sich Elsa zu, der jegliches Blut aus dem Gesicht gewichen war. Hastig rückte sie den Stuhl zurück, ihre Augen entsetzt geweitet. „Aber ... wieso? Woher ...“

„Sie hätten ihr Kostüm für den nächsten Pornodreh erst am nächsten Tag bestellen dürfen, Elsa“, sagte ich kühl. „Erst, als alle wussten, dass Helga wirklich tot war. Nicht bereits am Dienstagabend, nachdem Sie sie umgebracht haben.“

„Oh“, sagte sie und schluckte deutlich. „Aber dann wäre es nicht rechtzeitig fertig geworden.“

„Nun, das ist jetzt nicht mehr von Belang, oder?“, sagte Rispo schroff. „Stehen Sie bitte auf, damit ich Ihnen Handschellen an-“

Doch er kam nicht weiter, denn Elsa nutzte diesen Moment, um abrupt ihren Stuhl umzustoßen und zwischen den nächstgelegenen Tischen hindurch in Richtung Ausgang zu flüchten.

„Oh mein Gott!“, schrie Trudi aufgeregt und streckte den Arm aus. „Sie will wegrennen!“

Ich zog eine Grimasse. Das Wort *rennen* schien in diesem Kontext doch etwas optimistisch. Weghopsen oder auch wegtrippeln beschrieb das, was Frau Schnabellund da tat, dann doch treffender. Elsa bei ihrem Fluchtversuch zuzusehen, war, wie eine behäbige Murmel bei ihrem Weg durch ein Labyrinth mit viel zu engen Gängen zu beobachten.

Sie war wirklich nicht mehr die Jüngste und musste ständig stehen bleiben, um sich durch zu eng aneinandergestellte Tische zu quetschen.

Unsicher sah Marvin zu Josh. „Ähm … soll ich ihr hinterher*rennen*?“

Seufzend stand Josh da und sah Elsa dabei zu, wie sie in Trippelschritten weiter zum Ausgang lief. „Ja, machen Sie das doch.“

„Ihr könnt sie nicht tackeln!“, rief Trudi. „Sie bricht sich doch alle Knochen.“

„Ich glaube, das wird nicht nötig sein“, bemerkte Rispo trocken. „Marvin kann sie einfach am Arm zurückhalten. Sanft, Marvin!", rief er seinem Kollegen hinterher. „Nicht dass all diese Zeugen hier auf die Idee kommen, uns Polizeigewalt nachzusagen."

Marvin reckte den Daumen in die Höhe, hatte Elsa innerhalb weniger Sekunden erreicht und hielt sie sanft am Ellenbogen fest. „Bitte ... wehren Sie sich nicht weiter, Elsa", sagte er dann streng. „Sie haben etwas sehr Schlimmes getan und müssen jetzt mit den Konsequenzen leben."

Die alte Dame schürzte die Lippen, blickte kurz zu Ernst, der fassungslos zurückstarrte, und seufzte dann tragisch.

„Es ist nicht so schlimm, wie es sich anhört", verteidigte sie sich und wich den vorwurfsvollen, schockierten Blicken aus, die sie von allen Seiten durchbohrten. „Helga war doch schon fast tot, als ich sie gefunden habe. Sie hätte es ohnehin nicht mehr geschafft. Ich habe das Unvermeidliche nur etwas schneller herbeigeführt." Sie seufzte. „Sicherlich mildert dieser Umstand die Straftat, oder?" Hoffnungsvoll sah sie zu Rispo.

Sein Gesicht hätte gut als Werbetafel für die Farbe Schwarz herhalten können. „Ich fürchte, da irren Sie sich. Es ist noch immer Mord. Egal wie schwer verletzt das Opfer im Vorfeld war."

„Oh." Enttäuscht ließ sie die Schultern sinken.

Rispo schüttelte langsam den Kopf. „Ja, oh. Ich hoffe, Sie wissen, dass Sie ein sehr schlechter Mensch sind, Elsa. Ich habe schon viele Mörder festgenommen, aber Sie ..." Angewidert verzog er das Gesicht. „Der Tatort war ein Saustall und Sie zeigen nicht einmal etwas Reue."

„Sie verdrehen hier die Tatsachen. Es war … also, ich habe da nur eine Chance erkannt", sagte sie wehleidig. „Wir alle haben sie gesucht, weil sie nicht zum Abendessen gekommen ist. Und als ich sie dann unten gefunden habe, war sie noch ohnmächtig und es stand wirklich übel um sie. Ich wollte ja erst den Krankenwagen rufen, aber … ich war mein halbes Leben lang Krankenschwester und ich erkenne tödliche Wunden, wenn ich sie sehe." Sie reckte das Kinn. „Es hätte sich nicht gelohnt, sie zu retten, glauben Sie mir! Sie hätte ein kostbares Bett im Krankenhaus belegt und wäre dann nach ein paar Tagen gestorben. Also dachte ich … nun." Sie presste die Lippen zusammen. „Als sie keine Minute später aufgewacht ist, habe ich sie mit nach draußen genommen, ihr gesagt, dass wir Hilfe holen. Sie konnte noch laufen, wenn auch eher schlecht als recht. Hat sich auf eine Stativstange gestützt, mit der sie dann die Tür offengehalten hat, damit ich sie besser hindurchbugsieren konnte. Dann habe ich sie in die Sauna gebracht und sie ausgezogen. Ich bin Krankenschwester gewesen, wie schon erwähnt. Ich habe ihr erzählt, so könne ich mir ihre Wunden besser ansehen."

„Sie haben ihr versprochen, Sie würden ihr helfen … und haben dann weitere fünf Mal auf sie eingestochen?", sagte ich angeekelt und mein Magen zog sich zusammen. Wie konnte eine so alte, normal wirkende Frau so eiskalt handeln?

„Ich habe überhaupt gar nichts versprochen! Außerdem wollte ich nicht, dass sie länger leiden muss", stellte Elsa klar und hob beide Hände. „Ich bin schließlich kein Monster. Ich habe ihren Tod erleichtert, glauben Sie mir."

„Mit *fünf* Stichen?", wiederholte ich ungläubig.

„Nun … ich wollte sichergehen, oder nicht? Ich bin nicht mehr die Jüngste und konnte nicht so viel Kraft aufbringen, wie ich erhofft hatte … Außerdem war sie noch mit Vaseline eingeschmiert und sehr glitschig. Ich bin ständig abgerutscht. Dann bin ich zurückgegangen und hab die Waffe an der Heizung zertrümmert. Ich hatte irgendwie gehofft, dass das Glas in der Heizung vielleicht schmilzt … aber es ist ja Sommer und das Ding war auch überhaupt nicht an." Wieder seufzte sie.

„Eine rührende Geschichte", sagte Rispo trocken, dessen Blick so kalt war, wie ich mich fühlte. „Aber eine Frage hätte ich noch: Warum die Sauna? Warum haben Sie sie nicht einfach an ihrem Drehort liegen lassen?"

„Damit die Polizei unser Filmset kaputtmacht und unseren Zeitplan zerstört?", sagte sie ungläubig. „Nein, das ging nicht. Außerdem hatte ich gehofft, dass Sie Pfarrer Olaf vermuten würden, wenn Helga in der Sauna gefunden wird. Weil die beiden dort doch immer ihre Pläuschchen gehalten haben." Missmutig biss sie die Zähne aufeinander. „Aber ihr habt ihn ja nicht einmal als Täter in Erwägung gezogen."

„Ich habe Helga sehr gemocht!", echauffierte sich der Pfarrer, der zwei Tische von uns entfernt saß. „Ich hätte ihr niemals wehgetan!"

Elsa verdrehte die Augen. „Natürlich."

„Okay, das reicht", beschloss Rispo. „Wir sind hier fertig. Marvin, wären Sie so freundlich, Elsa nach draußen zu bringen? Nicht dass sie noch einmal einen solch halsbrecherischen Fluchtversuch unternimmt. Es wäre doch schade, wenn sie ausrutscht und sich verletzt."

„Jawohl", sagte Marvin und führte Elsa im nächsten Moment aus dem Speisesaal.

Eine gespenstische, schockierte Stille blieb zurück. Die älteren Damen und Herren saßen mit offenen Mündern und erhobenen Gabeln da, so als verstünden sie nicht ganz, was da eben passiert war. Ich konnte es ihnen nachempfinden. Da dachte man, man würde eine Person kennen … und dann stach sie fünfmal mit einem gläsernen Dildo auf eine freundliche Frau ein.

Ein Kloß bildete sich in meinem Hals und ich senkte den Blick auf den Tisch vor mir.

„Das war ja mal aufregend", bemerkte Trudi. „Ich wette, davon werden sie hier noch Jahre erzählen."

„Mann, das war es dann wohl mit meinem Interview", sagte Mo währenddessen seufzend. „Aber nicht schlimm, das hier bietet genug Material, um einen Artikel über den Mordfall zu schreiben. Lou, du wirst namentlich erwähnt, du hast mir schließlich einen reißerischen Artikel versprochen und dazu trägt dein Name eine Menge bei."

Ich nickte abwesend. Mein Blick war auf Ernst gerichtet, der mit geöffnetem Mund und einer Hand auf dem Herz dasaß.

„Es tut mir sehr leid, Ernst", wisperte ich und berührte ihn leicht an der Schulter.

Seine Augen glänzten verräterisch, doch als er sich räusperte und sprach, klang er entschlossen und stark. „Das muss es nicht. So muss ich mich wenigstens nicht mehr fragen, wer so grausam sein konnte, meine Helga …" Er schluckte. „Danke. Alles ist besser als die Ungewissheit."

Ich merkte aus den Augenwinkeln, wie Josh und Mo sich einen knappen Blick zuwarfen, bevor beide zustimmend murmelten.

Ernst stand mit bebenden Lippen auf. „Mir ist der Appetit vergangen, Sie entschuldigen mich?“ Er nickte uns zu, bevor er schniefend auf den Ausgang zuging. Ich fühlte mich schlecht bei dem Gedanken, dass er allein sein würde und war erleichtert, als Sybille, die nahe der Tür saß, aufsprang und ihm hinterherlief.

Ein dumpfes Gefühl der Trübheit hatte sich in meinem Magen festgesetzt und Tränen brannten in meinen Augen. Egal wie oft man mit Mördern konfrontiert wurde, die Grausamkeit ihrer Taten waren für mich noch genauso unverständlich und verletzend wie am ersten Tag.

„Wie schaffst du es, bei deinem Job nicht depressiv zu werden?“, wollte ich leise von Josh wissen.

Er drückte meine Schulter. „Ich habe dich.“

Meine Mundwinkel zuckten. „Aber erst seit ein paar Jahren. Davor ...“

„Die Zeit davor ist unwichtig und sehr traurig“, stellte er fest. „Man lernt, mit den Bildern und Menschen umzugehen, Lou. Abgesehen davon hilft es, dass mein Empathievermögen nur halb so groß wie deines ist.“ Er strich mir flüchtig über den Nacken, bevor er murmelte: „Treffen wir uns gleich draußen? Ich will noch einmal mit der Heimleitung reden und ihnen erklären, was passiert ist.“

Schwer seufzend nickte ich. „Klar.“

Josh verließ in langen Schritten den Raum, und ich sank auf den jetzt freien Platz neben Trudi. „Sollen wir dich mitnehmen, Trudi?", fragte ich und hob die Augenbrauen. „Dein Undercover-Einsatz ist jetzt ja vorbei."

„Oh, ich weiß nicht", sagte die alte Dame unsicher und sah sich mit fast sehnsüchtigem Blick im Raum um. „Vielleicht bleibe ich auch noch ein wenig hier. Ich meine ... sie brauchen eine neue Hauptdarstellerin für ihre Kunstfilme, und ich fand mich schon immer sehr fotogen und Kostümen kann ich auch eine Menge abgewinnen, also ..." Sie zuckte die Achseln.

Ich versuchte mein Lächeln zu verbergen, doch es brach aus mir hervor, wie Ted Bundy aus dem Gefängnis. „Dein Sohn Kai wird sich freuen, dass du endlich ein neues, sicheres Hobby gefunden hast."

„Oh, Kai spricht seit Jahren davon, dass ich nicht mehr allein wohnen soll", meinte sie und nickte. „Er wird sicherlich begeistert sein." Nachdenklich wiegte sie den Kopf hin und her. Schließlich sagte sie mit gesenkter Stimme: „Weißt du, Lou. Ich habe in den letzten Tagen schon gemerkt, wie angenehm es ist, bedient zu werden. Ich bin zwar nicht wirklich *alt*", sie betonte das Wort mit besonderem Nachdruck, um jeden Zweifel an diesen Worten im Keim zu ersticken, „aber so richtig fit fühle ich mich auch nicht immer. Und es ist sehr gemütlich und aufregend hier. Abgesehen davon sehe ich es als meine Pflicht an, den alten Knackern hier ein wenig einzuheizen. Viele von ihnen sind doch sehr langweilig. Sie haben vergessen, was das Leben zu bieten hat."

Ich nickte und mied Moritz' Blick, denn der Rispo-Bruder grinste bei Trudis Worten so breit, dass ich mich davon anstecken lassen würde, wenn ich nicht aufpasste. „Hierzubleiben wäre quasi eine Hilfe fürs Allgemeinwohl", unterstützte ich sie.

Ihr Gesicht erhellte sich. „Eben! Dich im Laden besuchen werde ich natürlich trotzdem ... und du und Emmi kommen doch auch zu Besuch, oder? Manni werde ich auch schon noch dazu überreden, sich hier niederzulassen."

„Klar, wir besuchen dich", versprach ich. „Außerdem ist das hier ja kein Gefängnis. Dein Leben wird sich nicht großartig ändern."

Trudi nickte, offenbar sehr zufrieden mit ihrer Entscheidung. „Ich in einem Seniorenheim ..." Sie schnalzte mit der Zunge. „Wer hätte jemals damit gerechnet?"

Fünf Minuten später waren Mo und ich uns einig, dass jeder damit gerechnet hatte, wir uns aber über Trudis Begeisterung über ihren neuen Wohnort freuten.

„Ich kenne sie ja noch nicht lange", bemerkte Mo. „Aber ich habe das Gefühl, dass das Seniorenheim *Himmelspforte* irgendwann den Tag verfluchen wird, an dem es Trudi hier aufgenommen hat. Sie ist doch etwas ... quirliger als die sonstige Kundschaft."

„Oh, wahrscheinlich. Spätestens an dem Tag, an dem sie entscheidet, sich doch wieder in Magie zu üben und das Haus aus Versehen abfackelt", stellte ich fest.

Mo grinste. „Hat sie das schon einmal getan?"

Ich winkte ab. „Reden wir nicht drüber. Ist ein dunkler Tag in meinem Kalender."

Er lachte. „Meine Güte, ich hätte ja wirklich nicht mehr damit gerechnet, dass Josh eine Freundin findet, die ich mag. Er hat da in der Vergangenheit wirklich kein gutes Händchen bewiesen. Hat sich sehr oft von oberflächlichen Intelligenzbestien mit krassem Körper einwickeln lassen, aber ... du bist schon in Ordnung."

Ich lief rosa an. „Ähm, Danke. Ich finde mich auch toll. Auch wenn du meine Intelligenz und meinen Körper gerade als mittelmäßig bezeichnet hast."

„Ja, wir Rispos wählen unsere Komplimente mit Bedacht. Außer wir wollen jemanden ins Bett kriegen."

Ich verdrehte die Augen. „Wie überaus ehrenwert von euch."

Wieder lachte Mo. Er wollte gerade etwas erwidern, da fiel sein Blick auf Josh, der auf dem Parkplatz auf uns wartete. Abrupt versagte ihm die Stimme.

Josh hatte die Arme verschränkt – das war nichts Besonderes, in seinem Gesten-Katalog stand diese Pose auf der ersten Seite unter *Favoriten* – und die Augenbrauen gehoben.

Er sah bewusst an Mo vorbei, der laut schnaubte und sich mit dem Mittelfinger an der Nase kratzte.

Einen halben Meter voneinander entfernt blieben wir stehen, und ich hielt den Mund bewusst geschlossen. Meine Theorie war, wenn ich hier lang genug stehen blieb, würde ihnen die Stille unangenehm werden und sie würden sie mit einer beidseitigen Entschuldigung füllen.

Doch ich hatte ihre Geduld unterschätzt ... und meine deutlich überschätzt. Nach zwei Minuten zähem Schweigen rief ich: „Okay, es reicht jetzt!"

Beide wandten sich mäßig interessiert mir zu. „Was reicht jetzt?", fragte Mo unschuldig.

„Euer passiv-aggressives Machoverhalten!", stellte ich klar und presste die Lippen zusammen. „Ihr seid Brüder. Ihr liebt ..." Entsetzt sah Mo mich an und augenverdrehend korrigierte ich: „Ihr respektiert einander. Ihr vermisst beide eure Mutter. Ihr seid ein Team! Wie zwei Seiten einer Medaille. Hört ihr? Ihr stärkt euch den Rücken, ihr seid füreinander da ... Millionen Leute auf dieser Welt wünschten sich, eine so tolle Familie zu haben, wie ihr sie habt. Das ist ein Privileg, das ihr nicht einfach so wegwerfen solltet. Also vertragt euch wieder."

Ich hatte mir erhofft, dass auf meine kleine Rede allgemeine Zustimmung und ein grummeliges, aber liebenswertes *„Schwamm drüber"*folgen würde. Stattdessen jedoch sahen Mo und Josh sich nur düster an, bis Josh sagte: „Wirst du Mamas Fall weiterverfolgen?"

„Ja. Wirst du dabei bleiben, dass du das für schwachsinnig hältst und mir nicht damit helfen willst?"

„Jup."

Mo nickte. „Dann haben wir uns dazu nichts mehr zu sagen."

„Sehe ich auch so", sagte Josh. „Kommst du übernächste Woche zum Abendessen bei uns vorbei? Flo, Jonas und Finn kommen wahrscheinlich auch, und ich halte Lou vom Herd fern. Es lohnt sich also."

„Klar", sagte Mo schlicht. „Bis dann!" Er hob die Hand, nickte mir zu und lief über den Parkplatz zu einem Motorrad, das meine *Mutter als „Tötungsmaschine mit Stil"*bezeichnet hätte.

Kopfschüttelnd sah ich Josh an. „Manchmal verstehe ich euch nicht. Ihr hasst euch ... aber er kommt zum Essen?"

„Wir hassen uns nicht, Lou. Wir sind uns in diesem Punkt nur uneinig und verachten einander dafür“, stellte Josh klar.

Schnaubend verschränkte ich die Arme. „Das ist albern.“

„Hey, wir reden doch wieder miteinander“, meinte er abwehrend und legte einen Arm um meine Schultern. „Das ist es doch, was du wolltest.“

Seufzend ließ ich meinen Kopf gegen seine Schulter sinken. Ich gab mich geschlagen. Ich erkannte zwei Dickköpfe, wenn ich sie sah.

Kapitel 19

Als ich am Samstagabend von der Arbeit nach Hause kam, fühlte ich mich gerädert, aber zufrieden.

Ich hatte allen Papierkram erledigt, der aufgrund meiner Mordermittlungen liegengeblieben war, und für eine Hochzeit am nächsten Tag die Sträuße gebunden. Außerdem hatte ich Emily gebeten vorbeizukommen und ihr vorgeschlagen, sich am Abend mit Finn zu treffen, um in Ruhe über ihre Gefühle zu reden. Sie hatte zwar ein Würgegeräusch bei meiner Wortwahl gemacht, doch versprochen, dass sie darüber nachdenken würde. Sie zu mehr zu bewegen, war ich nicht in der Lage. Ich war schließlich ein Mensch, kein ausgebildeter Vollzeitmagier. Doch ich glaubte Emily, wenn sie sagte, sie wolle ihr Leben verbessern ... und die Sache mit Finn zu regeln, war ein Schritt in die richtige Richtung. Sie würde schon vernünftig sein und auf mich hören.

Nachdem ich eine Stunde damit verbracht hatte, mir diese Worte erfolgreich einzureden, war es auch schon Zeit, nach Hause zu fahren.

Der Hausflur war angenehm kühl im Vergleich zu der brennenden Hitze draußen, die die letzten Augusttage einläutete, und der Gedanke, mich mit einem kühlen Bier auf die Couch zu legen und eine Weile die Augen zu schließen, war so schön, dass ich ihn gerne bei *Germany's next Topmodel* angemeldet hätte.

Doch als ich die Tür aufschloss, verflüchtigte sich meine Vorstellung des Abends innerhalb eines Wimpernschlags.

Überrascht blieb ich stehen.

Leise Gitarrenmusik drang mir entgegen und gedämpftes Licht erfüllte die Wohnung. Als ich mich verwirrt nach der Quelle der flackernden Strahlen umsah, erkannte ich, dass Kerzen brannten. Ein paar auf der Küchenanrichte. Ein paar auf dem Wohnzimmertisch. Eine auf dem Esstisch.

Doch das war nichts im Vergleich zu dem himmlischen Geruch, der in der Luft lag. Wenn mich nicht alles täuschte, hatte Josh Lasagne, mein Lieblingsessen, gemacht.

Schlagartig wurde mein Mund trocken. Oh mein Gott. Unser gemeinsames Essen. Das Essen, bei dem er mir vielleicht einen Antrag machen würde. Das hatte ich über die Aufregung des gestrigen Abends hinweg vollkommen vergessen.

Langsam wagte ich mich weiter in die Wohnung hinein, schloss die Tür hinter mir und betrachtete den gedeckten Tisch. Ein Strauß aus Mohnblumen stand darauf. Meine Güte, wenn Josh jetzt auch noch Schokotorte im Kühlschrank versteckte, dann war es der perfekte Abend.

Neue Energie flutete mich und mein Herz schlug auf einmal in dreifacher Geschwindigkeit in meiner Brust. Jegliche Gedanken an Ruhe und Bier waren längst vergessen.

„Hey", sagte ich etwas atemlos und spürte, wie mir das Blut in die Wangen stieg, als Josh aufsah, der hinter der Kücheninsel stand und gerade den Ofen ausschaltete. Er trug ein dunkelgrünes T-Shirt und eine Jeans ... und das reichte, um mich innerlich aufseufzen zu lassen. Er trug etwas, das man als farbig bezeichnen konnte! Das machte er definitiv nur meinetwegen.

Als hätte er meine innere Unterhaltung mitangehört, hob Josh einen Mundwinkel. „Schönen Tag gehabt?"

„War okay", meinte ich vage und zog meine Schuhe aus. „Aber ich habe das Gefühl, dass er jetzt um einiges besser wird." Ich nickte zum geschmückten Tisch. „Du hast Kerzen angezündet."

„Ja, du magst Kerzen."

„Ich weiß, aber du hältst sie in Kombination mit meinem *Dschungel* für eine unzumutbare Brandgefährdung."

Er schnaubte, lief zu mir herüber und küsste mich zur Begrüßung. „Dein Kater neigt dazu, Dinge umzuwerfen, Lou ... und wenn du, während im Wohnzimmer zwanzig Kerzen brennen, duschen gehst ..."

„Es ist nie etwas passiert."

„Weil ich sie immer auspuste."

„Siehst du, wir haben ein System", sagte ich grinsend und drückte ihn an mich.

Josh seufzte, doch ich wusste, dass es ihn nicht störte und er es nicht wirklich für gefährlich hielt. Er mochte es nur, darüber zu diskutieren.

„Setz dich hin, das Essen ist fertig."

Das ließ ich mir nicht zweimal sagen. Insgeheim war ich richtig froh, dass ich eine so schlechte Köchin war, denn deswegen machte es Josh gar nichts aus, den

Großteil der Kocharbeit zu übernehmen. Ich kaufte dafür ein und war die Spülmaschinenbeauftragte.

„Hast du die Mohnblumen selbst gepflückt?", wollte ich wissen.

„Ja. Eigenhändig aus der Vase des Blumenladens."

„Hey, du warst woanders Blumen kaufen als bei mir?"

Josh warf mir einen ironischen Blick zu. „Wie soll ich dich mit Blumen überraschen, wenn ich sie bei dir kaufe?"

„Mhm. Ich erkenne die Problematik."

Vielsagend nickte er, bevor er sich bückte und eine Weinflasche aus dem Kühlschrank zog. Er stellte sie auf den Tisch und ging dann zum Ofen, um mithilfe von zwei Topflappen die Lasagne zu bergen. Ich nutzte die Zeit, um uns einzugießen.

Die Auflaufform dampfte in seinen Händen und hastig schob ich die Blumen beiseite, damit er sie auf den Untersetzer stellen konnte.

„Danke", murmelte ich. „Fürs Kochen … und hübsch machen."

Er grinste. „Sprichst du von mir oder dem Tisch?"

„Von beidem. Mir ist nicht entgangen, dass du eine Farbe trägst."

Er klopfte sich imaginären Dreck vom T-Shirt. „Ich hab es heute zufällig im Schrank gefunden."

Das wunderte mich nicht, ich hatte es dort hineingelegt. „Sieht sehr hübsch aus."

Leise lachte er. „Danke. Sehr freundlich." Er hob das Weinglas über die Mitte des Tisches und wartete, bis ich meins ebenfalls in der Hand hielt. „Darauf, dass dieser Fall endlich vorbei ist", murmelte er und wir stießen die Gläser aneinander.

„Dich hat dieser Fall wirklich mehr aufgeregt als jeder andere, oder?", wollte ich wissen.

„Ja, weil er albern war."

„Wegen all dem Sexkram?"

„Unter anderem. Aber vor allem, weil keiner der Zeugen mir helfen wollte. Weil sie alle ihr dummes Geheimnis hatten, das sie unter allen Umständen bewahren wollten. Und das war unglaublich anstrengend."

Ich nickte und drückte seine Hand über den Tisch hinweg. Rispo hatte einfach keine hohe Toleranzgrenze gegenüber Lügen, wenn es um seine Mordfälle ging.

„Aber abgesehen davon war es dieses Mal doch gar nicht so schlimm, oder?", sagte ich langsam.

Nachdenklich sah er mich an. „Was meinst du?"

„Na ja, ich befand mich kein einziges Mal in Lebensgefahr."

„Du klingst fast wehleidig", bemerkte er gequält.

„Nein, nein", sagte ich hastig. „Es war eher eine positive Feststellung, die dir vor Augen halten soll, dass es manchmal auch harmlos ist, wenn ich mich in einen Fall einmische."

Josh gab ein so tiefes Seufzen von sich, dass ich es in meinen Zehenspitzen zu spüren meinte. Er fuhr sich mit der Hand durch die Haare, schloss kurz die Augen und sagte schließlich: „Wir müssen da irgendwie eine Lösung finden, Lou."

Überrascht hob ich die Augenbrauen. „Was?"

„Na ja, wenn du wirklich vorhast, langfristig weiter in Mordfällen herumzustöbern – und so sieht es zurzeit aus –, dann müssen wir irgendwelche Regeln aufstellen, denn sonst wird unsere Beziehung irgendwann daran zerbrechen. Und das möchte ich nicht."

Ich biss mir auf die Unterlippe.

„Ich bin es ehrlich gesagt leid, dir zu verbieten, dich einzumischen, wenn du dich ohnehin nicht daran hältst. Außerdem möchte ich dir überhaupt nichts verbieten müssen, weil ich nicht dein Vater, sondern dein Freund bin, und … Ich will dich nicht dazu zwingen, mir Versprechen zu geben, die du dann wieder brichst.“

Ich seufzte schwer. Es lag nicht in meinem Interesse, diesen romantischen Abend in diese tragische Richtung gleiten zu lassen. Doch Josh war selten so offen damit, dass ihn etwas störte … und mir war klar gewesen, dass wir darüber würden reden müssen.

„Weißt du“, flüsterte ich. „Ich lege es wirklich nicht darauf an, mich in Mordermittlungen zu stürzen. Aber irgendwie …“

„Finden die Leichen dich?“, stellte Rispo trocken fest.

Ich nickte. „Trudi meint, ich bin verflucht.“

„Na, solange der Grund vernünftig ist.“

Ich lachte. „Sie hat sich vor ein paar Wochen mit Voodoo beschäftigt und das ist ihr zu Kopf gestiegen.“

„Natürlich.“ Josh wirkte nicht einmal überrascht.

„Ich versteh, dass es dich nervt, Josh“, meinte ich und räusperte mich. „Dass du Angst um mich hast. Dass es dich manchmal in eine blöde Lage bringt. Aber jedes Mal, wenn ich aufhören will, fällt mir ein dummer Grund vor die Füße, es nicht zu tun.“

Er nickte. „Ich weiß, Lou. Du bist neugierig. Leute erzählen dir Dinge. Zeugen vertrauen dir … und schon steckst du mit den Füßen im Müll und dem Kopf in einer Leiche.“

Ich verzog das Gesicht anhand der Vorstellung, nickte jedoch. Ich wusste, was er meinte. „So ist es. Und es

macht Spaß und ich bin gut darin, Leuten Dinge zu ent-
locken oder über Hinweise zu stolpern ..."

Wieder nickte er. „Das ist mir bewusst. Es ist der
Grund, warum ich meinen Job liebe. Aber nur, weil du
dieses Mal nicht wieder mit einer Pistole an deiner
Schläfe geendet bist, heißt es nicht, dass es beim nächsten Mal nicht doch wieder so sein wird. Deswegen ...
würde ich gerne ein paar Regeln festlegen."

„Okay. Was stellst du dir vor?"

„Wenn du dich einmischst, dann sagst du mir Bescheid, dass du jetzt mit von der Partie bist. Außerdem
erzählst du mir, wenn du irgendetwas herausfindest,
und rufst an, sobald du kurz davorstehst, etwas Gefähr-
liches zu tun. Du wirst Marvin oder wen auch immer
nicht mehr dazu erpressen, dir Informationen zu geben. Du enthältst mir wichtige Infos nicht vor, nur weil
du wütend auf mich bist ... wir müssen da Persönliches
von", gequält verzog er das Gesicht, „Geschäftlichem
trennen. Verstanden?"

Meine Mundwinkel zuckten, und nachdenklich legte
ich den Kopf schief. „Du scheinst da schon länger
drüber nachgedacht zu haben."

„Ein paar Wochen."

Ich nickte. „Okay. Klingt vernünftig. Ich bin sowieso
nicht allzu scharf darauf, mich alle paar Monate beinahe umbringen zu lassen."

„Das ist sehr beruhigend zu hören. Also schwörst du –
auf Trudis Kekse –, dass du diese Regeln ab jetzt befolgen wirst?" Josh sah bei seinen Worten so ernst aus,
dass ich lachen wollte, doch irgendwie wurde mir klar,
dass er dieses Gespräch überhaupt nicht witzig fand. Es
war ein riesiges Zugeständnis seinerseits, mir unter

Auflagen praktisch zu erlauben, meine Neugierde, was Mordfälle betraf, zu befriedigen. Vor ein paar Jahren wäre dieses Gespräch noch undenkbar gewesen.

Lächelnd beugte ich mich über den Tisch und legte beide Hände um sein Gesicht. „Ich schwöre auf Trudis Kekse und deine Lasagne, dass ich die Regeln befolgen und mir größte Mühe geben werde, deine Herzanfälle auf ein Minimum zu beschränken", murmelte ich, bevor ich ihn sacht küsste.

Rispo schien ansatzweise zufrieden, doch noch immer war da eine kleine Falte zwischen seinen Augenbrauen. „Okay … ich habe noch eine letzte Regel", sagte er, sobald ich wieder richtig auf meinem Platz saß.

„Welche?"

„Sobald wir Kinder haben, hörst du auf mit deinen Kamikazeaktionen."

Verblüfft öffnete ich die Lippen. „Was?"

„Du hast mich schon verstanden."

„Du denkst darüber nach, dass wir Kinder bekommen?"

„Ich denke über eine Menge Dinge nach", sagte er ungeduldig. „Darüber, dass die Klimaerwärmung uns umbringen wird. Darüber, ob wir Kinder bekommen. Darüber, ob ich Brokkoli noch eine Chance geben sollte. Also? Versprochen? Sobald wir Kinder haben, wirst du dich aus der Mörderjagd zurückziehen?"

Das Lächeln, das sich auf meinem Gesicht ausbreitete, war so groß, dass es meine Ohren berührte. „Einverstanden. Kinder und Mörder verstehen sich auch nicht so gut, wie viele Leute denken."

Er lächelte erleichtert. „Gut. Mehr brauche ich nicht."

„Mehr brauchst du nicht wofür?", fragte ich überrascht.

„Um zu entscheiden, ob mein Vorhaben verliebter Wahnsinn oder verliebte Vernunft ist."

Mein Herz machte einen Hüpfer. „Dein *Vorhaben?*", krächzte ich.

Er nickte und räusperte sich. „Also, eigentlich wollte ich damit bis zum Ende des Essens warten, aber irgendwie ... irgendwie würde mich das Warten zu nervös machen."

Ich schluckte, und meine Füße wie Finger fingen an zu zucken, während mein Herz auf die doppelte Größe anschwoll. „Tatsächlich?", fragte ich mit belegter Stimme.

„Ja."

Ich nickte. Ich war bereit.

Josh holte tief Luft. „Lou, wi–"

Ein lautes Klopfen an der Tür ließ ihn mitten im Satz abbrechen.

„Josh!", schrie jemand durch das Holz. „Josh, mach auf!"

Überrascht wandten wir uns um. War das Mo?

„Nicht jetzt!", rief Josh genervt zurück.

„Doch, jetzt!", erwiderte Mo, seine Stimme so laut, als würde er mit uns am Tisch sitzen.

„Warum zum Teufel?", fluchte Josh.

Einen kurzen Moment herrschte absolute Stille. Dann sagte Mo, seine Stimme leise, beinahe ehrfürchtig: „Es geht um Mamas Mordfall. Ich habe was herausgefunden."

Mein Herz sank auf Grundeis.

„Was?“, fragte Josh laut und sprang auf. Seine Stimme angespannt.

„Es gab einen Mord“, erwiderte Mo hastig. „Einen zweiten Mord. Ein Mann wurde umgebracht ... mit derselben Waffe wie Mama.“

Ende